조정래 장편소설

황금종이

1

일러두기

1. 본 작품에 등장하는 인물과 사건 등은 모두 작가의 문학적 상상력으로 만들어낸 허구입니다.
2. 국립국어원의 한글 맞춤법 및 외래어 표기 규정을 따르되 관습적으로 사용되는 구어 표현 및 방언 등은 살려두었습니다.

황금종이 1

조정래 장편소설

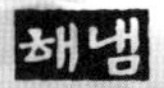

'황금종이'라는 것

우리가 하루도 거르지 않고 날마다 써야 하는 것은 무엇일까.

우리가 필요한 모든 것을 갖게 해주는 것은 무엇일까.

우리가 의식, 무의식 중에 날마다 생각하는 것은 무엇일까.

우리가 의식, 무의식 중에 날마다 걱정하는 것은 무엇일까.

우리가 지니면 힘이 나고, 없으면 힘이 빠지는 것은 무엇일까.

우리가 남에게 줄 때는 쉬워도 남에게 얻기는 어려운 것은 무엇일까.

우리가 너나없이 가장 갖기를 원하는 것은 무엇일까.

우리의 행복과 불행을 좌지우지하는 것은 무엇일까.

우리의 삶에서 약이 되기도 하고 독이 되기도 하는 것은 무엇일까.

우리가 어느 만큼 지니지 못하면 인간으로서의 품격을 박탈해 버리는 것은 무엇일까.

우리가 전혀 갖지 못하면 곧바로 죽음과 맞닥뜨리게 하는 것은 무엇일까.

그리하여 5,000여 년에 걸쳐서 줄기차게 우리를 지배해 온 것은 무엇일까.

그러므로 우리는 그 마력에 휘말려 얼마나 많은 비극적 연극의 주인공으로 출연하는 것일까.

오대산자연명상마을

세심헌에서

2023년 가을

| 차례 |

조정래 장편소설

황금종이

1

어머니도 안 보여

"딸이 어머니에게 소송을 걸었다?"

눈길을 떨군 이태하는 혼자 중얼거리듯 했다. 그 낮은 목소리에 한숨이 서려 있었다.

"참 어이없고, ……창피한 일이지."

마주 앉은 박현규가 푹 한숨을 쉬며 쓴 입맛을 다셨다. 그 쓴 입맛은 어찌나 차진지 쓰디쓴 맛을 진하게 느끼게 했다. 그리고 일그러진 얼굴에는 정말 창피스러워하는 기색이 역연하게 드러나 있었다.

"아니, 아니야. 하나도 창피스러워할 것 없어. 그거 흔한 일인걸, 뭐."

이태하가 눈길을 들며 고개를 젓고, 두 손까지 저었다.

"흔한 일……?"

박현규가 의아한 얼굴을 했다.

"돈 문제잖아."

이태하가 떫은 웃음을 지으며 녹차 잔을 들었다.

"아무리 돈 문제라도 어떻게 엄마를……."

박현규가 또 한숨을 쉬며 무겁게 고개를 저었다.

"돈 앞에서 어머니가 따로 있나, 요새 세상에. 형제간 소송하나 어머니와 소송하나 그게 그거지, 뭐. 너무 속상해하지 말고 차나 좀 마셔."

이태하가 녹차 잔으로 건배하듯 하는 손짓을 하며 다정한 웃음을 지었다.

"요새 세상에……." 박현규는 느리게 찻잔을 들어 올리며 이태하의 말을 곱씹고는, "그런 일이 더러 있기는 있나?" 하며 친구를 빤히 쳐다보았다.

"말도 마. 돈에 얽힌 일이라면 무슨 일이든지 다 일어나. 아버지가 아들과 소송하고, 부부끼리 소송하고, 사돈 사이에 소송하고, 그러니까 형제끼리 소송하는 것은 너무 자연스러운 일이고, 거기다가 아들이 아버지를 죽이고, 어머니를 죽이고, 그런 사건이 한두 번 일어난 게 아니잖아. 근데 그런 일들이 갈수록 많이 일어나고 있는 게 우리가 사는 세상 아닌가."

녹차가 아니라 무슨 쓴 약이라도 마신 듯 이태하에게는 씁쓰레한 웃음이 입가에 어리고 있었다.

"그래, 그렇지. 갈수록 돈에 환장들 하는 세상이 돼가고 있으니……. 빌어먹을, 도대체 그놈의 돈이 무엇이길래 딸년이 제 엄마를, 그것도 혼자 계시는 엄마를……."

박현규는 도무지 이해할 수 없다는 듯 또 얼굴이 어둡게 일그러지며 고개를 갸웃거렸다.

"돈, 그게 무엇인지, 얼마나 좋은 것인지는 초등학생들도 환히 다 알고 있어. 얼마 전에 미국의 교육 연구자가 세계 여러 나라 어린이들의 의식을 조사하려고 우리나라에 왔었지. 그런데 그 학자는 조사 결과를 보고 너무 놀라고 말았어. 왜 그랬는지 알아?"

이태하는 퀴즈라도 내듯 박현규를 넌지시 바라보았다.

"왜……? 애들이 돈이 너무 좋다고 했었나……?"

박현규는 장님이 앞길을 더듬듯 자신 없는 어조로 어물거렸다.

"허, 눈치 한번 빨라서 좋네. 그 학자는 초등학생들에게 어른들이 흔히 묻곤 하는 '장래 희망은?' 하는 평범한 설문지를 돌렸어. 그런데 애들은 50퍼센트 이상이 '부자'라고 써냈어. 그 학자가 놀란 것은 두 가지 때문이었어. 첫째는 아이들이 과학자·교사·법관·스포츠맨·연예인 등 구체적으로 대답

할 줄 알았는데 그 기대가 어긋난 것이고, 둘째는 부자가 되고 싶은 아이들이 그렇게도 많다는 사실이었어. 그런 현상은 딴 나라에서는 볼 수 없었다는 거야."

"흥, 그 학자님께서는 돈에 환장하고 미쳐 돌아가는 대한민국을 아주 리얼하게 실감하셨겠네." 박현규는 침이라도 내뱉듯이 심하게 코웃음을 치고는, "아새끼들까지 그렇게 오염돼 버린 것은 다 청와대 탓이야" 하며 화풀이라도 하듯 거친 몸짓으로 찻잔을 홀딱 비웠다.

"뭐, 청와대……?"

무슨 잠꼬대냐는 듯 이태하는 친구를 멀뚱하게 건너다보았다.

"아니, 세상만사 환히 꿰뚫고 계신 변호사님께서 그 사실을 모르셔? 거 있잖아, 세상 사람들이 다 알도록 5년 내내 돈만 밝히다가 결국 감옥에 가신 분네. 그 양반께서 청와대 차지하자마자 새해 인사를 뭐라고 바꿨는지 기억 안 나? '새해 복 많이 받으세요' 하는 그 좋은 덕담을 '부자 되세요'라고 바꿔버렸잖아. 그 천박한 말이 5년 내내 신종 유행어가 되어 이 세상을 뒤덮었으니 그렇잖아도 돈이면 사족을 못 쓰는 사람들 사고방식이 어찌 됐겠나. 그러니 애들까지도 그렇게 오염될 수밖에 없잖아."

"흠, 대기업 간부다우신 경제학적 분석이시네. 그러니까 말야, 애들 머리도 그 지경이 된 형편이니 괜히 센티멘털하게 어떻게 딸이 어머니에게 소송을 걸 수 있느냐 하고 더 푸념하지 말라고. 그 여동생은 결혼해서 애들까지 키우는 세월 동안 산전수전 다 겪으며 돈이 얼마나 기막히게 좋고, 얼마나 필요한 것인지를 뼛속까지 절절하게 느낀 사람이니까. 딱하신 이모 편을 들고 싶거든 자네가 냉정해져야 해."

이태하는 허리를 꼿꼿하게 세우며 웃음기 가신 얼굴로 말했다. 변호사다운 냉정함이 드러나는 얼굴이었다.

"알아. 아는데, 제 아버지의 유언을 생각하면 어찌 그렇게 매정하고 독하게 굴 수 있는지 도무지 이해가 안 돼서 그래. 이모 처지도 딱하고 안됐지만, 우리 어머니가 자기 여동생 신세 망쪼 들었다고 애를 태우며 나보고 어찌 좀 해보라고 야단났으니 난들 어떡해. 급하니까 자넬 찾아올 수밖에." 박현규는 목이 늘어나도록 마른침을 삼키고는, "어떻게 이게 좀 좋게 해결될 방법이 뭐 없을까?" 하며 손을 맞부볐다.

"글쎄, 현재로선 뭐라고 할 수가 없어. 그게 사태 파악이 전혀 안 된 상태잖아. 법이라는 게, 특히 민사소송에선 우리의 전통적 관습이나 인식 그리고 상식과는 정반대인 상황이 수두룩해. 그게 말야, 30여 년 전에 민법이 남녀평등을 강화해서 대폭 개정된 다음부터 그 현상이 아주 심해졌어. 민사소송도 그야말로 폭증하게 되고. 그러니까 자네가 지금 골치 썩이고 있는 일도 그 민법에 의한 것 중의 하나고."

"체! 남녀평등 좋아하네. 그래, 아들딸 구분 없이 부모 유산 똑같이 상속받는 것은 좋다 그거야. 근데 어떻게 자식이 성인이 되어 원하고, 엄마도 좋다고 동의하면 성(姓)도 엄마 성으로 바꿀 수 있다고 만들어놨느냔 말야. 그따위 것도 법이라고 만들어? 빌어먹을, 정신 나간 작자들 같으니라고."

박현규는 곧 침이라도 내뱉을 것처럼 힘이 들어간 입술을 야무지게 훔쳤다.

"허 참, 대기업에서 돈벌이에만 혈안이 되어 있는 줄 알았더니 그런 법이 있는 건 또 어떻게 알았어. 혹시 자네 성 뺏길까 봐 겁나는 모양이지?"

이태하가 키득키득 웃었다.

"사람 싱겁긴. 헌데 그따위 법이 있는 나라가 우리나라 말고 어디 또 있나?"

박현규가 그지없이 떫은 얼굴로 물었다.

"글쎄에에……, 그건 잘 모르겠는데. 눈코 뜰 새 없이 새로 만들어지는 우리나라 법 따라잡기에도 숨 가쁘니까."

이태하가 멋쩍은 웃음을 흘렸다.

"됐어, 그야 인터넷 검색해 보면 해결될 수 있는 문제일 거고. 근데 그따위 싸가지 없는 법은 아마 세계 어느 나라에도 없을 거야. 세계 제일의 인권 국가이고, 민주주의 국가라고 자랑하는 미국을 봐. 여자가 결혼하면 그 이름에 남편의 성이 따라붙고, 만약 이혼을 하고 재혼을 하면 새 남편의 성까지 따라붙잖아. 그 좋은 예가 케네디 대통령 부인 재클린이잖아. 케네디 죽고 재혼하니까 그 이름이 어떻게 됐어? 재클린 케네디 오나시스가 됐잖아. 그런 나라에 자식이 애비 성을 버려도 되는 그따위 싸가지 없는 법이 있을 리 있어? 그리고 가장 진취적이라는 미국이 그러니 다른 서양 국가들은 더 말할 것도 없고, 더구나 유교 영향이 강한 동양 국가들은 더욱더 말할 필요가 없고. 그러고 보면 그따위 법 있는 건 우리나라 하나뿐이잖겠어?"

박현규는 자못 자신에 찬 표정으로 법 전문가인 친구를 바라보았다.

"흥, 그 말 듣고 보니 그럴 법도 하네." 이태하가 수긍하는 빛으로 고개를 끄덕이고는, "근데 재클린 얘기는 어떻게 알았어? 까마득한 옛날, 우리가 아주 어렸을 때 일 같은데." 그는 신기하다는 얼굴이었다.

"응, 우리 중학생 때 신문 해외 토픽에 났었잖아. 하도 희한하고 재미있는 일이라 머리에 남아 있었던 모양이지."

박현규가 심드렁하게 대꾸했다.

"사람 기억력하고는……." 이태하가 중얼거리고는, "이쪽 우리 동네에 이런 말이 있어. '가장 능력 있는 변호사는 언변이 좋은 변호사가 아니라 쌍방의 합의를 잘 이끌어내는 변호사다' 하는 말 말이야. 무슨 말인지 알지? 재판 길게 해봐야 시간 낭비, 정력 낭비, 신경 소모, 금전 손해 등등 쌍방이 손해 볼 일만 수두룩하니 어쨌거나 소송하지 말 일이고, 소송했더라도 서로 잘 타협해서 빨리 끝내라는 거지. 그러니까 내가 나서기 전에 여동생을 만나서 좀 설득을 해보라는 거야. 이미 만났더라도 다시 또 한 번."

이태하가 무게 실린 얼굴로 신중하게 말했다.

"그걸 왜 안 했겠나. 아무리 외가 쪽 일이라 해도 이런 일 밖에 알려지면 결국 집안 망신인걸. 자네가 아는 것도 창피스러워 찾아오기 전에 몇 번을 망설였으니까. 근데 그 애는 세상 그 누구의 말도 안 들어. 오로지 한 가지, 돈을 차지할 생각밖에 없다고."

미움이 진하게 드러나고 있는 어감에 어울리도록 박현규는 고개를 설레설레 저어댔다.

"알겠어, 어떤 상탠지. 돈 중독에 걸린 전형적인 모습이군."

냉정하고 예리해진 눈빛처럼 이태하의 목소리도 차가웠다.

"돈 중독……? 그래, 그 말이 딱 맞는 말이야."

그 말이 귀에 익지 않은 눈치로, 박현규의 미세하게 달싹이는 입술은 '돈 중독'을 곱씹고 있었다.

"그래, 마약중독, 도박중독, 알코올중독, 니코틴중독만 있는 게 아니야. 독하기로 치자면 돈 중독이 제일 독할걸, 아마."

"돈 중독이 제일……?"

정말 그럴까 하는 표정으로 박현규는 이태하를 쳐다보았다.

"다른 중독들은 남을 해치는 일 없이 스스로 허물어지고 망가지는데, 돈 중독은 상대를 가리지 않고 사람을 마구 죽여대니까."

"응, 그러고 보니 그렇군. 그리고 말야, 소송 붙고, 재판 받고 하는 사건들 중에서도 돈에 얽힌 게 제일 많은 거 아냐?"

"당연하지. 민사고 형사고 가리지 않고 돈 때문에 벌어진 사건들이 99퍼센트라고 해도 과언이 아니야."

이태하가 지겹다는 듯 콧등을 찡등그리며 고개를 저었다.

"하이고, 돈 얘기라면 나도 신물이 나지만 자네도 그런 사건들에 파묻혀 사느라고 쓴물이 나겠군."

"말 마. 온갖 사건에 시달리다 보면 내가 이런 신세 되려고 변호사가 됐나 싶은 게 한심스럽기도 하고, 가끔 내가 불쌍하기도 하고 그래."

이태하는 두 어깨 처지도록 좀 과장되게 한숨을 토해 냈다.

"그래, 나도 내가 불쌍하기는 마찬가지야. 매일같이 '매출 증가, 매출 증가'를 몰아대는 윗자리들의 타령에 시달리다 보면 숨 막히고, 돌아버릴 것 같고 그래. 고작 이런 꼴 되려고 일류 대학 가려고 그렇게 발버둥 쳤고, 이게 사람 사는 꼴인가 싫은 게 문득문득 싫증 나고, 허무하고 그래."

박현규도 어깨를 늘어뜨리며 이태하 닮은 한숨을 내쉬었다.

"허, 이거 때아닌 염세주의 잔치일세. 남들이 들으면 배부른 놈들 배 터져 죽는 소리 하고 자빠졌다고 욕먹기 딱 알맞네. 그나저나 앞으로 좀 더 자주 만나게 생겼군."

이태하가 얘기를 마무리하려는 눈치를 보였다.

"응, 그래야겠지. 그럼 선임계 쓰고 가야지."

박현규는 양복 속주머니에서 볼펜을 꺼내 들었다.

"그리 급할 것 없어. 담에 만나면 해."

이태하는 친구 사이에 사건 의뢰를 받은 첫날 돈 얘기가 나오는 일을 피하고 싶었던 것이다.

"괜히 수임료 받는 것에 부담 느끼고 그러지 마, 촌스럽게. 우정은 우정이고, 비즈니스는 비즈니스인 것 알지?"

'네 속 다 안다'는 눈길로 박현규는 이태하를 빤히 쳐다보았다.

"염려 놓으셔, 나 우정 없으니까. 어떻게 하면 많이 긁어낼까 하고 머리 굴리고 있는 중이라구."

이태하가 몸을 일으키며 짓궂은 웃음을 피워냈다.

"하이고, 이제 철드나 보네. 진작에 그랬으면 지금쯤은 중앙지검 검사장 나리로 버티고 앉았을 텐데. 참 아깝다, 아까워."

박현규가 볼펜을 넣고 윗옷의 매무새를 고치며 끌끌끌 혀를 찼다.

"사람, 싱겁기는." 이태하는 중얼거리듯 하고는, "그 여동생네 형제들은 몇이야?" 얼른 말머리를 돌렸다.

"응, 남동생 둘. 2남 1녀."

박현규는 빠르게 대꾸하며 '왜 그러냐'는 눈으로 묻고 있었다.

"남동생 둘이라……, 그 사람들하고는 무슨 얘기 해봤어?"

이태하는 앞서 출입문을 밀고 나가며 물었다.

"응, 근데 이상해. 누나의 그런 행동에 대해서 이렇다, 저렇다, 반응이 확실하지가 않아. 그저 우물쭈물, 꾸물꾸물, 꼭 남의 일 대하듯 하는 게 그 속을 알 수가 없어. 참, 자넨 사람 속 짚어내는 전문이니까 금방 그놈들 속셈을 알겠구먼. 도대체 그놈들이 왜 그 모양인 거야?"

복도로 나서는 박현규의 목소리가 높아졌다.

"글쎄……, 자네 이런 속담 알지? 열 길 물속은 알아도 한 길 사람 속은 모른다. 그거 굳이 알려고 하지 마."

이태하는 '그런 심뽀 모를 것 뭐 있어? 돈 앞에서 으레껏 흔들리는 사람 맘이지', 이 말을 하지 않고 좀 모호한 말로 얼버무렸다. 박현규의 감정을 상하지 않게 하고 싶었던 것이다. 그리고 불필요한 이야기가 길어질 수도 있었다.

"아무리 생각해도 그놈들이 제 누나 편인지도 몰라. 아들놈들인데도 돈 욕심이 나서." 박현규는 혼잣말을 하고는, "나 이삼일 있다가 바로 연락할게" 하며 엘리베이터에 올랐다.

'그래, 그 정도를 알아차리지 못할 머리가 아니니까…….' 이태하는 사무실로 돌아서며 속담으로 에둘러 말했던 것을 잘했다고 생각하고 있었다. 그리고 그 두 아들이 1차 공략 지점이라고 짚었다. 그들이 누나와 한 덩어리가 되지 못하도록 막아야만 했다. 딸을 고립시켜야만 어머니가 유리해질 수 있었다. 그런데 그 일은 법적인 문제가 아니라 윤리적인 문제였고, 혈육으로서의 도리와 인정의 문제였다. 그러니까 그 일에 대한 해결사는 변호사인 자신이 아니라 이종사촌 형제인 박현규였다. 자신은 다음에 박현규를 만나면 그 문제를 해결하러 나서라고 종용할 것이지만, 박현규의 성공 여부에 대해서는 전혀 예측할 수가 없었다.

박현규는 아래층으로 빠르게 이동하는 엘리베이터 자판을 무심히 바라본 채, '요새도 대어는 안 낚이지?' 하는 말을 삼켜버린 것이 잘한 일이라고 생각했다. 그 말은 이태하를 위로하는 것이 아니라 오히려 상처 받고 있는 마음을 덧나게 할 우려가 더 컸던 것이다.

이태하……, 대학 재학생 때 사시 패스를 해서 졸업식장에서 느닷없이 연예인적 각광을 받았던 천재적 존재. 졸업식이 끝나자마자 그에게 밀어닥친 호화롭고 큰 꽃다발들이 열 개가 넘어 그는 꽃 더미에 파묻힐 지경이 되고 말았다.

"누구세요? 누구세요……?"

포개지고 또 포개지는 꽃다발들을 감당하지 못해 비틀거리면서 그는 꽃다발을 안기는 젊고 예쁜 여자들에게 '누구세요?'를 연발하고 있었다.

"야, 저건 쇄도가 아니라 그야말로 살도(殺到)로구나, 살도. 저러다가 저거 꽃다발에 깔려 죽을 살도라니까." 누군가가 웃으며 외쳐댔고, "저거 저거 알고 보니 순 촌놈이네. 무슨 꽃다발 부대를 저렇게 동원하고 그래." 누군가의 비아냥거림이었다. "아니야, 동원이 아니라 인기 폭발의 증거 아니야? 사시 패스한 자에게 바치는 여학생들의 짝사랑." 누군가의 눈치 빠른 분석이었다.

그런데 그 꽃다발 세례의 정체는 곧 밝혀졌다. 그 꽃다발들에는 손바닥 반보다 더 작은 앙증맞은 봉투들이 매달려 있었다. 사시 패스자를 공략하는 마담뚜들은 그렇게도 신속했던 것이다.

그런데 그의 재학 중 고시 패스를 더욱 신비롭게 만드는 것이 있었다. 그가 한때 운동권 출신이었다는 사실이었다. 그는 입학하자마자 운동권으로 나섰고, 반년이 지나면서는 우뚝 두각을 나타내기 시작했다. 다름 아닌 집회 단상에 오르게 된 것이었다. 그만큼 그의 연설은 내용이 예리했고, 목소리가 카랑카랑 철성이었고, 선동성이 뜨거웠던 것이다.

그러더니 그는 해가 바뀌자 집회 현장에서 자취를 감추었다. 그의 모습은 뜻밖에도 매일 도서관에서 발견되었다. 한동안 끓어오르던 그의 변심에 대한 관심도 무심한 시간에 실려 차츰 사그라들고 말았다. 그리고 그는 재학생 사시 패스자가 된 것이었다.

고등학교 친구 다섯 중에서 법대를 간 것은 그 혼자였다. 그는 고등학생 때부터 평범하지 않은, 좀 엉뚱하고 활달한 모범생이었다. 집이 가까운 어떤 선교사와 친한 덕에 발음이 좋아 영어 선생마다 기죽게 만들었고, 암산이 어찌나 빠른지 수학 선생들을 심심찮게 골탕 먹이고는 했다. 그런데 그에게도 함정은 있었다. 국어가 뜻대로 안 되는 것이었다. 시험은 그냥 잘 치는데, 글쓰기를 어려워했다. "난 글쓰기 쪽 뇌가 선천적 장애인가 봐. 단어를 많이 외우고, 일기를 쓰고 하면서 노력을 하는데도 그게 그 꼴이야. 뇌수술을 할 수도 없고." 그가 친구들한테 투덜거리곤 하는 말이었다.

그는 공부만이 아니라 운동도 꽤나 잘했다. 표 나게 빠른 드리블로 농구장의 열기를 높였고, 특히 철봉은 체육 선생을 놀라고 감탄하게 할 정도였다. 몸을 앞뒤로 힘차게 구르다가 공중을 내차며 가볍게 철봉에 올라 배를 걸치는 그 날렵한 기술은 누구나 부러워했다.

재학생 사시 패스자인 그가 서울중앙지검에서 잘나가는 것 또한 누구나 당연하게 생각했다. 동창 모임에서는 그가 검찰총장감이라고 소쿠리 비행기를 태웠고, 모교에서는 한술 더 떠서 법무부장관이고 대통령감이라고 한껏 기대에 부푼 뻥튀기를 해대고는 했다. 그런데 어느 날 그가 갑자기 법복을 벗고 변호사가 되었다.

그를 향해 바로 사람들의 입이 모아졌다.

"벌써 돈 욕심이 생겼나?"

"돈? 그럴 수도 있는 일이지. 돈이야 좋고 좋은 거니까 빨리 실속 차릴수록 좋은 일이지."

"그야 그렇지. 돈 챙기자면 판·검사가 변호사들 앞에 어디 명함이나 내밀 수 있나."

"암, 암, 떼돈 벌이야 변호사 당할 게 없지."

사람들의 관심은 일시에 돈으로 쏠렸다.

그러나 그의 법복 벗은 사연이 알려지는 데는 그리 오랜 시간이 걸리지 않았다. 사람들은 모두 다 놀랐지만 박현규는 특히 더했다.

'그 친구가 여지껏 운동권 의식이 살아 있었던가…….'

이 생각을 하는 박현규의 의식 속에서는 독재 타도, 노동 해방을 외쳐대던 단상의 이태하 모습이 선히 떠오르고 있었다.

그러나 짧지 않은 세월을 보내면서도 그 궁금함을 묻지 않았다. 절친하기 때문에 물을 수가 없었다. 그 물음이 그를 모독하는 것이 될 수 있다는 생각이 앞을 가로막고 있었다. 그저 그의 심중을 짐작만 해오고 있을 뿐이었다.

그리고 그의 변호사 생활이 줄곧 힘겹게 이어져오고 있는 것을 보면서 딱하기도 하고, 장하기도 하다는 신뢰를 보내고 있었다.

수임료 얼마 안 될 이런 사건이나마 그에게 가지고 오는 것은 고등학교 시절의 절친이라는 우정 때문도 아니고, 남다른 학벌과 경력이 보장하는 실력 때문도 아니고, 앞날에 닥칠 어려움을 다 알면서도 바른 일을 해내고자 했던 그의 변하지 않은 의지에 대한 신뢰의 표현이었다. 그런 마음은 자신만이 아니었다. 친구들은 너나없이 주변에서 변호사가 필요한 사건이 생기면 다 그에게로 몰이를 했다. 그게 쓰나미처럼 거대한 기득권의 힘에 치명적 불이익을 당한 그를 지켜주고자 하는 보호 작전이기도 했다.

친구와 동창 들의 그런 마음에 그는 아무런 말 없이 성실을 다해 승률 높은 재판으로 보답하고는 했다. 그 남다른 능력을 확인하면서 사람들은 부당하게 날개 꺾인 그의 삶을 아까워하고 안타까워했다.

"아범아, 어찌 됐냐? 변호사 만나봤어?"

박현규가 현관으로 들어서자마자 어머니가 걱정과 초조감

이 가득한 얼굴로 다급하게 물었다.

"예, 아까 오후에 만나 사건 의뢰했어요."

박현규는 먹구름 잔뜩 낀 어머니 마음을 헤아리며 다정한 웃음을 지었다.

"응, 잘했다. 근데 뭐라든? 이길 수 있대?"

"아이고 어머니, 너무 그렇게 걱정하지 마시고, 다급하게 생각하지 마세요. 이 세상 그 어떤 변호사도 미리부터 이긴다, 진다, 그런 말 절대로 안 해요."

박현규는 어머니의 팔을 지그시 붙들며 위로를 나타냈다.

"아니, 왜 그러냐. 일 맡긴 사람 답답해 속 터져 죽으라고."

어머니는 곧 울음을 터뜨릴 것처럼 절박하게 말했다.

"어머니, 의사가 환자보고 '이 병은 틀림없이 꼭 낫는다' 하고 말하지 않는 것하고 똑같아요. 병이라는 게 모두 의사 뜻대로, 의사가 바라는 대로 낫는 게 아니니까요. 재판도 마찬가지예요. 우리 쪽 변호사 혼자 하는 게 아니라 상대편 변호사도 있고, 또 판사도 있고 그러니까요. 근데 말예요, 제 친구 그 변호사 아주 실력이 짱짱해 이기는 판이 훨씬 많아서 안심하고 믿을 수 있다고 소문이 쫘악 나 있는 사람이에요. 그러니 마음 느긋하게 잡수시고 좀 기다리세요. 이모 자주 만나 맛있는 것 사 잡수시면서 위로도 해드리고 하시면서요."

박현규는 '승률'을 피해 '이기는 판'이라고 하면서 '훨씬 많아서'에 맞추어 쭉 뻗은 두 팔이 그려낼 수 있는 가장 큰 동그라미를 그리고 있었다. 어머니를 안심시켜야 한다는 생각에 자신도 모르게 지어진 몸짓이었다.

"하이고 참, 나도 모르겠다. 이거 생전 처음 당하는 재판이니 덜컥 걱정이 되고, 가슴이 벌떡거리고, 마음이 조마조마하고, 밤마다 꿈자리가 사납고, 이게 사람 사는 세상이 아니다. 부모가 온갖 고생고생 다 해가며 즈이를 낳고, 먹이고, 입히고, 가르치고 해서 길러준 그 은공 죽을 때까지 갚아도 모자랄 판에 뭐, 딸년이 에미한테 재판을 걸고 덤벼들어? 세상에 요런 불효막심한 것이 어디 있니 그래. 하이고, 하늘 아래 돈보다 더 좋은 게 없고, 돈이면 지옥문도 여닫을 만큼 안 되는 일이 없다 한들 어찌 딸년이 그런 끔찍한 불효를 저지른단 말이냐. 너나없이 온 세상이 돈에 미쳐 돌아가고, 돈 놓고 온갖 싸움판이 다 벌어진다는 말 숱해 듣고 살았다만 우리 집안에서, 내 조카딸년이 에미 가슴에 못 치고 덤빌 줄 어찌 알았더라냐. 아이고, 아이고, 내 동생 딱하고 불쌍해라. 그 꼴 당하고 분하고 원통해서 어찌 살꼬, 어찌 살꼬……."

박현규의 어머니는 그동안 몇 번인지 모르게 토해 낸 긴 넋두리를 다시 되풀이하며 가슴을 치고, 곧 울음을 터트릴 것 같았다.

"어머님, 제발 진정하세요. 이러시다가 정말 어머님이 병 나시겠어요."

박현규의 아내가 부엌에서 다급하게 나오며 말했다.

"예, 어머니, 너무 속상해하지 마시라니까요. 자꾸 이러시면 어머니 몸만 상하시니까 그만 분해하시고, 마음 단단히 잡수시고 재판에 이길 생각만 하세요."

박현규는 돌아서다가 문득 그 생각이 떠올라 몸을 되돌렸다.

왜 이태하가 굳이 이종사촌 형제들이 몇이냐고 확인을 했을까……. 그리고 그들의 뜨뜻미지근한 태도에 대해서 말하자 언뜻 안 좋은 기색이 스치며 이태하는 의미 모호하게 아리송한 대꾸를 했던 것이다.

'열 길 물속은 알아도 한 길 사람 속은 모른다. 그거 굳이 알려고 하지 마.'

무슨 말인가를 에둘러 한 그 아리송한 말이 손가락 끝에 박힌 조그만 가시의 불편함처럼 줄곧 께름칙하게 마음 한구석을 차지하고 있었다. 그 께름칙함은 언뜻 드러났던 이태하의 안 좋은 기색과 함께 불길함이 되었다.

그리고 그 불길함은, 두 남동생의 우물쭈물하는 불확실한 태도는 재판에 불리하게 작용할 수도 있다고 여겨지는 것이었다. 또한 거기에 미친 생각은 구르는 눈덩이처럼 커지는 불길함이 되고 있었다.

그리고 그 불길함이 일깨우는 말이 있었다.

'두 남동생이 태도를 분명하게 하도록 만들어. 누나 편이 아니라 확실하게 어머니 편이 되도록!'

그 말을 떠올리자 그 생각이 확실히 맞다는 생각이 들었다.

그건 3 대 1의 싸움이 되는 것이었다. 두 남동생이 누나 편이 되면 어머니가 불리해지고, 두 아들이 어머니 편이 되면 딸이 불리해지는 싸움!

"어머니, 속만 상해하지 마시고 어머니가 하셔야 할 일이 한 가지 있어요."

박현규는 어머니의 눈을 똑바로 쳐다보며 말했다.

"뭐……, 내가 할 일……?"

갑자기 정색을 한 아들의 눈길을 받으며 어머니는 긴장했다.

그때 문득 박현규의 머리에 스치는 생각이 있었다.

'아니, 가만있어봐. 어머니가 나서는 게 더 효과가 있을까, 내가 나서는 게 더 효과가 있을까……?'

박현규는 얼핏 종잡을 수가 없었다.

"어여 말해. 내가 할 일이 뭔지."

어머니가 아들의 눈치를 살피며 말했다.

'그래, 나는 형제고, 어머니는 이모잖아. 압력을 가하는 데는 이모가 더 낫겠지. 아무래도 무게감이 더 큰데.'

박현규는 이렇게 생각을 정리하며 입을 열었다.

"어머니, 어머니가 경수하고 경철이 좀 만나셔야겠어요. 어물어물 흐리멍텅하게 굴지 말고 딱, 분명하게 어머니 편을 들라구요. 그래야만 이모가 유리해지니까요."

"아니야, 아니야, 나 싫여."

어머니는 팔과 고개를 함께 저어댔다.

"예에……?"

박현규는 의문과 동시에 어머니의 말뜻을 알아차렸다.

"그놈들 속도 시커먼 까마귀 색이야. 내가 진작에 만나봤지. 헌데, 그놈들은 그저 숨죽이고 가만있다가 즈이 누나가 차지하는 것 보고 즈이들도 즈네 몫 차지할 꿍심을 품고 있는 흉물들이라구. 천하에 못된 것들."

어머니는 가슴 무너질 것 같은 짙은 한숨을 토해 냈다.

"네에, 벌써 그런 일 하신 줄은 몰랐네요. 예, 제가 알아서 할 테니 어머니는 그만 들어가 쉬세요."

"무슨 수가 있어?"

"예, 저한테 좋은 수가 있으니 어머니는 아무 걱정 말고 안심하세요."

박현규는 정말 자신 있게 말하면서 가슴까지 내보이는 몸짓을 했다.

"아무리 돈, 돈, 돈 하며 돈에 미쳐 돌아가는 세상이라 하더라도 남남도 아닌 부모 자식 간에 어찌 그럴 수가 있다냐.

셋 다 대학 나왔으면 뭐 하누. 짐승만도 못한 것들. 에이 쯧쯧쯧……."

방으로 발길을 돌린 어머니는 조카들에 대한 분을 삭이지 못하고 있었다. 거세게 이어지는 혀 차는 소리에는 동생의 말년을 걱정하는 어머니의 마음이 진하게 묻어나고 있었다.

박현규는 넥타이를 풀며 심란하기만 했다. 좋은 수가 있다고 했지만, 아무 수도 없었다. 삼촌 격인 어머니가 조카들을 상대로 포기했으니, 한 촌이 더 먼 자신이 사촌도 아니고 이종사촌 형제들을 상대로 무슨 묘수가 있을 것인가. 두 놈을 쥐어지르고 싶은 감정뿐 아무런 해결책이 떠오르지 않았다.

박현규는 이튿날 하루 종일 고심한 끝에 한 가지 방법을 찾아냈다. 그래서 바로 두 이종사촌에게 전화를 걸었다. 그런데 좀 염려스러웠던 대로 둘이 다 만나기를 꺼리는 어투였다.

'이걸 어쩌지……? 이놈들이 이거 생각보다 심한데? 그럼 그 공격은 해보지도 못하고……!'

박현규는 당황했다.

어제 생각해 낸 방법은 그들이 저희들 누나 쪽으로 기울면, '너희들의 이따위 돼먹지 못한 행위를 느네들 회사에 죄다 알리고 말 거야' 하며 몰아붙일 작정이었다. 그런데 그들의 거부로 아예 만나지 못하게 되면……? 세 자식이 한패가 되어버리면 이모는……. 그런 낭패가 없었다.

이걸 어쩌지……? 꼭 만나 그들을 제지해야 하는데……. 너무 긴장되고 몸이 달아 머리까지 뜨거워지는 것 같은데, 퍼뜩 떠오르는 생각이 있었다.

'맞아, 그 얘기를 이 일에 응용하면 되겠구나!'

박현규는 가슴에 환한 등불이 켜지는 것을 느꼈다. 그는 깊이 심호흡을 한 다음 무게 실어 말을 시작했다.

"너희들, 날 안 만나면 큰 손해를 볼 거야. 어머니도 변호사 선임하셨으니까 이제 싸움은 본격적으로 시작된 거다. 그러니 너희들이 미리 알아둘 게 한 가지 있다. 자식들이 부모 유언을 충실하게 잘 따르지 않고 거역하면 그 유언이 없었던 것으로 회수되어 백지화된다는 것 알고 있나? 부부는 일심동체이니까 그 법적 권한이 동일하고. 이건 엄연한 판례야. 느네들 유산 한 푼도 못 받고 빈털터리 되고 싶으면 알아서 해."

"예에……? 알았어요, 알았어요, 형님. 예, 만나요."

그들은 곧 옷깃을 잡고 매달리는 것처럼 다급했고, 바로 다음 날로 약속을 잡았다.

박현규는 자신의 협박술에 스스로 놀라는 동시에 통쾌한 만족을 느끼고 있었다. 어찌 그 다급한 순간에 그리도 신통한 생각이 번쩍 떠오른 것인지 생각할수록 신기할 뿐이었다. 그 생각은 의식의 저 밑바닥에 깔려 있다가 몸이 다는 순간에 분수 솟구치듯 머리에 떠오른 것이었다. 그건 이모를 구할 수 있는 구원일 수 있었다.

어떤 사람이 70을 넘기며 평생 모은 재산인 4층 건물을 아들에게 물려주었다. 그런데 한 가지 조건이 붙어 있었다. 다달이 받는 임대료 중에서 부모가 세상을 떠날 때까지 매달 생활비를 드린다는 것이었다. 아들과 며느리가 그 약속에 흔쾌하게 동의했음은 물론이다. 그런데 생활비는 반년을 넘기지 못하고 끊기고 말았다. 아들과 며느리는 이런저런 이유를 대며 다음 달, 다음 달로 미루어갔다. 그렇게 서너 달 지나자 늙은 부부는 밥을 굶을 지경에 처했다. 아버지는 불호령을 쳐댔지만 아들은 먼산바라기만 하면서 들은 척도 하지 않았다. 그리고 결국에는 만나는 것을 피해 버렸다. 그 사람은 재산을 빨리 넘겨주자고 성화를 부렸던 마누라한테 고래고래 소리를 질러대며 아들을 향해 소송을 제기했다. 법정은 아버지의 손을 들어주었다. 재산을 되찾은 그 사람은 새로운 일을 시작했다. 일삼아 약수터고 노인정이고 찾아다니며 죽기 전에는 절대로 자식들에게 재산을 넘겨주지 말라고 입에 침이 마르도록 자기 얘기를 하고 다니는 것이었다.

그렇게 재산을 되찾았으니 이모도 그런 방법으로 딸의 배신을 보기 좋게 물리칠 수 있지 않을까 하고 박현규는 자기 나름으로 승리를 꿈꾸고 있었다.

"형은 제3자잖아요."

이모의 큰아들 안경수가 노골적인 거부감을 드러냈다.

"그러니까 개입도 간섭도 하지 말라 그거지? 그런데 어쩌지? 나는 이모한테 이 사건 처리를 위한 변호사 선임부터 모든 권한을 위임받았어. 그러니까 제3자의 입장에 불과한 이종사촌에서 직접적 권한을 행사할 수 있는 법적대리인이 된 거지. 이만하면 대화 상대가 되지 않겠어?"

두 사람을 쏘아보는 날카로운 눈빛과는 달리 박현규의 목소리는 차분하고 나직했다.

"아니……."

"법적대리인……."

두 형제는 완연히 당황하며 서로를 마주 보았다.

"난 이 일을 서로 상처 받지 않게 스므스하게 해결하고 싶다. 그 방법은 단 하나, 너희 둘이 딴 맘 먹고 누나 편이 되지 말고, 아버지 유언 그대로 따라 어머니 편이 되는 거야."

박현규는 두 형제를 번갈아 보며 다정한 웃음을 지어 보였다.

"근데 저어……, 만약에, 만약에 누나가 이기면……, 우리만 손해……."

동생 안경철이 눈길을 떨군 채 어물어물 중얼거리듯 했다.

"똑똑히 들어라. 내 분명히 말하지만 그럴 일은 절대로 없다. 누나한테는 아버지 유언을 어긴 죄로 유언 취소 소송을 이쪽에서 제기할 거니까. 그럼 누나는 어제 말한 대로 유산을 한 푼도 못 받고 빈털터리 신세가 되는 거야. 그리고 누나 몫의 유산은 너희 둘이 50퍼센트씩 갖도록 내가 이모님한테 말할 거야."

"예에……? 정말요?" 차남 안경철이 숙이고 있던 고개를 후딱 들었고, "근데 저어……, 유언 취소인가 회수인가 하는 것은 무슨 말인지……." 장남 안경수가 미심쩍은 눈길을 박현규에게 보내고 있었다.

"아, 그 얘기 해주려던 참이었다. 그러니까 무슨 사건이 있었는고 하니……."

박현규는 생활비 주기로 한 약속을 어겨 건물을 빼앗긴 아들의 이야기를 차분하게 하기 시작했다.

"예, 알겠어요. 형님 말씀대로 하겠어요." 장남이 눈길을 떨구며 말했고, "자꾸 누나가 그러자고 해서……." 차남이 컥 숨 막히는 소리를 토하며 말이 끊겼다. 장남이 팔꿈치로 동생의 옆구리를 내질렀던 것이다.

"그래, 이제 아버지가 저승에서 한숨 놓으셨겠다. 아버지께서 너희들 셋에게 건물을 똑같이 상속해 주시고, 그 월세는 어머니가 돌아가실 때까지는 어머니 소유로 하라고 하신 것은 얼마나 잘하신 일이니. 그런데 누나가 변심해서 월세 3분의 1을 내놓으라고 했으니 그런 불효가 어디 있냐. 어디 그뿐이냐. 어머니가 지금 살고 계신 면적까지 월세 계산을 해서 내놓으라니, 이렇게 야비한 짓이 어디 또 있겠냐. 저승에서 아버지께서 그 꼴을 내려다보시며 어떠셨겠니. 참, 알다가도 모르겠다. 경희가 안 그런 앤 줄 알았는데 어찌 그리 속마음이 무섭냐. 그래, 얘기 잘됐으니 그만 가자."

박현규는 일삼아 차례로 손을 내밀어 두 이종사촌과 악수를 나누었다.

이튿날 오후에 박현규는 여동생 경희의 전화를 받았다.

"오빠, 잘못했어요, 제가 잘못했어요. 재판……, 아니, 소송 곧 취하할 거예요. 제가……, 제 맘만 변해서 그렇게 된 게 아니에요. 저는 그렇게……, 그럴 맘이 별로 없었는데……, 김 서방이 빨리 사업 자금 해오라고, 대박 날 건이 있으니까 어서 빨리 사업 자금 해오라고 밤낮으로, 숨도 못 쉬게 어찌나 심하게 몰아대고, 구박을 해대고 하는지 견딜 수가 없었어요. 그런 사람하고 더 살고 싶은 마음도 없었지만, 어떡해요, 제가 애가 둘이나 되잖아요. 그래서 어쩔 수 없이 그만……, 오빠, 제가 빌게요, 요렇게 빌게요, 저를 좀 봐주세요. 경우 없는 일 안 하는 오빠 성질 잘 아는데, 동생들 말 들으니까 오빠가 엄청, 무섭게 화나셨다구요. 오빠, 제가 잘못했어요, 곧 취하할게요, 곧."

숨 가쁘게 쏟아지는 경희의 말은 그대로 울음 범벅이었다.

'그랬었구나, 처가 덕 보겠다고……'

박현규는 2인 합작인 것을 뒤늦게 알면서 씁쓰름하게 웃었다.

"그래, 네 말 그대로 다 믿겠다. 소송 취하하면 바로 나한테 연락해. 그리고 김 서방한테 내 말 전해라. 지금 대한민국에 대박 날 사업은 절대 없다고. 사업에 대해선 내가 김 서방보다 백배, 천배 잘 안다는 건 너도 알지? 그리고 너도 똑똑히 기억해라. 어머니 돌아가실 때까지 얌전하게 효녀 노릇 잘하고 그담에 그 건물 처분해 셋이 사이좋게 나눠 갖는 거야. 건물이 아무리 작아도 서울 땅값은 매일매일 오르고 있으니까 그보다 더 대박 나는 사업은 없다. 알겠냐!"

박현규는 '알겠냐!'를 호통치듯 외쳐댔다.

"예, 예, 오빠."

"그리고 김 서방, 할 말 있거든 나한테 전화하라고 해라."

"예, 오빠, 감, 감사합니다."

박현규는 꺼진 핸드폰을 한참이나 바라보고 있었다. 꽤나 골치 아플 각오를 했던 일이 너무 쉽게 끝나버려 전신에 맥이 풀리고 있었던 것이다.

박현규는 바로 이태하에게 전화를 걸었다.

"응, 결론부터 말할게. 여동생이 소송을 취하하겠다네."

"엉? 어찌 된 일이야?"

"응, 만나서 얘기해. 낼 점심 어떤가?"

"내일? 재판이 10시니까, 괜찮아."

"좋아, 내가 맛있는 점심 살게."

전화를 끊은 박현규는 자신도 모르게 콧노래를 흘리고 있었다.

'돈, 돈……. 돈은 도대체 무엇인가…….'

그는 화장실을 가며 새삼스럽게 이 생각을 곱씹고 있었다. 세 이종사촌들의 얼굴이 차례로 떠오르고 있었다. 돈을 탐한 그들은 홀로인 어머니를 배신하고, 유기한 것이었다. 그리고 배신 행위를 중지한 것도 진정하게 마음을 바로 먹어서가 아니라 순전히 자기들 재산을 빼앗기지 않고 지키기 위해서였다. 그들은 한마디로 돈 귀신에 들린 전형적인 악귀들이었다. 그는 그들이 끔찍스럽고 정떨어져 화장실로 들어가며 부르르 몸서리쳤다.

"하하하……, 자네가 판사, 검사, 변호사 노릇 다 했군. 잘했네, 아주 잘했어." 박현규의 말이 끝나자 이태하는 맥주잔을 들며 흔쾌하게 웃고는, "나 자네 말 듣고 마음 무겁고 짐스럽고 그랬거든. 잘됐어, 아주 잘됐어." 짐꾼이 무거운 짐을 부려놓듯 홀가분해하는 얼굴로 그는 맥주잔을 시원하게 비워버렸다.

"왜, 그게 해결이 어려워서?"

박현규는 의아해했다.

"음, 모든 사건은 승소의 부담으로 스트레스 받게 마련이지만 특히 자네는 남이 아니잖아."

이태하는 더 밝은 얼굴로 웃었다.

"이 사람 참, 최선을 다하면 됐지, 그렇게 부담 느낄 건 뭐 있어."

박현규는 이태하의 잔에 술을 따르며 눈을 흘겼다.

"아니야, 안면 몰수하고 어머니한테 소송을 하고 덤빈 그런 뻔뻔스런 배짱이라면 얼마든지 '그런 말 들은 바 없다', '그런 약속 한 바 없다', '어디 증거를 대봐라' 하고 막 나올 수 있고, 그리되면 이쪽에서 피고를 잘 보호하기가 영 어렵게 되거든."

이태하의 목소리가 우울하게 변했다.

"아니, 그런 철면피도 있나?"

박현규가 깍두기를 와삭 씹었다.

"돈이 걸렸잖아, 돈. 돈 앞에서 그까짓 거짓말쯤 하기는 식은 죽 먹기야. 사람도 마구 죽여대는 판에."

이태하는 입이 비틀리는 쓴웃음을 물었다.

"음, 그럴 수도 있겠구먼." 박현규도 쓰게 웃으며 맥주잔을 들었고, "그러니까 자네가 1급이 아니라 특급 법관 노릇을 잘했다고 하는 거야. 일을 그렇게 깔끔하게 처리하다니, 자네

법대 갈 걸 상대 잘못 간 거야" 하며 이태하는 피식 웃었고, "사람, 싱겁긴. 세상 좀 살아보니 이거고, 저거고 사람이 할 만한 일이 아무것도 없어." 박현규가 콧등을 찡그리며 심드렁하게 말했다.

"하긴 그래. 우리도 허둥지둥 꽤나 살아왔으니까. 가끔씩 엉뚱하게 '내가 왜 사는가', '이러고 사는 게 옳은 것인가' 하는 생각으로 멍하니 서 있을 때가 있는 나이지." 이태하는 고적한 느낌이 드는 엷은 웃음을 피워냈다.

큰 싸움, 작은 싸움

"형님, 저 접수 보는 사람들 믿을 만하나요?"

작은며느리 서미림이 종이컵의 커피를 홀짝하고는 출입구 쪽을 눈짓했다.

"모르지. 큰시누이가 잽싸게 자기 아들 친구들 배치했으니까."

큰며느리 김여선이 마땅찮은 어투로 대꾸하며 저쪽을 눈 흘김했다.

"근데 왜 그랬을까요? 아무리 큰딸이라고 해도 위로 장남인 오빠가 있고, 큰며느리인 형님이 엄연히 있잖아요?"

서미림이 종이컵을 입에 댄 채 손위 동서 김여선에게 올려

뜬 눈길을 보냈다.

"혼자 잘나서서 그렇지, 뭐. 언제나 오빠 밀치고 앞으로 나서는 방정맞은 버르장머리하고는."

김여선은 혀끝에 멍이 들지 않나 싶게 거세게 혀를 찼다.

"근데, 형님도 좀 이상해요."

서미림이 불만스러운 얼굴로 입술을 쑥 내밀었다.

"이상해? 뭐가?"

김여선이 커피를 마시려다 말고 손아래 동서에게 눈을 째렸다.

"그렇잖아요. 아무리 시누이 올케 사이라고 해도 엄연히 손위고, 장남의 부인이잖아요, 장남!"

그런 서열과 계급인데 왜 맨날 당하기만 하느냐는 답답함이기도 했고, 놀림이기도 했다.

"속 편한 소리 쉽게 하덜 말어. 내가 그 자리 차지하려고 맞붙고 나서면 집안이 어찌 되었겠어. 큰시누 그 억세고 급한 성격에 집안 꼴 볼만했겠지. 나도 당하고는 못 사는 성질이지만 이날 이때까지 꾹꾹 눌러 참으며 그저 못 본 척, 못 들은 척, 모르는 척하고 넘긴 건 다 집안 편차고 한 짓이야. 그래야 내 남편 속 편하게 되니까."

김여선이 하르르 한숨을 쉬며 나무젓가락을 반으로 뚝 부러뜨렸다.

"예에……, 근데 형님, 자기 아들 친구들 재까닥 배치한 건 무슨 뜻일까요?"

서미림의 목소리가 속삭이듯 낮아졌다.

"무슨 뜻……?"

"예에, 부의금을 더 많이……."

서미림의 목소리는 완전히 바닥에 깔렸다.

"흥! 어림없는 소리."

김여선이 쓴웃음을 지으며 아주 탄력 있게 콧방귀를 뀌었다.

"왜에요오……?"

서미림은 무슨 뜻인지 알아채지를 못해 김여선을 멀뚱하게 바라보았다.

"어찌 그리 감이 둔해? 일절 딴짓하지 못하게 딱 조처를 취했다 그거지."

자신에 찬 말투에 어울리도록 김여선은 커피를 훌쩍 다 마셔버렸다.

"조처요? 어떻게요?"

서미림은 침을 꼴딱 삼키며 앞으로 다가앉는 몸짓을 했다.

"응, 문상객들이 사인할 방명록에다가 미리 일련번호를 쫘악 적어나갔지. 그리고 문상객이 부의금 봉투를 내놓으면 거기에 일련번호를 딱딱 적게 한 거야. 어때, 이래도 무슨 수작

부릴 수 있겠어?"

김여선은 거만스러운 웃음을 입에 문 채 서미림에게 내립뜬 눈길을 보냈다.

"어머나, 역시 아주버님은 머리가 끝내주셔!"

서미림은 손바닥을 맞때리는 손짓을 하며 감탄조를 토했다.

"동서, 말 좀 조심하지 않을 수 없어?"

김여선은 냉기 서린 눈길로 서미림을 째리며 톡 쏘아댔다.

"아니 그럼, 누구 딴 사람이 한 거예요? 누구죠?" 서미림은 의아스러운 표정이었고, "뭘 물어? 아주버님이 아니면 남는 사람은 딱 하나지." 김여선은 상대할 수 없다는 듯 고개를 외로 틀었다.

"아니 그럼, 그 기막힌 아이디어 낸 게 형님이란 말이에요?"

서미림의 목소리가 문득 커졌다.

"어머, 야단나겠네. 이 사람 많은데."

김여선이 질겁을 하며 검지를 다급히 입에 갖다 댔다.

"놀랐어요. 형님 끝내주시네요."

서미림이 반사적으로 두 어깨를 움츠리고 고개를 구겨 넣으며 검지를 세워 보였다.

"말도 마, 그 일련번호를 1,000까지 쓰느라고 밤을 꼬박 샜고, 어깨가 다 빠져버렸다고."

김여선이 거만스럽게 말하며 왼손으로 오른쪽 어깨를 주무르는 시늉을 했다.

"네에에……? 1,000까지 써요? 그렇게나 많이……."

'당신 정신 있어?' 하는 어이없는 표정으로 서미림은 김여선을 쳐다보았다.

"또 헛짚는다. 아버님 발이 좀 넓으셔? 정·관계에서 몇몇 마당발 중의 한 분으로 꼽히시잖아. 그러니 문상객이 500이 넘을 것은 말할 것도 없고, 1,000까지 썼다가 좀 남으면 모자라는 것보다야 훨씬 좋잖아."

"어머나, 어머나. 형님은 역시 끝내주시네요. 최고예요, 최고."

서미림은 엄지를 세워 '최고'에 맞추어 김여선에게 팔을 뻗치는 몸짓을 해댔다.

"절반은 동서를 시켜야 하는 건데, 지금 생각하니 괜히 나 혼자서 고생 다 사서 했네."

"아이고, 아니에요, 형님. 저는 글씨가 엉망이에요." 서미림이 다급하게 두 손을 내젓고는, "근데 형님, 저기 저 조화들을 보낸 사람들은 부의금은 더 안 내는 거겠죠?" 하며 출입구 쪽을 손가락질했다.

"글쎄, 그거 아마 그럴걸."

"저것 하나에 10만 원은 가겠죠?"

"응, 그 정도 하겠지."

"어머, 아까워라. 100개도 넘던데, 시들면 그만인데 돈으로 낼 일이지. 그 많은 돈을 쓰레기로 버리다니."

서미림은 정말 아깝다는 표정으로 짭짭 입맛을 다셨다.

"그도 그래. 겉보기만 으리 번쩍하지 우리 실속은 없는 일이지."

김여선이 새삼스럽게 출입구 쪽으로 시선을 보내며 고개를 끄덕였다.

"근데 형님, 아버님 재산이 얼만지 아세요?"

서미림은 목소리를 착 깔아 물었다.

"글쎄에……, 네 자식 집 사줘서 더는 줄 돈 없다고 아버님이 매냥 노래하시듯 했잖아."

김여선이 심드렁하게 대꾸했다.

"집 있는 것 말고, 은행에 따로 두고 쓰시던 게 있을 것 아니에요?"

"응, 그야 있겠지. 근데 그걸 어찌 알아. 통장을 본 사람이 아무도 없으니. 아버님 비밀주의는 철저하시잖아."

"그 돈 아주 많지 않겠어요?"

서미림은 무슨 단것이라도 넘기듯 침을 차지게 삼키며 김여선을 빤히 쳐다보았다.

"몰라, 생각해 본 일 없으니까."

김여선은 방울토마토를 입에 넣으며 무관심한 척 대꾸했

다. 그러나 속으로는, '요게 아주 시건방지고 싸가지 없다니까. 차남 주제에 그 돈까지 넘보고 까불어' 하며 경계의 발톱을 세우고 있었다.

"모르시긴요. 아버님이 맨날 당신은 백 살까지 사신다고 하셨잖아요. 그럼 앞으로 23년 동안 쓰실 돈을 가지고 계셨다는 뜻인데, 그럼 그 액수가 얼마겠어요. 아버님이 얼마나 치밀하고 철저하신 분인데……."

'안 그러냐'고 서미림이 깊은 눈길로 묻고 있었다.

"그런 말 그만해. 저기 시누이들 와."

김여선이 새침해지며 저쪽을 눈짓했다. 그러면서 '요게 아주 맹랑하다니까. 벌써 그런 계산까지 다 하며 군침 흘리고 있어? 병신 참 웃기고 자빠졌네' 하며 적대감이 끓어오르고 있었다.

"두 동서가 마주 앉아서 무슨 얘기가 그리 꿀맛일까. 시아버지 돌아가신 슬픔은 하나도 없이."

큰딸 정보연의 말이 꼬여 돌아가고 있었다.

"또 우리 흉본 거 아냐?"

작은딸 정미연이 박자를 맞추었다.

"다리 아프시죠? 어서 일루 앉으세요. 예에, 두 분 흉 많이 많이 보고 있는 중이에요."

얼른 몸을 일으킨 김여선이 자리를 권하며 능란하게 받아

넘겼다.

"안 슬프긴요. 저희는 거기에 설 자격이 없으니까 여기 이렇게 죽치고 있는 거지요."

서미림이 엉거주춤 서서 변명하듯 말했다.

"세상 참 좋아졌네. 상조회사에서 이것저것 다 알아서 척척 해주니까 며느님들은 이렇게 한가하게 신선놀음하시고."

정미연이 자리에 털퍽 주저앉으며 허리를 콩콩 두들겼다.

"인명은 재천이라더니 참 허망하다. 그 건강하시던 아빠가 이렇게 갑자기 돌아가시다니. 심장마비라는 게 참 무섭긴 무섭다."

정보연이 느리게 앉으며 길게 한숨을 쉬었다.

"아빠가 건강하신 게 탈이었어. 아무리 중요한 일이래두 미국은 왜 가시고 그래? 그런 과로가 다 쌓여서 병 된 거지."

정미연이 물병을 따며 아빠를 원망하듯 말했다.

"그렇기도 하고, 혼자 사신 것도 문제였어. 파출부가 아무리 잘한다고 해봤자 남의 손에 얻어먹는 밥이 오죽했겠니. 이제 다시 생각하니 그게 큰 문제였어."

정보연이 슬픈 기색 진하게 말했다.

김여선은 와짝 긴장했다. 큰시누이가 쏜 화살이 분명 자신을 향해 날아오고 있었던 것이다.

'그건 아버님이 원해서 하신 일이잖아요.'

김여선은 순간적으로 이 말을 할까 말까 저울질했다. 자칫 잘못했다가는 자신이 궁지에 몰리고, 서로 감정을 크게 다칠 수 있는 위기였다. 앞으로 시아버지 집 처리며, 예금이며, 안방의 금고 안이며, 부의금이며……, 처리해야 할 문제가 한둘이 아닌데 새삼스러울 것 없는 일로 괜히 시끄럽게 하는 건 아주 불리하고 지극히 어리석은 일이었다.

"예, 저도 다시 생각해 보니 그게 마음에 걸리고, 아버님께 죄송스럽고 그래요."

김여선은 슬픈 척 목소리 착 깔아 말하며 살짝 비켜섰다.

"새언니, 그거 진심이우?"

'그거 거짓말이야' 하는 느낌이 확 들도록 정미연의 어투는 비꼬이고 있었다.

"안 믿어도 괜찮아요."

일단 피해 서기로 한 것, 김여선은 여유롭게 미소 지었다.

"빈말일지라도 그렇게 말하니 듣기 나쁘진 않네."

정보연이 동생과 달리 부드러운 어조로 말했다. 그러나 속으로는 정반대로 '교활하고 얌체 같은 것, 얍삽하게 발라맞추기는. 니가 아무리 약은 체해 봤자 그 시커먼 속 누가 모를 것 같으냐. 결혼 초장부터 시부모 모시고 사는 것 질색을 해 오빠하고 계속 싸워대 결국 이긴 게 누구였냐. 그래놓고도 집 빨리 사내라고 남편 들볶아댄 것은 또 누구였고. 돼먹지 못한 것, 제 할 도리는 싹 뭉개면서 그저 돈 욕심에 정신 없이 환장하는 게 바로 너잖아, 너. 너 이제 우리 아빠가 못 들으신다고 그따위로 뻔뻔하게 입 나불나불 놀려대면서 속으로는 무슨 생각 하고 있는지 뻔할 뻔 자 아니냐. 이 마지막 기회에 어떻게 하면 돈을 더 많이 차지할까 그 생각에 정신이 없잖아, 지금. 그러니까 넌 겉으로만 슬픈 척하고 있을 뿐이지 속으로는 시아버지가 이렇게 갑자기 돌아가신 걸 제일 좋아하는 게 바로 너라는 걸 내가 모를 줄 아냐. 허지만 김칫국 먼저 마시면서 너무 좋아하지 마셔. 내가 너 놀아나는 꼴 그냥 두고 보지 않을 거니까. 너 큰며느리라고 나대고 설쳐댈 생각 아예 말어. 난 누군지 알지? 나 이 집안 큰딸, 장녀이셔, 장녀. 나한테도 이번이 큰돈 만질 마지막 기회니까 어디 한판 붙어보자구. 장남이나 장녀나 자격이 똑같아진 세상이라는 거 알아 몰라?' 하며 마음을 다잡고 있었다.

작은딸 정미연은 식혜 깡통을 따서 홀짝거리면서 두 올케의 기색을 빠른 눈길로 이리 훑고 저리 훑고 있었다. 아까 언니가 '두 동서가 마주 앉아서 무슨 얘기가 그리 꿀맛일까. 시아버지 돌아가신 슬픔은 하나도 없이' 하고 오금을 박았는데, 자신의 느낌도 언니와 똑같았던 것이다. 먼발치에서 보아도 두 올케는 시아버지 상을 당한 슬픈 느낌이라고는 전혀 없이 무슨 얘긴가에 열중해 있었다. 그 '꿀맛 얘기'가 무엇일지 정미연은 못내 궁금했다. 그게 무슨 얘기였는지 캐물을까 말까, 그녀는 몇 번이고 되작거려 생각하고 있었다. 그들의 그런 태도가 께름칙하게 신경에 거슬리는 것은 자기네끼리 무언가 일을 꾸미고 있는 것 같은 느낌 때문이었다.

'저것들이 꾸미고 있는 일이 뭘까…….'

그게 돈 문제라는 건 쉽게 짚을 수 있는데, 무슨 돈일지를 콕 찍어내기는 쉽지 않았다.

아버지가 남긴 재산 중에서 가장 큰 것이 집인 것은 누구나 다 알 수 있었다. 그런데 그다음 것들은 전혀 알 수가 없었다. 매달 생활비를 헐어 쓴 예금이 있을 것이고……, 그담에 뭐가 또 있을까……? 현찰……? 보석……?

'보석'에 이르러 정미연은 고개를 저었다. 아버지는 남자인데다가, 몇 년 전에 어머니가 돌아가시면서 보석들을 싹 다 정리했던 것이다.

'아니, 그때처럼, 아버지도 어머니처럼 해버리면 어쩌지?'

정미연의 머리를 친 생각이었다.

"느네들은 출가외인이잖아, 출가외인!"

어머니는 '출가외인'을 두 번이나 강조하며 언니와 자신을 의붓자식 내치듯 해버렸던 것이다. 그런 어머니의 냉정한 얼굴이 그리도 낯설 수가 없었고, 어머니가 간암만이 아니라 치매까지 겹쳐졌나 하고 의아해질 정도였다.

"장남은 평생토록 제사를 지낼 것 아니냐."

어머니는 치매가 아니었다. 어머니는 죽음 앞에 이르러 자신의 제사가 중요해졌고, 그러니까 그 일을 해줄 아들들이 소중해졌던 것이다. 그리고 그와 반대로 호적을 파 가버린 딸들은 전혀 안중에 없었던 것이다. 그때 문득 떠오른 말이 있었다.

'조선시대 500년 동안 이어져온 남존여비 사상에서 비롯된 남아선호와 장남 최우선의 풍습이 그렇게 줄기차게 왕성한 생명력을 이어올 수 있었던 것은 전체 여성들이 무조건 복종하며 아들들을 철저하게 떠받들어왔기 때문입니다. 그런 제도를 실시한 남자들이 잘못했지만 그런 비인간적인 제도를 무조건 추종하고, 더 나아가서는 솔선해서 실천하고 나선 여자들의 잘못도 아주 크다는 사실도 분명히 지적되고 인식해야 합니다.'

교양 강좌에서 어떤 문화사가가 한 말이었다.

어머니는 혼자 신식인 척 다 해가며 평생 으스대고 살았지만 죽음 앞에서는 케케묵은 조선 여인의 구태를 그대로 드러냈던 것이다. 어머니의 가슴속에 그런 엉뚱한 생각이 담겨 있었다니, 도저히 믿기 어렵고, 끔찍스럽기까지 했다.

어머니는 그 기준에 따라 값비싼 보석들을 큰며느리와 작은며느리 순서로 분배해 나갔다. 그러나 그 분배도 공평하지 않고 큰며느리 쪽으로 치우친 것은 더 말할 것도 없었다.

"나한텐 이제 엄마가 없다."

언니는 딱 이 한마디를 했다. 그 짧은 말이 긴 칼을 내려치는 것처럼 섬뜩했다. 그리고 언니는, 오빠한테서 전화가 오는데도 어머니 제사에 가지 않았다. 샘 많고 성질 까칠한 언니한테 어머니는 완전히 버림받은 것이었다. 자신도 언니를 빙자해서 어머니 제사에 가지 않았다. 언니가 '나한텐 이제 엄마가 없다'고 선언했을 때 자신도 '나도!' 하고 전적으로 동의했었던 것이다. 몇천만 원씩 하는 반지며 시계를 못 받아서 속이 뒤집어진 것만이 아니었다. 올케 앞에서 시누이들의 위신과 체면을 그렇게도 무참하게 깔아뭉개버렸으니 시쳇말로 그보다 더 쪽팔리는 일은 없었던 것이다.

그런데 아버지가 어머니처럼 전 재산을 두 아들에게만 나눠주는 유언장을 작성해 두었다면 어쩌나 하는 생각이 떠오르자 정미연은 불안하고 불길해서 견딜 수가 없었다. 그렇게 되면 그 손해는 어머니 때와는 비교할 수가 없게 어마어마하게 커지는 것이었다. 어머니 때는 그 값나가는 것들을 넷이 고루고루 나누어 받았다면 한 사람당 1억이 될까 말까 그랬을 것이다. 그러나 아버지의 경우 집 한 가지만 해도 20억을 넘어 30억 가까이 될 것이다. 그걸 4등분을 해도 한 사람 앞에 얼마인가. 거기다가 다른 것들까지 합하게 되면…….

'아, 이거 안 되겠다. 혈압 오른다.'

정미연은 이마를 짚었다. 정말 머리가 뜨거웠다.

"언니, 나 바람 좀 쐐야겠어."

정미연은 언니에게 밖으로 나가자고 빠르게 눈짓했다.

"왜, 어디 아파?"

구두를 신으며 정보연이 물었다.

"아니……."

정미연은 언니와 눈길을 마주쳤다.

"무슨 할 말 있어?"

"응, 아주 중요한 것. 밖에 나가서."

장례식장에 빈방이 없는 것처럼 복도는 사람들로 붐비고 있었다. 서울이 사람으로 숨 막히는 것만큼 장례식장도 사람들로 넘쳐나고 있었다.

"중요한 것, 뭐?"

정보연은 밖으로 나오자마자 동생에게 말을 독촉했다.

"언니, 아빠가 엄마가 했던 것처럼 우리 둘 쏙 빼놓고 두 아들한테만 전 재산 물려주면 어쩌지?"

"어머, 난 또 무슨 소리라고." 정보연은 어이없다는 듯 헛웃음을 치고는, "너 정신 차려. 아빠는 엄마처럼 살아 계신 게 아니라 이미 돌아가버리셨다고." 그녀는 한심하다는 듯 검지를 뻗어 동생을 향해 까딱거렸다.

"흥, 언니나 정신 차려. 미리 그런 유언장을 써놨으면 어쩔 건데?"

정미연은 싸늘하게 말했다.

"뭐야? 미리!"

정보연은 소리를 칠 만큼 깜짝 놀랐다.

"부부 일심동체랬지? 엄마가 그리했던 것도 다 아빠하고 의논한 것인지도 모른다구."

"어머나, 어머나, 내가 왜 그 생각을 하지 못하고 있었니!"

정보연이 울상이 되며 발을 굴렀다.

"그렇게 되면 우린 또 찬밥이고 끝장이야."

정미연이 어깨를 부리며 짙은 한숨을 토했다.

"아니야, 아니야. 그건 너무 넘겨짚은 것일 수도 있어. 아빠는 백 살까지 사실 수 있다고 늘 장담하셨잖니. 그러니까 재수 없이 유언장을 그렇게 빨리 쓰지 않았을 거라구."

정보연은 불길한 동생의 생각을 찢어발기는 기분으로 아주 힘차게 말했다.

"글쎄에에……, 그럴 수도 있을 것 같긴 한데……." 정미연은 고개를 갸웃거리며 무슨 생각인가를 하다가, "언니, 그 아빠 방에 있는 금고 있지? 혹시 그 번호 알아?" 하며 얼굴이 밝아졌다.

"얘, 너 왜 그리 순진하니? 우리 아빠가 그렇게 허술한 분이시냐? 어쩌면 그 번호 엄마도 몰랐을지 몰라."

"어머, 그럼 어쩌지? 그걸 미리 썼다면 그 속에 들었을 게 틀림없는데."

정미연이 아랫입술을 물며 울상을 지었다.

"그야 무슨 걱정이냐. 어딘가에 번호 적어뒀을 거니까 방안 샅샅이 찾아보다가 못 찾으면 때려 부수면 그만이지." 정보연이 퉁명스럽게 말했고, "부숴, 금고를? 누가, 언니가?" 정미연이 놀라며 목소리가 커졌다.

"왜 내가 부수냐. 남자 넷이면 그까짓 별로 크지도 않은 금고 때려 부수는 거야 식은 죽 먹기겠지."

"남자 넷?" 정미연이 언니를 멀뚱하게 쳐다보았고, "머리 나쁘지 않은 애가 이런 때는 왜 멍해지니. 아들 둘, 사위 둘, 우리 모두가 있을 때 그 보물단지 금고를 열어야지, 그 누구든 혼자서는 그거 절대 손 못 대!" 정보연은 쌀쌀맞다 싶게 단호하게 말했다.

"맞어, 맞어, 언니 말이 맞어. 우리 모두 있을 때 열어야지. 언니는 과연 장녀 자격이 있어. 아주 끝내주신다구."

정미연은 엄지를 빳빳이 세우며 흡족한 눈웃음을 언니에게 보내고 있었다.

"너 알지? 김여선, 서미림 저것들 속 시커먼 거." 정보연이 새로운 눈길로 동생을 주시했고, "알아, 즈네가 아들이라고 우리 따돌리고 또 재산 차지할 꿍꿍이속이겠지. 아까 쏘삭거리고 있던 것도 그 수작질인 거 다 알쪼지, 뭐." 정미연이 언니와 눈길을 맞추며 힘지게 고개를 끄덕였고, "알고 있으면 됐어. 즈네들이 나대봐야 며느리지, 뭐. 들어가자." 정보연이 긴 머리칼을 뒤로 획 넘기며 돌아섰다.

자매로서 결의를 다진 두 사람은 기운찬 발걸음으로 현관문을 밀쳤다. 두 며느리가 그렇듯 그들 두 딸들한테서도 아버지를 잃은 슬픔은 거의 느껴지지 않았다. 자식들이 가장 빨리 잊어버리는 것이 부모 죽음이라는 말이 있었다. 더구나 그들은 어린 나이도 아니고 모두가 쉰 고개를 넘기고 있어서 연로한 부모의 죽음에 그렇게 둔감한 것인지도 몰랐다. 또 이런 말도 있었다. 내리사랑은 있어도 치사랑은 없다. 그래서 그들은 부모는 생각하지 않고 자기네 자식들만 생각해 그렇게 돈에 혈안이 되어 있는지도 몰랐다.

상조회사가 척척 다 알아서 해주는 순서에 따라 화장까지 다 마쳤다. 해가 뉘엿뉘엿 저물고 있었다.

"모두 애들 많이 썼다. 다들 피곤하니까 오늘은 각자 집에 가서 쉬고, 삼우제 때 다시 만나자."

큰아들 정일준이 모여 선 형제들을 둘러보며 말했다.

"아니, 피곤하긴. 상조회사에서 다 알아서 해주는데 피곤하긴 뭐가 피곤해요. 마음들도 울적하고 그런데 이대로 헤어지면 너무 썰렁하고 허전하고 그렇지요. 장녀로서 내가 저녁 살 테니까 모두 함께 가도록 해요."

정보연이 숨도 쉬지 않는 것처럼 한달음에 말을 해치우며 옆에 선 동생의 옆구리를 빠르게 찔렀다.

"그래요, 언니 말이 맞아요. 모두 기분도 그렇고, 우리가 이렇게 우애 없는 것처럼 흩어지는 걸 아빠도 바라시지 않을 거예요."

정미연이 자동인형 작동하듯 잽싸게 반응하고 나섰다.

"예에, 처제 말이 맞네요. 장인어른께서 서운해하실 만하지요."

큰사위 전남식이 굵직한 목소리로 장단을 맞추고 나섰다.

"당신은 어떻게 생각해요?" 정미연이 매운 눈총을 쏘며 날름 물었고, "좋지, 그게 자식 된 도리지." 작은사위 강영일이 서둘러 대답했다.

"그런가……?" 정일준이 좀 당황스러운 기색으로 말을 어물거리고는, "넌 어떻게 생각해?" 하며 옆에 선 동생 정일석을 쳐다보았다.

"글쎄 뭐, 다 그렇게 원하면……, 밥때도 됐고." 정일석이 입속에서 우물거리듯이 말했고, "됐네, 다수결 원칙으로. 차 막힐 테니까 빨리들 움직여요. 모일 식당은 차 타고 가면서 폰으로 날릴 테니까. 가요." 정보연이 오빠고 뭐고 묵살해 버리고 빨리 움직이라고 동생에게 눈짓했다.

'화와, 우리 언니 정말 멋져. 아무나 장녀 해먹는 것 아니라니까.'

정미연은 남편을 잡아끌며 마음속으로 언니에게 뜨겁게 박수를 보내고 있었다.

일류 양식집에 자리 잡은 정보연은 오빠와 남동생, 두 남자의 기 꺾기 작전에 돌입했다. 제일 비싼 메뉴를 골랐고, 와인까지 시켰다.

그 서슬에 놀란 큰사위 전남식은 아내의 옆구리를 질벅거렸고, "와인은 피곤들 풀리게 많이는 말고 서너 잔씩만 마셔요." 정보연은 좌중을 향해 기세 좋게 말하며 남편의 구두 발등을 사정없이 짓밟았다. 그 느닷없는 공격에 전남식은 입이 딱 벌어지는 비명을 가까스로 씹어 삼키고 있었다. 아내가 발동을 건 일대 거사 앞에서 눈치 없이 돈 아까워한 자신의 쪼잔함을 반성하면서. '장인 영감이 남긴 집 한 채만 4등분 한다고 해도 그게 얼마일 것인가. 줄잡아도 4~5억이 굴러들어올 판인데 제아무리 일류 양식집이라 해도 제까짓 게 비싸면 얼마나 비쌀 것인가. 비싸봤자 생길 것에 비하면 새 발의 피고, 저 장남의 콧대가 여지없이 팍 꺾이고 있으니 우리 아내 배짱 큰 작전이 얼마나 화끈하게 먹혀들고 있는가. 우리 똑똑한 아내 머리 아무도 못 당해. 그래, 몰아쳐라, 몰아쳐. 뭐, 삼우제 때 만나? 그동안에 혼자서 무슨 꿍꿍이수작 부리시려고. 그건 안 되지, 절대 안 되지. 네 아내가 들고 있는 현찰만 가득 찬 그 부의금 가방부터가 문제라고. 부의금이 좀 많이 들어왔어. 모든 장례비 다 제하고도 실히 억대는 될 텐데 말씀이야…….'

"자아, 고마우신 우리 아버님 명복을 빌고, 아버님이 바라시는 대로 앞으로 우리 형제 우애 돈독하게 살 것을 맹세하면서 우리 다 같이!"

큰딸 정보연은 장남을 무시한 채 좌중을 압도하는 카랑한 목소리에 어울리게 술잔을 척 들어 올렸다. 그 거침없는 기세를 따라 모두 술잔을 들어 올렸다. 그런데 장남 정일준만 주춤하다가 마지못해 제일 늦게 술잔을 들었다.

'저게, 저게……. 저 나대는 꼴 좀 봐. 아버님이 바라시는 대로 우애를 돈독하게? 저게 정면으로 박치고 드네.'

정일준은 따귀를 얻어맞은 것 같은 불쾌감과 함께 정면으로 밀어닥치는 도전을 느꼈다. 그건 피할 수 없는 위협이었다. 여동생의 저 저돌적 강단은 어렸을 때부터 골칫거리였다. 주먹으로 제압하려고도 했지만 그게 뜻대로 되지를 않았다. 그런데 이제는 남편까지 옆에 있으니 그 기를 꺾기는 더욱 난감한 상황이었다.

그는 옆눈길을 남동생 일석이에게로 보냈다. 일석이는 아무 느낌이 없는지 태평하게 술잔을 기울이고 있었다. '어렸을 때부터 억센 누나한테 쥐어박히고만 살아온 니가…….' 그는 남동생의 지원을 포기했다.

아무 대화가 없는 식사 분위기는 무거웠다. 그들은 제각기 자기네 생각에 빠져 있느라고 대화를 만들어내지 못하고 값비싼 음식을 그저 꾸역꾸역 먹고 있었다. 정보연은 그 이야기를 꺼낼 기회를 줄곧 엿보고 있었지만 오빠가 입을 열지 않으니 답답하게 그저 기다릴 수밖에 없었다.

디저트를 먹고, 커피까지 다 마셨지만 입을 여는 사람은 없었다.

"자아, 너 보연이가 오늘 과용했다. 다들 피곤하니 그만 일어나자."

드디어 정일준이 이 말을 하고는 엉거주춤 몸을 일으켰다.

"아니, 아까 말한 대로 우리 피곤하지 않아요. 집에 가봤자 아빠 생각으로 잠도 오지 않고 그럴 건데 우리 다 같이 이 길로 아빠 집으로 가요. 가서 아빠 얘기도 하면서, 아빠가 우리 위해 남겨놓으신 일들을 처리하도록 해요. 서로 다 직장 나가랴 뭐 하랴 바쁜데 휴가 맡은 김에 오늘 다 해치우도록 해요. 이렇게 다 한꺼번에 모이기도 어려운데 뭐 하러 질질 끌고 그래요. 어차피 처리할 문제 하루라도 빠를수록 좋지요. 다 안 그래요?"

정보연은 여지껏 수십 번도 더 곱씹어온 말을 속사포로 내쏘며 건너편 남동생에게 매운 눈초리를 쏘아댔다.

아까 순서 그대로 네 사람이 다투듯 찬성했고, 누나의 눈초리에 포박당한 정일석은 우물쭈물하며 형 쪽으로 눈길을 돌렸다.

"얘, 넌 줏대도 없어! 넌 성인이야, 성인!"

정보연이 와락 쥐어뜯듯이 소리쳤다.

"아, 알았어. 다수결 원칙이라매……."

정일석이 풀기 없이 중얼거리며 고개를 끄덕였다.

"봤죠? 가요, 오빠!"

정보연이 돌팔매질을 하듯 오빠를 향해 세차게 내쏘고는 발딱 일어섰다.

"여보오오……."

큰며느리 김여선이 들릴 듯 말 듯한 소리를 내며 남편의 옷깃을 끌어당겼다.

"됐어. 어차피 한 번은 거칠 일이야."

정일준이 마음을 다지듯 차갑고 강한 어조로 말했다.

"오빠, 부의금은 이따가 체크하고, 먼저 큰 것부터, 저 금고부터 열어요."

모두 아버지의 방으로 들어섰고, 정보연은 숨 쉴 틈 없이 몰아댔다.

"야, 너 아까부터 어디다 대고 자꾸 명령이냐, 명령이!"

마침내 정일준이 모두가 화들짝 놀라도록 소리를 질러댔다.

"아니, 명령이라니요. 정당한 권리자로서 정당한 건의, 아니 요구를 하는 거예요. 괜히 오해하고 트집 잡지 마세요."

정보연은 전혀 밀리지 않고 빳빳하고 차가운 기세로 맞섰다.

"뭐, 정당한 권리자? 니가 무슨 정당한 권리가 있어!"

화가 더 심하게 끓어오르는지 정일준은 더욱 크게 소리치며 삿대질을 했다.

"흥, 유식한 오빠가 그걸 왜 몰라요? 법적 유산 상속권은 자식들이 모두 균등하고 평등하게 1 대 1 대 1이에요!"

입술에 비웃음을 문 정보연은 오빠를 싸늘한 눈길로 쏘아보고 있었다.

'뭐라고……? 1 대 1 대 1이라고? 그게, 그게 그렇던가?'

정일준은 문득 아리송해지며 가슴이 쿵 무너지는 소리를 듣고 있었다.

"아주 법 좋아하는구나. 그래, 열자, 열어."

정일준은 쓴웃음을 흘리며 아버지 책상으로 갔다. 그러면서 아버지의 평소의 의식을 믿고 있었다. 아버지는 딸들을 '출가외인'이라고 해서 모든 집안일에 전혀 개입시키지 않았다. 그게 사돈네에 대한 예의라고 굳게 믿고 있었다.

그는 책상의 가운데 서랍에서 아버지의 손때 묻은 수첩을 꺼냈다. 그 맨 끝 장에 금고의 번호가 적혀 있었다.

오빠가 금고 번호를 천천히, 조심스럽게 맞춰가는 것을 주시하면서 정보연은 아버지에 대한 배신감과 함께 가슴 떨려오는 두려움을 느끼고 있었다. 장남에게는 저런 것을 다 가르쳐주면서 장녀인 자신은 완전히 투명인간 취급을 해버렸던 것이다. '그렇다면 아빠도 엄마처럼……?' 이런 불길한 생각이 엄습해 오고 있었다.

방 안에는 사람이 아무도 없는 것 같은 깊고 무거운 침묵이 가득했다. 모두의 긴장된 눈길은 금고 번호를 맞추고 있는 장남의 손끝에 집중되어 있었다.

정보연은 여동생이 자신의 팔꿈치께의 소매를 조심스럽지만 연달아 빠르게 잡아당기는 것을 느끼고 있었다. 동생도 자신과 똑같은 불안을 느끼고 있다는 짐작을 할 수 있었다. 그러나 정보연은 동생에게로 고개를 돌리지 않았다. 지금 숨이 막힐 지경인데……. 그녀는 팔을 사정없이 뿌리쳤다.

그때 금고 문이 소리 없이 묵직하게 열렸다.

여덟 사람의 곤두선 눈길이 소형 금고 안으로 달음박질쳐 들어갔다.

장남이 팔을 뻗쳤다. 금고 안에서 나온 그의 손에는 종이 한 장이 들려 있었다.

"여기 있다, 유언장."

정일준이 무슨 선언서 제목을 낭독하듯 하는 엄숙한 어조로 말하며 모두를 휘둘러보았다.

—유언장. 내가 남기는 모든 재산의 60퍼센트는 장남 일준이에게, 40퍼센트는 차남 일석이에게 상속한다.

정일준은 약간 떨리는 듯하면서도 무게 실린 목소리로 또박또박 읽고는 유언장을 모두의 앞에 느리게 돌리며 반원을 그렸다.

"안 돼, 안 돼! 그건 안 돼!"

그때 정보연이 부르르 떨면서 세차게 외쳐댔다.

"뭐, 뭐라고? 뭐가 안 돼?"

정일준이 사나운 눈길로 소리쳤다.

"법대로 해, 법!"

정보연이 더 무서운 기세로 대들었다.

"무슨 법!"

정일준도 더 크게 소리치며 얼굴이 험상궂어졌다.

"아까 말했잖아. 상속법이 아들딸 다 똑같이 1 대 1 대 1이라고. 그 법대로 해야 돼."

"잔소리 마라. 부모의 유언은 절대적이야. 법보다 먼저라구."

"아니야, 아니야. 법대로 해, 법. 안 그러면 나 소송할 거야."

정보연은 부들부들 떨며 외쳐댔다.

"뭐야, 소송! 이게 어디서 아버지 말씀 어기고, 어디다 대들고 이따위로 굴어."

정일준이 곧 후려칠 듯한 기세로 눈을 부릅떴다.

"형님, 형님이 잘 모르시는 거예요. 유언이 절대적이지 않아요. 법이 먼저라고 법에 돼 있어요."

큰사위 전남식이 아내를 보호해야 되겠다는 듯 앞으로 나섰다.

그때였다.

"야, 이 새끼야, 넌 빠져. 넌 아무 자격도 없잖아!"

작은아들 정일석이 곧 매형을 후려칠 기세로 덤벼들었다.

"뭐, 이 새끼! 야, 임마, 넌 위아래도 없이, 이 새끼가 버릇없이." 큰사위가 곧 멱살잡이라도 할 것 같은 기세로 맞섰고, "너 미쳤니, 미쳤어. 어디다 대고 욕이냐, 욕이. 너 까불지 말고 정신 차려, 정신." 정보연이 잽싸게 남편과 남동생 사이로 파고들며 남동생을 흔들어댔다.

"일석아, 너 물러서. 자네도 물러서고." 정일준이 장남답게 사태 수습에 나섰고, "법 좋아하네." 정일석이 침을 내뱉듯 하며 돌아섰고, "자격이 없어? 흥, 지금이 조선시댄 줄 아시나? 지금이 어떤 시대라고. 아들 기득권은 깨끗이 사라진 만인평등, 남녀평등, 자녀평등의 민주주의 국가라고, 대한민국은." 전남식은 비아냥거리며 몸을 돌렸다.

"이래가지고는 아무것도 안 된다. 모두 감정 죽이고, 마음

가라앉혀서 이삼일 후에 다시 만나서 얘기하자."

정일준이 모두를 둘러보며 말했다.

"아니 오빠, 그럴 것 없어요. 이 덩치 큰 집 문제는 좀 뒤로 미뤄두고, 저 현찰 문제는 오늘 당장 해결해요. 부의금하고, 저기 저 금고에 5만 원권 뭉치 두 개 들어 있잖아요. 그 현찰 다 합해서 법대로 딱 1 대 1 대 1로 나눠요. 모두 함께 해치우면 한 시간도 안 걸려요."

정보연이 냉기 서린 어조로 또릿또릿하게 말했다.

"흥, 그건 좀 곤란하시지. 누나는 법 되게 좋아하셔서 계속 1 대 1 대 1을 내세우는데 그 돈들에 무조건 그 법을 들이대는 건 웃기는 거지."

정일석이 시비조로 말하며 칼로 내려치는 것 같은 손짓을 했다.

"뭐, 웃겨? 무식하게 기본적인 상속법도 모르면서 웃기긴 뭐가 웃긴다는 거냐!"

정보연이 동생을 무시하는 웃음을 뿌리며 앙칼지게 내쏘았다.

"무식해? 그래 나 무식해. 근데 똑똑하신 누나께서 왜 아는 건 1 대 1 대 1뿐일까? 자아, 똑똑히 들어. 저 부의금에는 우리 여덟 사람의 몫이 합해져 있어. 그리고 아버지까지, 아홉 사람의 몫이야. 근데 그걸 싹 다 합쳐서 쉽고 편하게 딱

1 대 1 대 1로 나누면 어떻게 되지? 근데 아홉 사람 몫이 다 똑같은가? 각자 들어온 액수가 다 다르잖아. 그러니까 공평하려면 부의금을 다 털어내 놓고, 각자 앞으로 들어온 것을 골라내야 한다고. 그리고 아버지 몫은 저 금고의 돈과 합쳐서 아버지 유언에 따라 형과 내가 6 대 4로 분배하면 돼."

'내 말이 어떠냐'는 표정으로 정일석은 누나를 내립떠보고 있었다.

'허, 저놈 봐. 수학 점수는 시원찮던 놈이 이 계산은 어찌 그리 빨리 해치웠냐. 돈 계산이라 머리가 그렇게 잘 돌아가냐.'

그 신속하고 기민한 머리 회전에 놀라며 정일준은 동생을 옆눈길로 쳐다보았다.

"뭐가 어쩌고 어째? 너도 사내꼭지라고 여자 알기를 우습게 안다 그거냐? 그래 좋아, 너까지 그따위로 나오면 틀림없이 소송을 걸 수밖에 없어. 니 말대로 당장 가방 풀어서 여덟 사람 몫 각자가 챙기고, 아버지 몫과 저 금고의 돈은 집과 함께 묶어서 소송을 걸 테니까 그리 알아. 빨랑 가방 풀어!"

정보연의 쪽 펴진 검지는 부의금 든 가방을 겨누고 있었다.

"여보오……."

여지껏 가방을 간수해 온 큰며느리 김여선이 들릴 듯 말 듯 한 목소리로 남편을 불렀다.

정일준은 머리가 복잡했다. 법을 들고 나오는데 아버지의 유언대로 밀어붙일 수가 없었다. 두 여동생은 돈을 향해 이미 의기투합이 되어 있었고, 법도 벌써 알아본 것이 분명했다. 소송을 하고 나오면 그건 피할 길이 없었다. 그게 법의 힘이었다.

"그래, 딴 방법이 없다. 지금부터 각자의 몫을 찾아 챙기고, 아버지의 몫과 금고의 돈은 액수를 확인한 다음 법적 절차를 거쳐서 해결하도록 한다. 여보, 어서 가방 열어."

정일준은 지친 목소리로 말하며 두 손으로 얼굴을 훔쳤다. 그러면서 자신의 몫 60퍼센트가 정말 1 대 1 대 1의 법에 따라 날아가게 되는 것일까 하는 불안감이 두려움으로 변해 엄습해 오고 있었다. 만약 그렇다면 집을 20억 잡고, 아버지의 유언에 따라 12억이 될 것이 5억으로 쪼그라들고 마는 것이었다. 그건 견딜 수 없는 억울함이고 분함이었다. 그 좋은 장자상속이 어쩌자고 언제 그따위로 변해 그 빌어먹을 1 대 1 대 1의 법으로 둔갑했단 말인가.

가방에서 쏟아져 나온 수백 개의 봉투를 일곱 명이 에워싸고 앉아 제각기 자기 쪽 사람들이 보낸 것을 찾아내느라고 모두들 눈에 서치라이트를 켜고 있었다. 정일준은 두 손으로 머리를 감싸며 돌아섰다. 그 좋고 아까운 돈을 지킬 묘안은 떠오르지 않고 어지러움과 욱신거리는 두통이 몰려오고 있었던 것이다.

"두 여동생이 이 악물고 소송하겠다고 나서고, 일준이는 그런 형제간 싸움 창피해서 자넬 직접 만나기도 그렇고 하니 나보고 먼저 얘기 좀 해달라는 거야. 그걸 도대체 어떻게 해야 되는지 말이야."

박현규가 헤식은 웃음에 '무슨 묘안이 있어?' 하는 말을 담아 이태하를 쳐다보았다.

"우리끼리 창피할 게 뭐 있나. 부모가 남긴 돈 놓고 벌이는 그런 싸움이야 세상에 흔하고 흔한 걸. 근데 그게 말야……, 내가 아무리 일준이 편을 들려고 해도 그게 좀……."

이태하가 좀 난처한 표정을 지으며 말끝을 흐렸다.

"근데 일준이가 분해하는 건 여동생들이 전과는 전혀 다르게 인상을 싹 바꾸고 막보기로 나서며 어서 자기네 돈 내놓으라고 덤빈다는 거야."

"그거 뭐 일준이만 당하는 일인가. 돈 놓고 사람들 맘이 변하는 거야 너무 당연한 일 아닌가. 돈 때문에 부모를 죽이는 판인데, 그까짓 형제간 우애쯤이야. 그게 돈의 마력이고, 괴력 아닌가. 돈이 그만큼 좋은 것이니 어쩌겠나."

이태하는 직업상 돈 싸움을 숱하게 대해 온 사람답게 말하며 씁쓰름한 웃음을 입가에 물었다.

"그러게 말야. 그래도 우리가 문상 갔을 때 아버지 영정 앞에서 그리도 슬퍼하고 얌전하던 여동생들이 장례 끝나자마자 돌변해서 오빠한테 소송을 걸고 덤벼들다니……. 참, 사람 맘이란 도무지 알 수가 없어."

박현규가 고개를 저었다.

"그런 거 하나도 이상할 거 없어. 일준이 아버님이 남기신 재산 정도면 그런 싸움 충분히 일어날 수 있어. 그보다 훨씬 적어도 서로 치고받고 난리가 나는 판인데."

이태하가 박현규의 빈 찻잔에 무표정한 얼굴로 차를 따랐다.

"근데 말야, 일준이 아버님 재산 보고 좀 놀라지 않았어? 집하고, 현찰 1억하고, 저금통장에 있는 2억 좀 더 되는 것이 전부였다니까. 정·관계 마당발로 그렇게 유명하셨던 분인데."

박현규가 고개를 갸웃갸웃했다.

"응, 나도 의외라는 생각이 들었어. 그 정도로 오래 영향력을 행사하고, 유명세를 누린 것에 비하면 의외였어. 그만큼 그분은 청빈했고 양심적이었던 거지. 딴 사람들 같았으면 그 몇 배는 더 챙겼을 텐데."

이태하가 찻잔을 들며 고개를 끄덕였다.

"그래, 권력 잡았던 사람들 몇십 년이 지나도 폼들 잡으며 떵떵거리고 사는 걸 보면 가관이지. 언젠가 우리 회장님 해외 출장 때 수행을 하면서 본 일인데 말이지, 손가방을 들고 비행기 1등실로 들어갔더니 텅 빈 공간에 두 사람만 달랑 앉아 있는 거야. 근데 그 남자를 보고 깜짝 놀랐어. 그 사람은 저 박정희 때 사이비 야당으로 지탄받았던 정당의 유명한 거물이었는데, 정계에서 사라진 지가 언젠데 마누라와 함께 그 비싼 비행기 1등실에 떡 버티고 앉아 있는 거야. 그뿐만이 아니야. 사업상 골프 접대를 하려고 여기저기 골프장을 다니다 보면 국회의원을 지냈거나 장관을 해먹었던 사람들을 예사로 만날 수 있거든. 돈을 안 해먹고서는 그런 식으로 폼 잡으며 살 수 없는 일이잖아."

"그야 당연하지. 권력자들의 그런 부패와 타락에 환멸을 느껴서 한지섭 선배가 정계를 떠났으니까. 권력자들의 그 탐욕이 결국 돈이 정치를 지배하게 만들고, 나라 전체도 병들게 만드는 거지."

"돈이 정치를 지배하게 만들어? 그거 말 되네. 근데 그 한 선배는 잘해나가고 있어?"

"음, 아주 잘. 계획 세운 대로 착착 잘 이루어 나아가고 있어."

이태하가 밝은 기색으로 대답했다.

"그 선배 재주 좋네."

"재주가 아니라 신념이고 노력이지."

"신념과 노력……? 그거 어려운 말일세."

"어렵긴. 욕심 안 부리고 자기가 정확하게 세운 계획에 따라

협잡꾼 없고, 훼방꾼 없이 진실한 협조자들을 이끌고 꾸준히 일을 해나가니까 그 신념이 차근차근 이루어져가는 거지."

"그 선배, 대학 때부터 뚝심 좋고 별나더니만. 일류 대학 나와서 그 선배처럼 사는 사람도 그 선배 하날 거야, 아마."

"그래, 그럴지도 모르지. 다 자네나 나처럼 돈과 출세를 좇아 도시에 몰려 바글바글 끓어대면서 허덕거리고 몸살이 나고 있으니까."

이태하가 가늘게 한숨을 쉬었다.

"그래, 그래봤자 요 꼴인걸." 박현규도 한숨을 푹 쉬고는, "근데 일준이 건은 어떻게 하지?" 하며 시계를 보았다.

"그거 이젠 딴 방법이 없어. 소송을 냈으니까 법적으로 대응하는 것밖에는. 대응을 안 하려면 여동생이 요구하는 대로 분배를 해줘야 하고."

"대응하면?"

"일준이의 손해를 최소화할 수 있는 유류분(遺留分) 제도라는 게 있어."

"유류분……?"

"하나도 창피해할 것 없어. 일단 일준이보고 한번 나오라고 해. 부모가 남긴 돈 앞에서 모든 자식들은 다 쌈박질하게 돼 있어. 그게 돈 욕심이 시키는 피할 수 없는 일이니까. 다만 큰 돈 앞에서는 큰 싸움이 벌어지고, 작은 돈 앞에서는 작은 싸움이 벌어진다는 차이가 있을 뿐이지."

"허, 자네 말이 진리로구먼. 그래도 일준이 형제들이 소송을 해대고 나서는 건 아무래도 너무한 것 같아."

"어허, 이 사람아, 그렇게 속 편하게 안심하지 말어. 자네나 내 앞에도 언제 닥칠지 모를 문제니까."

이태하가 주의를 환기시키듯 목청을 높였다.

"아이고, 끔찍해. 내가 그런 일로 자네한테 변호사 수임료를 바치게 될 날이 오면 어쩌지?"

박현규가 과장되게 어깨를 부르르 떨며 몸을 벌떡 일으켰다.

"이 사람아, 무서워하지 마. 그런 푼돈이라도 긁어모아야 그나마 내가 처자식 먹여 살릴 것 아닌가."

이태하가 능청을 떨며 소파에서 천천히 일어났다.

"한지섭 선배한테는 가끔 가?"

박현규가 사무실을 나서며 물었다.

"응, 1년에 한 번쯤."

"부럽네. 이리 오래까지 선후배의 정을 지속하고 있으니. 꼿꼿하고 빳빳한 게 서로 닮은 꼴이라 그런가?"

"부러워? 그럼 자네도 나랑 함께 가자고."

"나도……? 그분이 나 같은 건 경멸할 텐데. 대기업에 붙어서 돈벌이밖에 모르는 속물이라고."

"아니야, 그 선배 그렇게 속 좁지 않아. 대기업의 필요성도 그 누구보다 잘 이해하고 있어. 대기업의 족벌주의와 합리적 분배를 거부하는 탐욕을 비판할 뿐이지. 자네도 동문인데, 찾아가면 아주 반가워할 거야."

"그렇다면 다행이지. 언젠가 한번 따라나서야겠어."

박현규가 환하게 웃었다.

박현규를 보내고 나자 정일준 형제들이 벌이는 진흙탕 돈 싸움이 환멸스럽게 다가왔다.

'이런 것이 내가 해야 할 일인가……, 언제까지 이 짓을 해야 하는가…….'

그 회의를 분쇄하듯 굵고 묵직한 목소리가 울림 좋게 들려왔다.

'또 딴생각하지 마. 그건 의심할 것 없는 사회적 기여야. 아주 보람스러운 일이기도 하고. 내가 자네 같은 자격을 확보했더라면 즐겁고 의미 있게 그 일을 했을 거야.'

한지섭 선배의 말이었다.

그 사회적 기여와 보람을 위해 민변(민주사회를 위한 변호사 모임)에 가입했었다. 그것은 사회적 기여라기보다는 자기 구원을 위한 한 가닥 끈을 마련한 것인지도 몰랐다.

"응, 민변 활동은 대학 때의 운동 연장 아니오. 잘했소, 아주 잘했어. 동지들도 많이 생겼고."

한지섭 선배는 진지하게 반색을 했다. 그 진지함은 그 선배의 변할 줄 모르는 진정성이고 항심이었다.

"이 운동은 장기전이야. 군바리들의 깡하고 싸우는 거니까. 그 장기전에 대비해서 자넨 새 학기부터 방향을 바꿔. 가능성 큰 사람들이 제도권으로 빨리빨리 침투해야 돼. 그래야 궁지에 빠진 우리 동지들을 보호하고 구해 낼 수 있으니까. 일제 치하에서 고등고시를 패스하고 판검사, 변호사가 되어 우리 독립군이나 동포들을 보호하고 구해 낸 사람들이 몇몇 있었잖아. 조직이 자넬 선정했으니까 그만 현장을 떠나. 떠나서 현장에서 바쳤던 그 열정을 공부에 바쳐!"

그 명령에 따라 도서관 귀신이 되어야 했다. 하루 3시간 이상을 자지 않았다. 아니, 자지 않으려고 노력을 한 것이 아니라 그 이상은 잠이 오지 않았다. 그리고 그 어느 때 없이 공부가 머릿속에 쏙쏙 박히는 것이었다. 신기한 일이었고, 전에 전혀 느끼지 못했던 새로운 경험이었다. 그리고 사전에만 있는 줄 알았던 '초인적'이라는 말을 자신한테서 발견하고 확인하는 일까지 경험하게 되었다.

자신 있게 시험을 쳤고, 검사가 될 수 있는 성적으로 합격했다.

"장하다. 넌 틀림없이 해낼 줄 알았어. 넌 우리의 희망이다!"

한지섭 선배는 이태하를 격하게 끌어안았다. 그리고 숨이 막힐 지경으로 두 팔을 조여들었다.

"자아, 이것 받아."

한지섭 선배가 손목시계를 내밀었다.

"아니, 이 비싼 걸……."

"걱정 마. 나 혼자 돈으로 산 게 아니니까. 이 선물의 의미를 알겠지? 이 시계의 초침이 쉼 없이 돌아가듯 너와 우리의 맥박은 언제나, 영원히 함께 뛰고 있는 거야."

"선배님……."

이태하는 가슴이 찌르르 울리고 눈물이 울컥 솟아 더 무슨 말을 할 수가 없었다.

"그래, 우리 굳세게 나가자."

한지섭 선배가 이글이글 타는 눈으로 이태하의 손을 움켜잡았다. 그도 한 선배의 손을 힘껏 맞잡았다.

그리고 군부독재는 허망하다 싶게 무너졌다. 시청 광장을 중심으로 위로는 광화문에서부터 아래로는 서울역에 이르는 그 넓은 길이 터져나가도록 집결한 백만 인파의 힘은 그렇게 강력하고 무서웠던 것이다. 폭발 직전의 이글거리는 불덩어리인 백만 명의 결집과 분노의 외침은 기필코 혁명을 탄생시킨다는 것을 다시 한 번 입증했던 것이다.

시민들이 열어젖힌 새로운 시대에 맞추어 정치권은 발 빠른 변모에 착수했다. 야당이 '젊은 피 수혈'의 깃발을 들고 나섰던 것이다. 그 설레이는 바람에 실려 한지섭 선배가 정치권에 진입한 것은 지극히 자연스러운 일이었다. 그리고 고향에서 쉽게 국회의원에 당선된 것도 아주 당연한 일이었다. 군부독재 타도의 선봉이었던 운동권 경력과, 두 번의 투옥이 붙여준 두 개의 별과 맞설 수 있는 상대는 아무도 없었던 것이다.

"그래, 우리 함께 열심히 하자."

새 나라 건설의 꿈에 부푼 한 선배가 이 말을 하며 국회에 입성했다.

"좀 실망했다. 야당이 야당답지를 못해."

1년쯤 지나 한 선배가 그늘진 얼굴로 푹 한숨을 쉬었다.

"크게 실망했다. 모두 몸만 사려. 실실 당수 눈치만 살피고. 그러면서 자기들 잇속 챙기는 데만 눈을 밝히고, 재빨라. 그리고 국민은 전혀 안중에 없어. 그들은 오로지 자기네들만을 위해서 정치해."

2년쯤 지나 한 선배가 딱딱하게 굳어진 얼굴로 폭음을 했다.

"완전히 절망했다. 야당은 또 하나의 기득권 세력, 약간 다른 보수일 뿐이야. 진보라고 생각했던 건 우리의 착각이고, 오해야. 진보 의식은 거의 없어. 그저 기득권에 안주해서 자기네 권력 지키기에 급급할 뿐이지. 왜 세상이 그렇게 바뀌지 않고, 역사 발전이 그렇게 안 되는지 이제 확실히 알 것

같애. 진언은 그 잘난 당론 앞에서 여지없이 무살되고, 진보적인 개혁안을 제기하면 따돌림당하고, 돈키호테 취급을 당하고 할 뿐이야. 그동안 좋은 수업 많이 받았다."

한 선배는 쓰디쓴 얼굴로 이 말을 남기고 정치를 등졌다.

—내가 하고 싶은 일, 내가 할 수 있는 일을 하려고 한다. 그러나 나 혼자만을 위하는 일은 아니다. 소수라도 더불어 행복하게 할 수 있다면 그게 바른 삶이고 보람이고 기쁨이 아닐까 한다. 자주 소식 전하며 살자.

한 선배가 고향으로 떠나며 또박또박 정성스럽게 써 보낸 짧은 편지였다.

한 선배는 아버지가 남겨준 땅에다 농사를 시작했다. 뜻밖이었다. 그리고 걱정스러웠다.

—크게 걱정하지 마라. 나는 어렸을 때부터 농사일을 봐왔고, 땅과 친했기 때문에 전혀 낯선 일이 아니다. 세상이 이상스럽게 변해서 사람들이 서울로, 대도시로 무작정 몰려가며 농촌이 텅텅 비어가고 있는데, 그것이 오히려 나에게는 기회일 것이다. 세상이 어떻게 변해도 사람이 하루 세끼 밥을 먹지 않고는 살아갈 수가 없는 일이다. 그럼 인간에게 가장 중요하고, 가장 필요한 것이 무엇일까. 식량이고 기타 먹거리 아닌가. 그리고 이웃 농부들의 수익 보호를 위해서 협동조합을 만들 것이다. 또한 PC 통신도 최대한 활용해 직판 시장도

구축하려 한다. 그리고 그동안 문제시되어 왔던 일손 부족에 대해 은근히 걱정했었는데 자연스럽게 그 해결책이 마련되고 있다. 외국인 이주노동자들이 그 빈자리를 채워주고 있는 것이다. 그런데 그들에 대한 비인간적인 처우가 사회 문제로 떠오르고 있다. 임금 체불, 열악한 주거 환경이 대표적이다. 그건 절대로 있을 수 없는 일이다. 똑같은 사람을 그렇게 야비하게 취급해서는 절대 안 된다. 인간적으로도 그렇지만 국가적으로도 방치해서는 안 될 아주 심각한 문제다. 일정 기간이 지나면 그들은 본국으로 돌아갈 것이다. 그들이 돌아가서 한국에 대해서 뭐라고 하겠는가. 그것이야말로 세계적인 국가 망신이다. 그놈의 돈 욕심에 개인들이 그렇게 비인간적인 짓을 했으면 나라가 나서서 그걸 막고 개선시켜야 한다. 그런데 나라에서는 아무 조처도 취하지 않고 있다. 그렇게 둔감하고 무책임한 것이 대한민국이라는 나라다. 나는 협동조합을 결성해서 그 문제부터 해결하려 한다. 그들을 위한 공동 숙소를 지어 우리 동네에 일하러 오는 이주노동자들만은 인간답게 살게 만들 것이다. 그렇게 대접하면 농사 수익은 더 많아질 것이다. 그만큼 열성으로 일해 줄 거니까.

한 선배의 긴 편지에서는 한 선배다운 싱싱한 의욕과 진정성이 생생하게 전해져 오고 있었다.

'차암……, 이런 사람이 정치를 해야 하는데……. 꼭 대통

령감인데……'

이태하는 아까움과 아쉬움으로 편지를 오래도록 접지 못하고 있었다.

한 선배의 편지가 올 때마다 이태하는 한 번도 거르지 않고 꼬박꼬박 답장을 보냈다. 한 선배가 하는 일이 잘되기를 응원하는 마음과, 행여 생길지 모를 고적감을 위무하기 위해서였다.

한 장, 한 장 책장을 넘기듯 한 선배는 시간의 흐름을 따라, 계절이 바뀜에 따라 계획한 일들을 차근차근 이루어 나아가고 있었다. 그런 소식은 편지에 알뜰하게 실려 전해져 왔다.

그렇게 마음 훈훈한 2~3년을 보내다가 그 사건을 담당하게 되었다. 그 사건을 배당받는 순간 이태하는 가슴이 덜컹 내려앉는 것을 느꼈다. 그 순간적인 감정의 반응은 자신이 전혀 예기치 못한 것이었다.

'아니, 이거 왜 이러지……?'

이태하는 무의식적으로 솟은 자신의 그런 감정 상태를 되짚어 밝혀보려고 했다.

조폭 살인사건을 배당받아도, 대형 조직의 마약 사건을 담당해도 그런 일은 없었던 것이다.

'아, 아, 나도 재벌을……!'

이태하는 자신의 심중을 들여다보며 깜짝 놀라고 있었다.

'이 세상 모든 사람들은 자기들이 도저히 이를 수 없는 백만장자, 억만장자를 모두 부러워하는 동시에 두려워한다. 그래서 모든 사람들은 그들에게 무의식중에 지배당하고 있다.'

언젠가 읽은 어느 심리학자의 글이었다.

바로 그것이었다. 자신의 마음속 저 깊이에도 그 부러움과 두려움이 형체 없이 도사리고 있었던 것이다.

자신이 거대 재벌 사건의 수사 팀 일원으로 발탁되었다는 것은 상부의 도타운 신임을 입증하는 것이었다. 그런데 그게 전혀 기쁘지도 반갑지도 않았던 것이다.

'이걸 어찌해야 할까…….'

막연한 걱정과 두려움이 앞서고 있었다. 그런 심정을 솔직하게 적어서 한지섭 선배한테 보냈다.

—마침내 기회가 온 것이다. 우리가 그렇게도 바라고 노렸던 재벌 개혁의 기회가 마침내 온 것이다. 그 악랄한 불법 상속의 전모를 철저히 수사해 낱낱이 밝혀내서 만천하에 공개하고 엄벌해야 한다. 그렇게 되면 이번 일이 시범조가 되어 다른 재벌들도 모두 그 못된 짓을 하지 못하고 법에 따라 세금 제대로 내고 합법적으로 상속할 수밖에 없게 된다. 그것이 1차적 재벌 개혁이다. 시작이 반이다. 이 최초의 일을 명백하게, 완벽하게, 신속하게 처리해야 한다. 그것이 법관의 올바른 의무이고 책무이다. 그리고 마침내 그대가 법관의 길을

택한 목적을 성취할 수 있는 기회가 온 것이다. 꿋꿋하게, 굳세게 나아가라. 믿는다. 기다리겠다.

한 선배의 답장은 이렇게 뜨겁게 끓어오르고 있었다. 대학 때 시위대를 이끌던 그의 모습이 선히 떠오르고, 그 어기찬 목소리가 생생하게 들려오고 있었다.

그 수사는 얼마가 지나지 않아 삐꺽거리기 시작했다. 여기저기 압수수색을 한 자료들을 미처 다 정리, 분류하지도 않았는데 수사 방향이나 수사 속도 같은 것을 건너뛰어 수사 심도에 대한 이야기가 먼저 나왔다. 그 성급하고 위험스러운 언급은 물론 아래 평검사들한테서 나온 것이 아니었다. 수사를 지휘하는 부장검사가 입을 열었으니 난처하고 심각한 문제가 아닐 수 없었다.

"이게 말이오, 여기저기 골치 아픈 단체들이 고발을 했으니 수사는 피할 수 없는 일인데……, 지금 국가경제는 중진국을 향해서 계속 신장, 발전하고 있는데, 이런 상황에 대한 그 기여도가 톱클래스에 속하는 이 기업의 이번 수사를 어떻게 해야 할 것인가가 우리에게 주어진 숙제고, 짐이오. 다시 말해 기업에 너무 큰 피해가 가면 바로 국가경제에 피해를 끼치고, 그건 또 전체 국민경제의 악영향으로 직결되는 것이니……, 이 점 고려해서 신중할 필요가 있고……, 수사의 묘를 살려야 되지 않을까 싶은데……."

부장검사는 자기 말마따나 '신중'을 기해 느린 말을 중간중간에 몇 번씩 끊어가면서 뜸들이기를 하고는 좌중을 훑어보았다. 팀원들 네 명은 부장검사의 눈길을 피해 다 고개를 약간씩 숙이고 있었다. 그 침묵이 길게 이어졌다. 그건 어쩌면 너무 당연한 일이었다. '검사동일체' 정신과 '상명하복'의 대원칙을 연수원에서부터 주입받은 그들이었던 것이다. '검사는 한 몸'이며 '위에서 명령하면 아래서는 복종한다'는 그 뜻은 '검사'라는 이성적 특수직에는 전혀 안 어울리게 조폭적 야비함과 천박함을 너무 진하게 풍기고 있었다.

"그럼 내 말을 잘들 이해한 것으로 알고 그만 끝내지."

부장검사가 홀가분해하는 기색으로 빠르게 말하고 금방 몸을 일으켰다.

'아닙니다, 아니에요…….'

이태하는 이 말을 속으로 외쳐대고 있었다.

'너 지금 뭐 하고 있어. 당장 그 말을 거부해야 되잖아!'

한지섭 선배의 외침이 들리고 있었다.

이태하는 어금니를 물며 신음했다. 진작부터 부장검사를 공격하는 말을 애써 참아오고 있었던 것이다.

자리를 뜨려는 세 사람에게 이태하는 다급하게 말했다.

"저어, 우리끼리 토론을 좀 했으면 합니다."

"토오로온……?"

황 검사가 의아한 표정으로 물었다.

"예, 아까 부장님께서 말씀하신, 기업들이 잘되어야 국가가 발전하고 국민들도 다 잘살 수 있다는 기업수혜론은 박 통(박정희 대통령) 때부터 지금까지 줄기차게 이어져왔습니다. 그런데 그 기업 옹호 정책 때문에 기업들은 공룡화되면서 공정한 분배는 이루어지지 않았고, 그러다 보니 부익부 빈익빈은 고질적으로 심화되어 계층 간의 사회불만이 증대되고 있는 판인데 대재벌 기업은 불법 상속까지 저지르고 나섰습니다. 지금 세상 사람들의 시선은 이 사건에 집중되어 있습니다. 그런데 부장님께서는 좀 이상하게 말씀하셨습니다. 그 점에 대해서 우리가 좀 솔직한 토론을 해야 하지 않을까 생각하는 겁니다."

아까부터 하고 싶었던 말을 이태하는 힘주어 명료하게 말했다.

"허, 그건 부장님께 직접 말해야지 우리들 토론감이 아니오." 황 검사가 떫은 표정을 씹었고, "그거 아주 급진적 이론인데……." 강 검사가 영 뜨악한 어조로 말했고, "그렇게 안 봤는데 이 검(이 검사)이 운동권이었소?" 유 검사가 얼굴을 찌푸리며 고개를 돌렸다.

그들 셋은 구령에 맞추어 동작을 취하는 군인들처럼 일제히 몸을 돌려 밖으로 나가버렸다.

이태하는 썰렁해진 감정으로 닫힌 문만 멍하니 쳐다보고 있었다. 검사의 90퍼센트 이상이 반공주의자이고, 보수주의자이고, 출세주의자라는 말을 그는 새삼스럽게 곱씹고 있었다.

"이 검 이야기 들었소. 헌데, 그 생각을 바꿀 생각은 없소?"

이튿날 일찍 부장검사가 이태하를 불러 물었다. 예상했던 대로 신속한 대응이었다.

"부장님, 대기업의 그런 불법 행태는 사회불만을 증폭시키고, 그래서 사회불안을 가중시켜서 결국은 모두를 불행하게 만드는 반사회적, 반국가적, 반국민적 만행 아닙니까. 그러니까 이번에 법과 원칙에 따라 철저하게 수사해서 엄벌해야만 다른 모든 기업들의 행태도 근절될 것이고, 국민적 호응도 받고, 국가도 정상 발전을 하게 되지 않겠습니까."

이태하는 미리 정리해 두었던 말을 한달음에 쏟아놓았다.

"그게 이 검의 신념이오?" 부장은 의미 모호하게 미소 짓더니, "됐소, 신념은 자유니까" 하며 가보라는 손짓을 했다.

긴 복도를 걸으며 이태하는 등줄기에 싸늘한 냉기가 끼치는 것을 느끼고 있었다. 그 불길함은 이틀 만에 적중되었다. 수사 팀에서 배제된 것이었다.

자신이나 한지섭 선배의 의지는 발끝에 차이는 하나의 돌맹이처럼 그렇게 간단하게 제거되고 말았다. 기득권의 힘은 그렇게 가차 없고 막강했다. 그리고 그 후로 3개월 동안 아무런 일도 주어지지 않았다. 형벌치고는 참 견디기 어려운 형벌이었다. 그 소외감과 고립감 속에서 생각나는 것은 한지섭 선배뿐이었다. 그러나 연락할 수가 없었다. 서로 비참해질 뿐이기 때문이었다.

그리고 해가 바뀌어 정기 인사가 시작되었다. 이태하는 발령장을 받고 헛웃음을 쳤다. 예상했던 것보다 훨씬 심한 험지 발령이었다. 거창지원—그건 귀양살이와 다름없었다.

이태하는 곧바로 반격을 가했다. 사표를 내고 변호사 개업을 했다. 그리고 보란 듯 민변에도 가입했다.

'그 친구 배부르게 변호사 노릇 해먹기 어려울걸. 그 기업에 팍 찍혔잖아.'

누군가가 했다는 말을 전해 들었다.

'기업에 찍혀? 그럼 지놈들이 어쩔 건데?'

이태하는 기분이 확 상하면서 코웃음을 쳤다.

그 거대 기업에서 다른 큼직큼직한 기업들에게 '이태하 블랙리스트'를 쫙 뿌렸다는 것이었다. 그 어떠한 사건도 주지 말라고.

그리고 반년 넘게 질질 끌던 그 수사는 '국민경제 위축 등 악영향을 고려하여……' 어쩌고 하는 그 상투적 이유를 반복하며 흐지부지 끝나고 말았다. 국가기관 그 어디든 사통팔달 로비력이 안 미치는 데가 없다는 그 기업의 막강한 힘은 그렇게 여실하게 입증되었다. '로비력'이라는 그 모호한 말은 다름 아닌 '금력'—돈의 힘이었다.

'돈, 돈은 무엇인가…….'

그지없이 허망하고 허탈한 감정에 싸여 이태하는 새삼스럽게 이 생각을 또 하고 있었다. 돈이면 이 세상 모든 일이 안 되는 게 없다는 것쯤은 애들까지도 다 아는 사실이었다. 그렇다고 국가 공권력까지 그렇게 흐물흐물해지는 것은 끔찍스럽고 고통스러운 체험이었다. 그러고 보면 결국 그런 결의를 세웠던 한지섭 선배와 자신은 그 은밀한 야합적 현실을 잘 몰랐던 철부지였고, 돈키호테였던 셈이다.

이태하는 스스로의 감정을 다스리고 소화시키기 위해 한 선배에게 자신이 겪은 일을 며칠에 걸쳐 자세하게 써나갔다. 그건 경과 보고서이면서 하소연이고 넋두리였다. 그리고 외로운 동지애의 확인이기도 했다.

—돈의 위력이 참으로 실감 난다. 썩고 병든 세상인지는 알고 있었지만 겪고 보니 생각보다 훨씬 심하구나. 그런 잇속으로 뒤얽힌 정글을 어찌해보겠다고 마음먹은 우리가 지극히 순진하고 어리석었던 게 아닌가 싶다. 도대체 돈이 무엇일까……, 다시금 생각한다. 돈은 우리 사람들의 생존을 유지해 가는 소중한 도구이되, 공권력까지 그렇게 무력화할 만큼 안 되는 것이 없는 괴력을 발휘하니 그건 흉물이기도 하다.

그 양면성을 가진 돈에 대해서 앞으로 계속 생각해 보게 될 것 같다.

법복을 벗게 되면서 받았을 충격과 고뇌가 얼마나 컸을지……, 내가 무작정 떠밀어대 놓고 이제 속수무책이니 참으로 면목 없고, 안타깝다. 그리고 그자들이 블랙리스트를 만들었다니 변호사 생활에 어떤 영향이 끼칠지 불길함을 떼칠 수가 없다. 멀리 있으니 술 한잔도 할 수 없고……. 그러나 우리 선 자리에서 우리가 할 일에 최선을 다하자. 이 기득권 범죄가 횡행하는 세상에 그대로 실망하고, 절망하고, 좌절하기에는 우리는 아직 너무나 젊다. 분명 우리가 해낼 역할이 있다. 우리 함께 힘내자. 내 일은 노력하는 만큼 열매를 맺어가고 있다. 그대는 나의 영원한 동지다!

이태하는 한 선배의 편지를 읽고 또 읽었다. 독실한 신앙인이 성직자의 말을 듣고 위안을 받고 새 힘을 얻듯이 그는 선배의 편지를 거듭 읽으며 외로움과 불안감이 차츰 해소되어 가는 것을 느끼고 있었다.

시간이 지날수록 이태하는 그 블랙리스트의 영향력을 실감해야 했다. 시쳇말로 '돈 되는' 기업 쪽의 큼직한 사건들은 그야말로 씨가 마르고 말았다. 그저 이삭 줍듯이 자질구레한 사건들만 가지고 씨름해야 했다. 그런데 그 사건들의 거의 전부가 돈에 얽히고설킨 이전투구였다. 너 죽고 나 살자는 그

막가는 싸움판을 도맡고 나서서 칼을 휘둘러야 하는 변호사라는 신세에 이태하는 문득문득 감당하기 어려운 회의와 자괴감에 빠지고는 했다. 그럴 때마다 그는, 부정기적으로 엄습하는 통증에 시달리는 환자가 허둥지둥 진통제를 털어 넣곤 하는 것처럼 멀리 있는 한 선배를 떠올리고는 했다.

'우리가 할 수 있는 일을 지치지 말고 성실히 합시다. 그 과정에서 하나하나 이루어져 나아가는 것이 기쁨이고 보람이고, 진정으로 행복한 자족적 삶이 아니겠소. 그 길을 향해 우리 함께 지팡이가 됩시다.'

어느 해 연하장에 한 선배가 또박또박 정성 들인 글씨로 써 보낸 문구였다. 한 선배의 육성이 선명하게 들려오는 그 문장은 그 어떤 잠언이나 명언보다도 가슴을 울려왔다. '자족적 삶'……, 이 말을 그는 몇 번이고 뇌었다. 쉽고도, 어려운 말이었다. 사전적인 뜻은 쉬운데, 삶 속에서 그 실체가 확실하게 잡히는 것인지 어쩐지 아리송하고 모호하고 할 뿐이었다. 그런데 한 선배의 문장은 그 자신은 그 실체를 잡고 있다는 느낌을 느끼게 하고 있는 것이었다. 그렇지만 자신은 전혀 그렇지 못했던 것이다. 그러니까 한 선배는 행복한 삶을 엮어가고 있는데 자신은 반대로 불행 속을 헤매고 있다는 의미였다. 그런 한 선배가 부럽고, 그리웠다. 그리고 변호사 생활에서 '자족'을 느끼자고 스스로를 질책하고, 마음을 가다듬고는 했다. 그러나 자신의 마음은 자신의 것이 아니었다. 그것은 미꾸라지나 뱀장어가 손아귀를 미끈덕 빠져나가버리듯 자신을 자꾸 배신할 뿐이었다.

월세 4배 올려 받기

“강 사장님, 김 회장님께서 월세를 4배, 4배로 올리겠다고 하십니다.”

부동산 문 사장이 박자라도 맞추는 듯 4배라고 할 때마다 쫙 편 손가락 4개를 강남길의 눈앞으로 디밀어댔다.

“뭐, 뭐, 뭐, 4배!”

강남길은 너무 놀라 몸을 벌떡 일으켰다가 낡은 소파에다 엉덩방아를 찧으며 말을 심하게 더듬었다.

“예에, 4배요.”

문 사장이 야무지게 대답하며 다시 손가락 4개를 쫙 펴 보였다.

"아이고, 김 사장, 아아니, 김 회장님, 이 이게, 이게 무슨 말입니까. 도대체 이게 무슨 말입니까."

강남길은 건너편 남자 쪽으로 몸을 돌리며 다급하게 말을 쏟아냈다. 숨 가쁜 말을 그는 심하게 더듬거렸고, 얼굴은 금세 벌겋게 상기되어 있었다.

그때까지 거만스러운 표정으로 먼산바라기를 하며 거드름을 피우고 있던 김성기는 내립뜬 옆눈길로 문 사장에게 말했다.

"잘 못 알아들은 모양이니 다시 말해 주시오."

돈 있는 자의 위세를 맘껏 부리며 그는 턱짓했다.

"똑똑히 들으시오. 4배요, 4배."

문 사장은 다시 쫙 편 손가락 4개로 율동을 했다.

"하이고 김 회장님, 사람 좀 살려주십시오. 2배도 어려운데 갑자기 4배라니요. 그건 나가 죽으라는 거나 마찬가집니다. 제발 좀 살려주십시오."

울상이 된 강남길은 절박하게 말하며 자신도 모르게 두 손을 모았다.

"무슨 엄살이 그렇게 심하오. 듣자 하니 지난 10년간 장사 아주 잘했다고 하던데. 단골 많은 알부자라는 소문 다 들었소."

김성기는 부동산에서 들은 말을 그대로 옮겨놓았다.

"예에, 마누라하고 저하고 뼛골 빠지게 일해서 단골도 많이 잡고 돈도 쏠쏠하게 좀 벌었지요. 허지만 오래 병 앓고 계시는 두 부모님 병 수발들어야 하고, 네 자식들 먹이고 입히고 가르치다 보니 죽어라 벌어봤자 시루에 물 붓기라 모아진 게 별로 없습니다. 회장님, 김 회장님, 저 좀 살려주십시오, 이렇게 빌겠습니다, 제발 좀 살려주십시오."

완연히 울음기가 밴 목소리로 하소연하며 강남길은 모았던 두 손을 비비기 시작했다.

"에이 참, 요새 세상에 무슨 영화를 보자고 애들을 넷씩이나. 에이, 쯧쯧쯧……."

문 사장은 중간에 낀 옹색한 입장에 짜증을 내듯 괜히 애 많은 것을 타박하고 들었다.

"아하, 이유 없는 무덤 없는 법이니까 구구하고 거북한 말 할 것 없어요. 나도 흙 파서 사업하는 것 아니오. 은행 융자가 많아서 다달이 그놈의 이자 뜯기기 숨 가쁘고 죽을 맛이니까 형편 다급한 것은 너나 나나 다 똑같다 그거요. 그러니까 올리는 월세 못 내겠거든 가게 당장 비워요. 새로 들어올 사람은 얼마든지 있으니까."

김성기는 강남길의 애타는 애원에 조금도 흔들림 없이 냉정하기만 했다.

"아니, 세상 사람 그 누구한테나 물어봅시다. 건물을 사들이더니 월세를 느닷없이 4배로 올리는 게 이게 말이 되냐고요. 세상에 무슨 장사를 해서 월세를 4배나 내고 먹고살 수가 있겠어요. 아무리 건물주 맘대로라지만 이건 절대로 말이 안 되는 일이지요."

"어허, 말이 안 되긴! 지금 1, 2층을 통째로 7천에 쓰겠다는 사람이 딱 대기하고 있으니까 하는 말 아니오. 더 긴 말 필요 없이 딱 잘라 대답해요. 월세를 그렇게 낼 거요, 아니면 당장 비울 거요?"

"아니 무슨 업종인데 7천을 내요? 그 사람 미치지 않았어요?"

강남길은 김성기를 어이없는 표정으로 바라보았다.

"그거 뭐, 무슨 업종인지야 알 것 없고, 그 업종 들어왔다 하면 월세 수입도 확 늘 뿐만 아니라 빌딩 가격도 확 올라가게 돼 있소. 업종이 깨끗하고 고상해서 빌딩 가치가 높아지니까. 고약하게 고기 굽는 냄새 풍겨대고, 시끄럽고 후진 당신네 식당은 빌딩 이미지 다 망치고 있잖아. 어차피 당신네는 안 돼. 여러 말 말고 빨리 짐 쌀 작정 하시오."

김성기는 더 말할 필요 없다는 듯 일어날 기색을 보였다.

"안 됩니다. 그건 못 합니다."

강남길이 태도를 확 바꾸며 단호하게 말했다. 눈에는 슬픈 기가 사라지고 독기가 서려 있었다.

"못 해!"

김성기가 벌떡 일어나며 소리쳤다.

"예, 죽어도 못 해요."

강남길은 기 꺾이지 않고 거세게 맞섰다.

"뭐, 죽어도 못 한다고? 그래, 좋아. 그렇게 똥배짱 부리는 덴 딱 한 가지 방법밖에 없지. 됐어, 법으로 하지. 명도소송을 해줄 테니까 기다려!"

김성기는 검지로 강남길을 똑바로 겨누며 소리치고는 그대로 문을 박차고 나가버렸다.

"흥, 소오소옹…… 해보셔, 많이 해보셔. 옘병헐, 무서울 것 하나도 없어. 돈 없는 놈은 어차피 깡으로 사는 거니까 어디 한번 해보자구. 니가 막 나가나 내가 막 나가나, 누가 이기나 한판 붙어보자구!"

강남길은 흔들리고 있는 문에다 대고 뒤늦게 분풀이를 하고 있었다.

"아이고, 강 사장, 화가 나더라도 좀 참아요. 돈 있는 사람들이야 폼 잡고 배짱부리는 게 주특기인데, 거기다 대고 그렇게 드세게 나가면 어쩌자는 거요? 그거 치사하고 드러워도 사정하고 애걸하고 그래야지."

문 사장이 중개업자답게 말했다.

"아니, 사장님도 들어서 다 알잖아요. 건물 사자마자 임대료를 4배나 더 내라, 이게 도대체 말이나 되는 소린가요? 아무리 돈 많은 부자 놈들 욕심이 끝이 없다고 하지만 시세라는 것이 있잖아요, 시세! 부동산 사장님이 볼 때 그게 말이 되냐고요, 말이."

강남길은 다시 분이 끓어올라 주먹으로 제 가슴을 쳤다.

"글쎄, 그게 과하긴 한데, 7천에 들어올 사람이 있다고 하니 낸들 뭐라고 할 말이 있겠소. 요렇게 답답한 일만 있으면 부동산 못 해먹어요."

문 사장이 과장되게 한숨을 길게 늘였다.

"사장님, 그거 뻥이지요? 내 월세 올리려고 뻥치는 거지요?"

"뻥? 글쎄, 그건 잘 모르겠는데요. 그 얘긴 나도 오늘 첨 들은 거니까." 문 사장은 고개를 갸웃하고는, "그게 어쩌면 진짜인지도 몰라요. 그 양반이 돈 들이대 리모델링 후닥닥해서 딴 건물 싹 만들어놓으면 건물값이 금방 치솟기고, 부쩍 오른 월세 내고도 새 업종이 들어온다잖아요. 그 양반 그 사업 전문으로 해서 큰돈 많이 벌었으니까 그 말이 그냥 뻥이 아닐 수도 있어요." 그는 직업적으로 진지하게 말했다.

"도둑놈, 전문적인 건물 사냥꾼 노릇을 하면서 또 누구 등을 치려고. 흥, 미안하지만 나한텐 안 통해. 쌔끼, 내가 한 푼이라도 더 내놓나 봐라."

강남길이 뿌드득 이를 갈고 입을 야무지게 훔치며 일어났다.

"어허, 이놈의 일이 영 골치 아프게 생겼네. 차이가 어지간해야 새중간에서 어찌해보고 말고 할 수가 있지, 원."

성질 돋은 강남길의 뒷모습을 보며 문 사장이 힘없이 중얼거렸다.

"어찌, 얘기가 좀 됐어요?"

강남길이 들어서는 것을 보고 식탁을 치우고 있던 그의 아내가 근심스럽게 물었다.

"좀 더 기다려봐. 한 번 얘기로 될 일이 아니니까."

강남길은 '그놈이 명도소송을 하겠대' 하는 말을 삼키며 이렇게 둘러댔다.

"그 사람, 돈도 억수로 많다던데 왜 그리 욕심을 부리는지 몰라요. 부자들일수록 더 배고파한다더니 어찌 그 말이 그렇게 맞을까요, 글쎄. 아무리 몰인정한 세상이라지만 월세를 4배나 더 올려 내라니, 날강도도 그런 날강도가 없어요."

그의 아내는 한숨을 푹푹 쉬면서 아무것도 묻은 게 없는 식탁을 박박 문질러대고 있었다.

"부자들 욕심 말하면 뭘 해. 논 아흔아홉 마지기 가진 부자가 한 마지기 가진 가난뱅이보고 팔라고 한대잖아. 백 마지기를 꽉 채우고 싶어하는 게 부자들 심뽀야. 그러니까 배고프다고 하는 부자는 있어도 배부르다고 하는 부자는 없다는 말도 있는 거지. 너무 걱정하지 말고 좀 더 두고 보자고.

나도 생각이 있으니까."

강남길은 일부러 생기를 내며 말했다.

"무슨……, 좋은 생각이 있어요?"

그의 아내는 의아스러운 눈치이면서 조심스럽게 물었다.

"응, 걱정하지 마. 내가 다 알아서 할 테니까."

강남길은 아내의 어깨까지 툭 치며 더 크게 말했다. 그러나 겉으로 그럴수록 속으로는 외롭고 허전했다. 이럴 때 돈 없어 초라한 자신의 모습만 커질 뿐 그 어디에 의지할 데도, 하소연할 데도 없이 세상은 허허벌판이었다. 자신이 그럴 때 아내는 더 말할 것이 없었다. 그동안 아내는 주방 일을 도맡아 해오면서 말로 다할 수 없는 고생을 이겨냈다. 날이날마다 서서 일에 부대껴야 했으니 양쪽 종아리에 지렁이들이 기는 것같이 푸른 핏줄이 돋아 올라 하지정맥 수술을 받아야 했고, 날마다 결리고 쑤시던 허리가 결국에는 똑 부러질 것 같이 아파 주저앉을 지경이 되어 허리 디스크 수술을 받아야 했고, 고무장갑을 끼지만 막을 수 없어서 연고를 달고 살아야 하는 주부습진 정도는 병도 아니었다. 그런 아내를 생각하면 마음이 너무나도 짠해 헛기운이나마 쓰면서 무슨 수가 있는 척 꾸미지 않을 수가 없었다.

월세는 해가 바뀌면 재산세 고지서 나오듯 꼬박꼬박 올라갔다. 그것은 피할 수 없는 형벌 같은 것이었다. 그 돈을 못

내면 그날로 내쫓겨야 했다. 그럼 지금까지 온 힘을 다 바쳐 다져왔던 장사 기반이 송두리째 무너져버리는 것이었다. 장사의 성패란 단골들이 내는 입소문에 따라 갈리게 되어 있었다. 특히 식당은 더 그랬다. 맛에 민감한 사람의 입은 그 소문을 퍼뜨리는 데도 바람처럼 빨랐다.

영리한 아내는 손맛이 아주 좋아 단골이 꾸준히 불어나 이제 기반이 튼튼하게 잡혀 있었다. 점심때의 해물매운탕과 청국장찌개는 입소문을 많이 탔고, 특히 저녁의 돼지 삼겹살 구이와 소주의 궁합은 누구나 엄지손가락을 세우게 해 자리가 없을 지경이었다. 그런데 한 가지 아쉬운 것은 그게 값이 싸야만 하는 서민 음식이라 바쁘고 힘겨운 것에 비해 이문이 적은 것이었다. 바라는 만큼 돈이 빨리 모아지지 않는 것이 늘 안타까웠다. 그러나 앞으로 10년만 더 하면 어느 만큼 살 만해질 것 같은 희망이 가까워 보이기도 했다.

그런데 느닷없이 건물이 팔리고, 월세를 4배로 올리는 날벼락이 떨어진 것이었다. 그러나 이 사태도 소낙비 쏟아지듯 갑작스러운 것도 아니었다. 3년 전에 건물주인 할머니가 돌아가셨을 때부터 슬슬 시작된 일이라고 할 수 있었다. 그 마음씨 좋은 할머니가 암을 앓지 않고 10년만 더 사셨더라면 자신의 인생에도 환한 빛이 들고, 무지개도 뜰 수 있었을 것이다. 그런데 할머니의 외아들이……. 이제 다 부질없는 일인지 잘 알면서도 강남길은 할머니에 대한 아쉬움과 그리움이 한결 더 커지고 있었다.

할머니의 남편은 청계천에서 철물을 다루는 사업을 해서 재산을 일으킨 기술자였다. 할머니 말로는 남편의 기술이 어찌나 좋은지 쇠로 만드는 것이면 못 만드는 것이 없었다고 했다. 청계천 양쪽으로는 온갖 철물상들이 수없이 많았지만 그중에서도 남편 기술은 손꼽히고 있어서 돈벌이는 수월했고, 재산은 해마다 불어났다. 그런데 할머니가 날마다 즐기는 재미는 잔뜩 구겨진 돈을 다리미로 다리는 것이었다. 남편이 저녁에 집에 돌아와 이 주머니, 저 주머니에서 꺼내놓는 돈들은 어찌 된 영문인지 꼬깃꼬깃 구겨질 대로 구겨져 있었다. 기름 맥질 된 철물을 만지기도 하니까 기름이 거뭇거뭇 묻기도 한 것은 이해가 되는데, 돈들이 일삼아 구긴 것처럼 왜 그리 구겨져 있는지는 알 수가 없었다. "몰라, 쇠 만지는 것들은 너나없이 손이 억세고 거칠어서 그런가?" 남편이 무심하게 한 대꾸였다. 그러나 철물을 만지는 손이라서 그런 것이 아니었다. 청계천 옆 동대문시장 통의 장사 아줌마들이 내놓는 거스름돈도 모두 구겨져 있었다. 마치 돈은 구겨져 있어야 재수가 많이 들어온다는 듯. 그건 돈을 반듯하게 간추릴 틈도 없이 일손이 바쁘다는 뜻이었다. "돈을 빳빳하게 다리는 재미는 이 세상에서 제일가는 재미였다우." 할머니가 더없이 행복한 얼굴로 말하고는 했었다.

할머니는 알뜰하게 돈을 모았고, 큰돈이 되자 세 들어 있던 상점을 사들였다. 월세가 안 나가니 돈은 더 빨리 모아졌다. 남편은 재산이 불어나는 것에 맞추고 싶은 듯 자식을 서넛쯤 갖기를 원했다. 그런데 아들이 세 살이 넘고, 다섯 살이 되어가도록 애가 들어서지 않았다. 남편 몰래 용하다는 한약방을 찾아가 보약을 지어 먹었다. 그래도 소식이 없어 용한 점쟁이도 찾아갔다. 애가 둘쯤 더 점지되어 있다고 했지만 그 점괘는 빗나갔다.

"괜찮아, 한 자식 열 자식처럼 잘 키우면 됐지, 뭐." 하나인 아들이 열 살이 넘자 술 취한 남편이 서운한 기색으로 한 말이었다. 남편의 그 말이 고맙고, 또한 남편에게 한없이 미안했다. 그러면서 덜컥 걱정이 생겼다. 시앗을 보면 어쩌나 하는 것이었다. 그 걱정을 키우는 것이 있었다. 남편은 술을 무척 좋아했던 것이다. 공사판 노가다들처럼 철물 만지는 사람들도 술고래라는 것이었다. 그런데 걱정은 '주색(酒色)'이 한 덩어리의 말인 것처럼 술자리에는 여자가 따르게 마련이었던 것이다. 술을 자주 마시다 보면 돈 있는 사장님이겠다, 여자가 생기기는 너무 쉬운 일이었다. 항상 마음이 조마조마하고, 불안불안했지만 실직한 남편은 회사를 키워가는 데만 열중할 뿐 그런 불행을 만들지는 않았다. 그런 고마운 남편을 떠받들며 자신이 온 힘을 기울여 해야 할 일은 하나인 자식을 열 자식인 것처럼 키워내는 것이었다.

아들이 중학생이 되고부터 일류 대학 학생으로 가정교사를 붙였다. 그리고 학년이 올라가는 것에 맞추어 새 선생으로 바꾸었다. 고3이 될 때까지 그렇게 온 정성을 다 바쳤지만 아들은 열 자식이 아니라 두 자식도 되지 못했다. 아들은 공부에 별 뜻이 없었다. 남편은 아들이 판검사쯤 되기를 은근히 바랐다. 그러나 대학을 미끄러지고 미끄러져 삼류에 처박히자 "별수 없지. 내 회사나 물려받으면 됐지" 하며 담배를 깊이 빨아들였다.

그리고 남편은 강남 개발 바람을 타고 한강을 건너와 5층 건물을 지었다. 노후 대책이었다. 그런데 아들은 아버지의 회사를 물려받는 것에 대해서도, 꼭 공부에 뜻이 없었던 것처럼 거의 관심을 보이지 않았다. "참, 자식은 겉을 낳지 속을 못 낳는다는 말이 어찌 그리 맞누." 남편이 긴 한숨 끝에 중얼거린 말이었다.

그리고 술을 많이 마신 업보로 간암에 시달리다 눈을 감기 직전에 남편이 말했다. "절대로 눈 감기 전에 저놈한테 건물 넘겨주지 말어. 저놈, 건물만 차지하지 에미는 나 몰라라 할 놈이니까." 그러면서 남편은 눈물을 주르륵 흘리고는 숨을 거두었다.

남편이 떠나자 아들은 기다렸다는 듯 건물을 넘겨달라고 성화를 부리기 시작했다. 아들만 그리 막가는 욕심을 부리고 나선 것이 아니었다. 며느리까지 덩달아 부채질을 해대고 나섰다. "어머님이 관리하기 힘드시잖아요. 그만 아들한테 맡기고 어머님은 속 편히 지내세요. 친구분들하고 훌훌 여행도 다니시고 하면서. 저희가 어머님 끝내주게 잘 모실게요." 며느리가 눈 다 감기도록 달콤한 웃음을 피워내며 간살을 떨어댔다. "다 시끄럽다. 난 아버지하고 한 약속 죽어도 못 어긴다." 아들도 며느리도 정떨어지도록 매정하게 내쳤다. 평생 부모 실망만 시켜온 아들도 안 믿었지만 며느리도 믿지 않았다. 아들이 돈 귀한 줄 모르고 철없는 짓 하고 다니는 것에 못지않게 며느리도 돈 헤프게 써대는 것은 이골이 나 있었다.

"어찌 이리 반찬 솜씨가 좋을꼬. 이 청국장 맛은 꼭 우리 친정어머니가 끓이시던 것하고 똑같애. 어찌나 맛이 좋은지 아무리 먹어도 질리질 않아." 할머니가 돌아가셨지만 강남길의 귀에는 할머니의 이 말이 언제나 들렸다. 그런데 오늘은 더욱 선명하게 들리고 있었다.

혼자 사는 할머니는 식당에 자주 찾아왔다. 그때마다 꼭 청국장찌개를 아주 맛나게 들었다. 처음에 아내는 돈을 안 받으려고 했다. "새댁, 이러지 마. 이건 장사야. 줄 건 주고, 받을 건 받아야 하는 장사야. 새댁이 이러는 건 날 위하는 게 아니라 날 여기 못 오게 하는 짓이야. 내가 불편해서 여기 못 오게 된다니까." 할머니는 정색을 하고 말했다. 그래서 정가대로 돈을 받았고, 아내는 색다른 반찬 한 가지라도 더 올리고 싶어했지만 할머니는 그것도 못 하게 했다. "어여어여 돈 벌어 부자 되라구. 부부가 이렇게 뜻 잘 맞춰가면서 열성으로 하면 곧 잘살게 되지. 암, 되구말구." 할머니는 정겹게 웃으며 이런 덕담도 잊지 않았다.

그렇게 인정스럽고 사리에 밝았던 할머니가 돌아가시자 건물에 세 들어 있던 사람들은 모두 긴장했다. 할머니에 대한 슬픔을 밀어내며 목전에 닥친 것은 월세가 어찌 될까 하는 걱정이었다. 돈 헤프게 써대기 좋아하는 아들이 돈 욕심을 부릴 수 있었던 것이다.

아니나 다를까, 아들은 월세 50퍼센트 인상을 선언하고 나섰다. 세입자들은 법을 내세우며 단결하고 맞섰다. 법이 정한 연간 5퍼센트 이상은 안 된다고 따졌다. 아들은 변호사를 앞세워 '모두 나가라!'고 으름장을 놓았다. 한 달 넘게 밀고 당기기를 해서 20퍼센트 인상으로 타협을 보았다. 그 일로 아들은 완전히 인심을 잃고 말았다.

'돈밖에 모르는 놈.'

'부모 욕이나 먹이는 놈.'

아들이 세입자들에게 받은 별호였다.

물론 아들이 강남길네 식당에 손님으로 온 일은 한 번도 없었다. 어머니가 돌아가시자마자 아들은 4억짜리 외제 차를 끌며 일류 호텔만 드나든다는 소문이 퍼지기 시작했다. 그런 호화 생활을 하는 사람이 서민 대중의 음식인 청국장찌개나 돼지 삼겹살구이를 하는 구지레한 식당에 발길을 할 리가 없었다.

그런 아들은 해가 바뀔 때마다 월세 인상으로 말썽을 일으켰다. 법이고 일반 기준이고 없이 자기 기분 내키는 대로 월세를 올리려고 들었다. 그때마다 세입자들은 함께 뭉쳐서 법을 내세울 수밖에 없었다. 그러나 칼자루를 쥔 것은 그쪽이었다. 한동안 실랑이를 하다가 법의 기준을 넘겨 인상에 동의할 수밖에 없었다. 그런데 세입자들 중에서 제일 약한 입장에 처해 있는 것이 자신인 것을 강남길은 매번 억울해하고 분해했다. 식당은 한마디로 '단골 장사'였던 것이다. 음식 맛이 좋고, 그래서 손님들이 만족해하고, 자연스럽게 또 발길을 하게 되고, 그 말이 옆 사람, 옆 사람으로 퍼져나가고 하면서 단골이 늘고, 그 단골들이 많아지면서 장사가 번창하고, 그 흥겨움과 신바람 속에서 돈 쌓이는 것이 보이는 게 밥장사였다. 그러니 밥장사란 단골 버리고 딴 곳으로 옮길 수가 없는 사업이었다. 자신은 꼼짝 못 하고 당할 수밖에 없는데, 층수 높은 데 있는 업체들은 딴 곳으로 떠나기도 했다. 단골에 발

목이 잡히지 않아도 되는 업종은 당연히 그래야 했다.

날이 갈수록 아들은 돈 마구 뿌려대는 생활이 심해지고 있다는 소문이 들려왔다. 그가 몇억짜리 외제 스포츠카를 또 샀다고 하는가 하면, 그의 아내도 외제 차를 몰기 시작했다고도 했다. 그리고 그가 주식에 손대 몇억 손해를 보았고, 또 어떤 펀드에 돈을 넣었다가 몇억을 날렸다는 소문들이 겹겹으로 파도 밀려오듯 했다.

"흐응, 자아알 놀아나는 짓이다."

"애비가 평생 철물 두들겨 애써 번 돈 더럽게 날리고 있네."

"거저 돈 물려받은 새끼들은 다 그 모양 그 꼴이지, 뭐."

"그래, 즈이 애비는 돈 아끼느라고 평생 쐬주만 마시다가 간 망쳐 저승객이 됐는데 아들놈 놀아나는 꼬락서니라니."

"맞어, 그 사장님만 불쌍하지. 근데 그놈은 일류 호텔에서 몇십만 원짜리 와인만 마신다는 소문이잖아?"

"이 사람 쪼잔하게 몇십만 원짜리가 뭐야? 몇백만 원짜리를 까대면서 쌩폼 다 잡고 난리굿판이라던데."

"뭐야, 몇백만 원짜리?"

"이 사람 왜 이리 촌티 내고 쪼잔하게 굴어? 몇백만 원짜리는 족보도 못 내밀게 웃기는 거고, 거 천만 원 넘는 것들이 수두룩하다는 말 듣지도 못했어?"

"뭐라고? 천만 원이 넘어? 그게 말이 돼?"

"이 사람, 이제 보니 참 우습지도 않게 순진하네. 자네, 어떤 재벌이 한 병에 천오백짜리만 마신다는 소리 듣지도 못했어?"

"뭐, 뭐, 뭐라고? 한 병에 천오백? 그럼 그게 한 잔에 얼마라는 거야? 소주처럼 그것도 일곱 잔 나온다고 했으니까."

"헤, 자네 머리로는 하루 종일 계산해도 답이 안 나와. 어서 핸드폰 꺼내 계산기 두들겨봐."

"아니, 이 사람 왜 이래 이거. 그게 2 곱하기 7이 14에다가, 100만 원이 남으니까 7 곱하기 1은 7이고, 30만 원이 남으면 4 곱하기 7은 28이니까 한 잔에 214만 원쯤이잖아."

"와아, 이 사람 이거, 부동산 20년 경력 화끈하게 보여주네. 그렇다고, 한 잔에 214만 원꼴이라고. 나 참, 드러워서."

"허 참, 기막히네. 아무리 즈네 돈 가지고 즈네 맘대로 쓰는 자본주의라고 하더라도 그거 너무하는 짓들 아냐? 돈 그 따위로 개 좆같이 막 써대다가는 천벌을 받아 틀림없이 불지옥에 떨어진다구."

"어허, 또 세상 모르는 순진한 소리. 돈이면 염라대왕 치부책도 고쳐버린다는 말 못 들었어!"

"허 참, 사람 환장하겠네. 돈이면 처녀 불알도 산다고 했으니 더 할 말 없지, 뭐. 허나 너무들 하는 거라구."

"그야 더 말해 뭘 해. 한 달 생활비 몇십만 원씩이 없어서

세 식구가 집단자살을 하는 세상에서 그따위 짓거리들은 말이 안 되지. 참 드런 놈의 세상이야."

"그나저나 저 아들놈 저따위로 정신없이 놀아나다가는 저 건물 홀라당 날려먹는 것 아닐까?"

"글쎄에……, 나도 그게 좀 그렇더라고. 지가 재벌 자식도 아니고. 그까짓 150억짜리 건물 하나 가지고."

"그렇게 천지 분간 모르고 날쳐대다가는 몇 년 못 가 빈털터리 알거지 된다구. 엄청 큰 회사 물려받은 재벌 자식들도 계집질에, 노름에, 사치에, 막 놀아나다가 몽땅 거덜 내버리는 꼴 많이 봐왔잖아."

"그렇지. 그 친구도 놀아나는 꼴이 앞날이 위태위태해."

강남길은 주변 부동산들이 삼겹살에 소주잔을 기울이며 나누는 이런 말들을 엿들으며 자꾸 커지는 불안을 떼칠 수가 없었다. 그 아들이 위태롭게 되는 것은 바로 자신의 앞날이 위태로워지는 것이기도 했기 때문이다. 만약 그 아들이 잘못되어 이 건물의 주인이 바뀌게 되면 단골들 튼실하게 잡혀 있는 자신의 식당은 어찌 될 것인가!

그런데 그 불안과 걱정은 날이 갈수록 점점 더 커져가고 있었다. 그 아들에 대한 새로운 소문들이 자꾸 파도쳐오기 때문이었다. 열두 살이나 어린 여자와 바람이 나서 아내가 이혼소송을 제기했다고 하는가 하면, 카지노에 미치기 시작해 강원도에 뻔질나게 드나들다가 얼마 전부터는 아예 거기서 붙어산다고 했다.

'이거 야단났구나. 카지노에 미쳐서 재산 다 거덜 내고, 끝내는 노숙자 신세가 된 사람들이 한둘이 아니라고 하던데.'

강남길은 아내한테 말도 못 하고 혼자서 안절부절못했다.

그런데 얼마 지나지 않아 끔찍한 소식이 들려왔다. 건물이 곧 경매에 부쳐진다는 것이었다. 그동안 은행 융자를 많이 받았는데, 그 이자가 연체된 것이라고 했다.

세입자들에게 바로 비상이 걸렸다. 모두 보증금을 떼이고 내쫓길 판이었던 것이다. 그 위기 속에서 모두 우왕좌왕하고 있는데 경매 직전에 아슬아슬하게 건물이 팔렸다는 소식이 들려왔다. 세입자들이 막혔던 숨을 길게 토해 냈다. 그런데 그 안도감에 취할 수도 없게 강남길에게 떨어진 벼락이 월세 4배 인상이었다.

강남길은 몇 날 며칠을 속 태우며 머리를 짜내도 뾰족한 수가 떠오르지 않았다. 아내한테 '내가 다 알아서 한다'고 큰소리쳤던 게 면목이 없었다. 아내는 그동안 근심 서린 얼굴이면서도 그 문제에 대해선 한마디도 꺼내지 않았다. 정말 자신의 장담을 믿고 있어서인지, 아니면 아무런 방법이 없다는 것을 이미 알고 있어서 그러는 것인지 알 수가 없었다. 그동안 험한 세상 살아오면서 몰인정한 일 겪을 만큼 겪어온 아내는 벌써 어디론가 옮겨갈 생각을 하고 있는지도 몰랐다.

그런데 부동산에서 연락이 왔다.

"강 사장, 빨리 좀 오시오."

"왜요?"

강남길은 언제나 있는 사람들 편에만 서는 부동산에게도 이미 비위가 상해 있어서 퉁명스럽게 내질렀다.

"왜긴, 그 건 때문이지. 김 회장님 오래 못 기다리세요."

부동산도 거칠게 대꾸하며 전화를 끊어버렸다.

"에이, 드런 놈, 벌써 건물주한테 찰싹 붙어가지고."

강남길은 불끈 치미는 울화와 함께 이 말이 절로 터져 나왔다.

그때 머리를 친 말이 있었다. 명도소송! 그리고 등줄기로 찬 기운이 쭉 뻗쳐 내렸다. 콱 막히는 절망감과 함께 울화가 더 크고 더 뜨겁게 치솟아 올랐다. 10년 동안 애쓰고 애써서 다져놓은 단골들 다 버리고 이 살벌한 서울 어디로 간단 말인가! 생각할수록 기가 막히고 기가 막혀 견딜 수가 없었다.

강남길은 불덩이 같은 울화를 어떻게 할 수가 없었다. 주방으로 재빨리 눈길을 돌렸다. 아내는 저녁 장사 준비를 하느라고 정신없이 분주했다. 그는 계산대 아래 붙은 장을 열었다. 소주병을 꺼냈다. 먹다 둔 것이 반나마 있었다. 그는 단숨에 병을 비웠다. 그것이나마 넘겨야 울화가 가라앉을 것 같았다.

"어떻게 하기로 했소?"

강남길을 보자마자 김성기가 불퉁스럽게 물었다.

"회장님, 제발 좀……, 제발 좀 봐주십시오."

강남길은 울상이 되며 두 손을 모으고 머리를 조아렸다.

"됐소. 나 오늘 최후통첩 하러 온 것이오. 이 길로 명도소송 접수하러 가니까 그리 아시오."

김성기가 매정하게 말하며 벌떡 일어섰다.

'뭐라고!'

강남길은 가슴이 컥 막히고 머리가 핑 도는 현기증을 느꼈다.

'이 강도 같은 새끼야, 너 죽고 나 죽자.'

강남길은 치솟기는 살기를 느끼며 이빨을 뿌드득 갈았다. 그는 이상하게 변한 눈길로 사방을 빠르게 훑었다. 어디 손볼 데가 있었는지 문 옆에 연장통이 놓여 있었다.

"야, 이 씨발놈아, 너 죽고 나 죽자!"

이렇게 외쳐대며 강남길이 연장통에서 쇠망치를 집어 들었다.

"어, 안 돼! 왜 이래." 부동산 문 사장이 질겁을 해서 강남길을 막아서며, "회장님, 피해요. 빨리 피해요!" 외쳐대면서 강남길을 붙들었다.

김성기는 혼비백산해서 부동산을 뛰쳐나갔다.

"놔요, 놔! 이거 왜 이래." 눈에서 푸른 살기가 뻗치는 강남길이 외쳐댔고, "정신 차려요, 정신. 어쩔려고 이래요." 문 사장이 강남길을 흔들어댔고, "저놈 죽이고 나 죽는다니까. 놔, 이것 놔!" 강남길이 문 사장을 떠다밀었다. 문 사장이 벌렁 뒤로 넘어갔다.

"야, 이 도둑놈아, 거기 서. 너 죽고 나 죽고 할 테니까 거기 서. 요런 순 날강도 같은 놈아!"

쇠망치를 치켜든 강남길은 소리소리 질러대며 저만치 달아나고 있는 김성기를 쫓아가고 있었다. 그 사나운 기세는 김성기가 잡히면 여지없이 박살을 내고 말 것만 같았다.

부동산 문 사장이 그 모습을 겁 질린 얼굴로 지켜보고 있었고, 길 가던 사람들의 눈길도 일시에 그쪽으로 쏠리고 있었다.

"야, 이 도둑놈아, 뭐, 월세를 4배로 올려? 요런 날강도 새끼야, 너 죽고 나 죽자!"

강남길은 계속 쇠망치를 휘둘러대며 더 크게 외쳐대고 있었다. 그는 안주 없이 들이켠 깡소주 반병의 취기가 솟아오르는 것을 느끼며 더욱 기운차게 뒤쫓고 있었다. 김성기는 기를 쓰고 내닫고 있었지만 강남길과의 거리가 조금씩 줄어들고 있었다.

김성기는 얼른 뒤를 돌아보았다.

"야, 이 날강도 새끼야, 거기 서, 거기! 이 개에새끼야, 너 죽고 나 죽자아!"

강남길이 쇠망치를 휘두르며 무서운 기세로 치달아오고 있었다. 그 쇠망치에 얻어맞으면 머리가 박살 나고 말 것 같았다. 김성기는 숨 막히는 공포감을 느끼며 길을 꺾어 돌았다. 그는 건물 앞에 세워둔 차만 생각하고 있었다. 어떻게 해서든 빨리 내빼 차를 타고 도망가는 것이 최상책이었다.

"야, 이 도둑놈아, 월세 4배가 뭐냐, 4배가. 거기 서, 너 죽고 나 죽자!"

강남길은 계속 소리쳐대며 어기차게 쫓아오고 있었다. 김성기와의 거리는 더욱 줄어들어 있었다.

김성기는 숨을 헐떡거리며 다시 길을 꺾어 돌았다.

'어떻게 경찰을 부르나. 저놈이 저렇게 쫓아오고 있으니 핸드폰 걸 틈이 있어야 말이지.'

오른손에 핸드폰을 움켜잡은 김성기는 이 다급한 생각으로 더욱 숨이 막혀오고 있었다.

'달려라, 달려라. 길을 한 번만 더 돌면 차가 있다…….'

김성기는 기를 쓰고 달리며 다시 길을 꺾어 돌았다.

'아아, 저기다, 저기…….'

김성기는 자기 차를 발견하며 환성을 질렀다. 이제 살았다는 안도감과 함께 기운이 솟구쳤다. 그는 차를 향해 기를 쓰며 내달렸다.

김성기가 숨을 헐떡거리며 막 차 문을 열려고 할 때였다.

"요런 개에새끼야!"

이런 외침과 함께 강남길이 쇠망치를 내려쳤다.

"어쿠!"

김성기가 비명을 토하며 푹 고꾸라졌다.

"개에새끼, 4배 좋아하네. 여기 있다, 4배!"

강남길이 외침과 함께 또 쇠망치를 내려쳤다.

"……."

김성기는 더 비명도 지르지 못하고 몸이 그대로 길바닥에 널브러지고 말았다.

"씨발놈, 돈밖에 모르는 놈! 에잇, 드런 새끼야."

강남길이 쇠망치를 내던지며 김성기를 향해 침을 내뱉었다.

"강 사장, 정신 차려. 어쩔려고 이러는 거요. 큰일 났네, 이거 큰일 났네."

뒤늦게 나타난 문 사장이 강남길을 흔들고, 정신 잃은 김성기 쪽으로 몸을 돌리고 하며 안절부절못했다.

김성기는 곧 119에 실려갔고, 강남길은 경찰서로 끌려갔다.

"변호사님, 변호사님, 저희 남편 좀 살려주세요, 남편 좀 살려주세요."

변호사 사무실로 허둥지둥 들이닥친 강남길의 아내는 이태하를 보자마자 울음을 터뜨리며 곧 숨 넘어가게 쏟아놓았다.

"아니, 아주머니가 웬일이세요? 남편분이 어쨌는데요?"

식당 아주머니를 알아본 이태하는 반사적으로 몸을 일으켰다.

"남편이, 남편이 경찰서에 붙들려갔어요. 빨리 살려주세요."

강남길의 아내는 눈물을 줄줄 흘리며 두 손을 맞비벼댔다.

"예, 무슨 일인지 여기 앉아서 자세히 말해 보세요. 좀 진정하시고요."

이태하는 소파에 앉으라고 손짓하고는, 여직원에게 물을 한 잔 가져오라고 일렀다.

"예, 이 물 한 잔 먼저 드시고, 있는 그대로 말씀해 보세요. 그래야 돕지요."

이태하는 단골 식당의 아주머니에게 다정하게 웃어 보이며 물잔을 밀어놓았다.

"예에…… 변호사님……." 강남길의 아내는 물잔을 두 손으로 감싸 잡고 단숨에 물을 마시고는, "예, 저희 건물 주인이 얼마 전에 바뀌었거든요. 근데 글쎄 월세를 4배로 올려 내라고……." 울음기 싹 가신 목소리로 이야기를 시작했다.

"하아……, 그래서 쇠망치로 사람을 내려쳤다는 겁니까?"

이태하의 얼굴도 목소리도 절망스러웠다.

"예에, 저도 모르게 식당을 나가서는 글쎄……."

"건물주는 어찌 됐는지 아세요?"

"모르겠어요. 저는 못 봤고, 병원에 실려갔다니까요."

"그렇겠군요. 혹시 아주머니, 민변이라고 아세요?"

"예, 알지요. 돈 안 밝히고, 아니, 저어……." 강남길의 아내는 너무 직설적인 자기 말에 당황하며 입을 가리고는, "저어……, 저어……, 돈 안 생각하고 가난하고 불쌍한 사람들 도와주는 마음씨 좋은 변호사 선생님들이 모인 단체라고……." 그녀는 더 실수해서는 안 된다는 생각으로 조심조심 말했다.

"어떻게 그렇게까지 다 알고 계시는군요."

'변호사 선생님'이라는 처음 듣는 존칭이 좀 쑥스러우면서도 싫지도 않아서 이태하는 속으로 웃으며 중얼거리듯 말했다.

"변호사님이 저희 식당 단골이시라 자연히 알게 된 것이지요. 그리고 저만 아는 게 아니라 이 동네서 장사하는 사람들은 전부 다 아는걸요. 변호사님이 마음씨 좋고 훌륭하신 분이라고요. 그리고 변호사님이 저희 식당 단골이신 걸 딴 상인들이 다 부러워해요. 자기들은 업종이 달라서 못 모신다구요."

완연히 달라진 강남길 아내의 어조에는 신명 나는 자랑기마저 실려 있었다.

이태하는 그 식당에 갈 때마다 내외가 넘치게 반가워하고,

나물 반찬 하나라도 더 내오고, 삼겹살 양이 표 나게 많고 했던 것을 새삼스럽게 떠올렸다. 그리고 이 동네 상인들이 모두 자신을 그렇게 생각하고 있다는 것도 처음 듣는 말이었다.

"예, 아주머니, 그럼 급한 일부터 하십시다. 혹시 민변 사무실 아세요?"

이태하는 메모지와 볼펜을 꺼내며 물었다.

"잘 모르는데요."

"예, 여기 주소를 적어드릴 테니까 택시를 타고 데려다달라고 하세요. 여기서 얼마 안 머니까요. 거기 가셔서 변호 신청을 하세요. 그럼 제가 뒤따라 강 사장님 변호를 맡을 테니까요. 그 서류가 있어야 경찰서에 가서 강 사장님을 만날 수 있게 돼요."

이태하는 메모지를 내밀었다.

"예, 예, 감사합니다, 감사합니다. 변호사님이 맡아주시면 우리 남편 일 잘되는 거지요?"

메모지를 두 손에 받쳐 잡은 강남길의 아내는 몇 번이고 머리를 조아렸다.

"예, 제가 최선을 다할 테니까 좀 더 두고 보십시다."

이태하는 '너무 걱정하지 마세요' 하는 말을 하지 못하고 '좀 더 두고 보십시다'로 바꾸었다. '쇠망치로 내리쳤다'는 말이 불길하고 무겁게 의식을 누르고 있었기 때문이다. '머리를 내리쳤다'면 심각한 사태가 벌어질 수 있었던 것이다.

강남길은 수갑이 채워진 채 유치장에 갇혀 있었다.

"저건 좀 심한 처사 아닌가요?"

이태하는 냉정하고 엄한 기세로 수사관에게 따지고 들었다. 이미 병원에 들러 피해자가 머리를 맞은 게 아니라 어깻죽지를 맞아 뼈에 금이 가서 8주 진단이 내려진 것을 알고 있었던 것이다. 그는 그 사실을 확인한 순간 '아, 이젠 됐다' 하는 안도감과 함께 곧 주저앉을 것처럼 전신에 맥이 풀리는 것을 느꼈던 것이다.

"살인미수범입니다."

수사관이 냉정하게 내쳤다.

"그걸 가해자 본인이 자백하거나 시인했습니까?"

이태하 변호사의 대응은 더욱 냉정했다.

"쇠망치로 내리쳤어요."

"그건 수사관의 일방적 판단일 뿐입니다. 가해자가 살의가 있었다면 피해자의 머리를 내리쳤지 어깻죽지를 치지 않았을 겁니다. 본인이 시인하지 않았는데 살인미수 혐의를 씌우고, 수갑을 채우고 하는 것은 과잉수사고, 인권침해입니다. 피해자가 8주 진단을 받았을 뿐입니다. 가해자의 변호인으로서 가해자의 수갑을 풀어줄 것을 정식으로 요청하는 바입니다."

이태하는 수사관의 눈을 파고들듯이 응시한 채 법정 변론을 할 때처럼 준엄하고 명료하게 말했다.

"변호사님……, 변호사님……."

수갑이 풀려 마주 앉은 강남길은 눈물을 줄줄 흘리며 말을 잇지 못했다.

"강 사장님, 우선 중요한 것 몇 가지만 확인하겠습니다. 더하지도 빼지도 말고 있는 그대로만 말해 주세요. 그래야 강 사장님을 위해 제대로 변호를 할 수가 있어요. 아시겠지요?"

"예, 예, 말씀대로 하겠습니다."

강남길은 손등으로 눈물을 훔치며 자세를 바로잡았다.

"혹시 그날 술을 드셨던가요?"

"예에……, 맨정신으로는 그 사람 억지 부리는 것을 상대할 수가 없어서……."

"얼마나 드셨지요? 많이요?"

"아뇨. 먹다 남은 소주 반병……."

"평소 주량은 얼마죠? 몇 병이나……."

"예, 두 병 정도……."

"쇠망치는 미리 집에서부터 가지고 갔던 건가요?"

"아니요, 부동산에 있던 거예요. 어디를 수리했는지 연장통이 출입문 옆에 있었어요. 거기서……."

"쇠망치를 내리칠 때 죽일 생각이었나요?"

"아니요. 그런 생각 전혀 하지 않았어요. 저는 노부모 두 분에다가 애들이 넷이나 있는걸요. 그냥 겁줘서 그런 억지 못 쓰게 하려고……."

"쇠망치로 내리칠 때 머리를 쳤으면 즉사할 수도 있잖아요."

"그래서 일부러 머리 피해 어깨를 쳤던 거예요. 겁먹고 못된 버릇 고치라고."

"됐어요." 이태하는 메모하던 수첩을 덮으며, "앞으로 수사를 받을 때 지금 말한 것, 꼭 이대로만 말하세요. 알겠지요?" 그는 강 사장을 그다지 어렵지 않게 돕게 될 것 같은 느낌으로 이렇게 다짐을 놓았다.

"예에, 알겠습니다."

"경찰에서도, 검찰에서도, 몇십 번이고 추궁당하더라도 꼭 그렇게 대답하시라구요."

"예에, 꼭 그렇게 하겠습니다."

강 사장은 그렇게 하는 게 자신에게 가장 유리한 대답이 될 것임을 눈치채며 아까보다 훨씬 기운 도는 목소리로 대답했다.

"그럴 리 없지만, 그래도 혹시라도 수사관이 구박하거나 윽박지르거나 하면 다 나한테 얘기하세요. 요새는 옛날과 다르니까요. 그리고 식사 잘하셔야 해요. 하루 이틀로 끝날 일이 아니니까. 또 오겠어요."

이태하는 정겹게 말하며 쓰다듬는 눈길을 강남길에게 보냈다.

"변호사님, 감사합니다, 고맙습니다."

강남길은 감격 어린 목소리로 고개를 깊이깊이 숙였다.

'이 험하고 몰인정한 세상에서 저런 선한 변호사도 계시다니. 우리같이 가난하고 힘없는 것들을 업신여기지 않고 이렇게 다정하게 도와주시다니. 고맙고 고마우셔라. 하느님이 따로 없지. 저런 양반이 바로 하느님이시지. 고맙습니다, 감사합니다, 고맙습니다.'

변호사가 사라지고 없는 저쪽을 바라보며 강남길은 고개를 숙이고 또 숙이고 있었다.

이태하는 월세를 4배로 올려 받으려고 하는 건물주의 탐욕을 다시 생각하고 있었다. 아무리 돈이 좋다지만 그렇게도 무도한 욕심을 부리다니……, 처벌법이 없어서 그렇지 그 무도함이 바로 죄였다.

'돈……, 돈……, 돈은 무엇인가…….'

이태하는 '인생이란 무엇인가' 하는 물음보다 훨씬 더 자주 회의에 빠지는 그 물음을 또 곱씹고 있었다. 그러나 인생에 대한 물음이 그렇듯 돈에 대한 물음에도 선명한 답이 없었다. 아니, 이런저런 답이 많았지만 결정적인 것 하나를 고르기가 어려운 것인지도 몰랐다. '정치와 종교가 인간 세상의 2대 필

요악이라는데, 돈을 더해서 3대 필요악이 아닐까…….'

이태하는 전에 가끔 했던 생각을 또 하고 있었다.

'돈 안 생각하고 가난하고 불쌍한 사람들 도와주는 마음씨 좋은 변호사 선생님들이 모인…….'

'변호사님이 저희 식당 단골이신 걸 딴 상인들이 다 부러워해요.'

이태하는 강남길 아내의 말을 다시 듣고 있었다. 자신에 대해서 이 동네 사람들이 그렇게 다 알고 있을 줄은 몰랐던 것이다. 그들은 소상인 약자라서 민변에 대해 남다른 관심을 가지고 있는 것일까……. 그는 좀 쑥스러운 가운데 고마움과 보람을 함께 느끼고 있었다.

전관예우를 받아 한 해에 몇백억을 벌고, 어지간한 경력자면 연봉 10억씩을 예사로 버는 변호사들에 비하면 민변에 소속된 변호사들은 세상 물정 모르는 특이한 사람들일 수밖에 없었다. 자기들이 매달 회비를 내서 사무실을 운영하며 무료 변론에 나서고 있으니.

—이 형은 그 자리를 굳건히 지켜야 하오. 해마다 불어나는 순수한 동지들이 있지 않소. 그 일이야말로 가장 바람직한 자기희생적인 세상의 빛이오.

한지섭 선배의 편지였다. 자기는 그 순수한 동지들이 없어서 정계를 떠났다는 의미가 강하게 느껴지고 있었다.

민변은 처음 51명이 발족시켰다. '민주사회를 위한 변호사 모임.' 그런데 30년을 넘기며 그 수가 1천2백여 명으로 불어나 있었다. 현실을 모르는 철없고 정신없는 사람들이 그렇게 많다는 것은 기적 같은 일이었다. 그들이 서로서로를 받쳐주고 가려주는 둔덕이 되고 울타리가 되는 것을 느끼며 이태하는 나날을 버티어갈 수 있는 보람과 의미와 힘을 얻고 있었다.

이복동생도 동생이냐

민제 형님께

안녕하십니까. 처음 인사드립니다. 저는 형님의 동생 상원입니다. 아버님 살아생전에 저에 대해서 말씀을 들었을까, 못 들었을까 여러 번 생각해 보아도 딱 어느 쪽을 찍을 수가 없었습니다. 그러나 아버님이 저의 어머니를 외면한 이후 한 번도 찾지 않으신 걸 보면 저의 존재도 완전히 비밀에 부치지 않았을까 하는 생각이 들기도 합니다.

혹시 형님께서도 기억하실지 모르겠는데 저의 어머니는 한때 인기를 끌었던 탤런트 하나미입니다. 아버님은 비밀리에 저의 어머니와 몇 년 관계를 맺어오다 제가 태어나자 그만 관계를 끊었다고 합니다. 그러니까 저는 평생 아버지의 사랑을 모르고 살아온 사생아이고, 형님과 저는 어쩔 수 없이 이복형제인 것입니다.

충격이십니까? 충격이라면 놀라게 해서 죄송합니다. 그런데 몇십 년 동안 아무 연락도 없다가 왜 이제 나타나느냐고 무척 기분 나쁘게 생각하실 수도 있습니다. 그러나 이해하여 주십시오. 이제는 아버님이 돌아가셨기 때문입니다.

아니, 왜 아버님이 돌아가셨기 때문에 연락해야 하는 것이냐고 물으시겠지요? 예, 그건 당연한 일입니다.

예, 왜냐하면 아버님이 돌아가셨으니까 형님과 따져야 할 문제가 있기 때문입니다. 따져야 할 문제? 그게 뭐냐고 또 물으시겠지요?

예, 그래서 제가 그 문제를 의논하려고 며칠 전에 형님 회사에 갔었습니다. 얘기가 좀 복잡하고 길어서 이런 편지로는 안 되기 때문입니다. 그런데 대기업답게 현관 로비에서 가로막히고 말았습니다. 사원증이 없어서 출입기를 통과할 수가 없었습니다. 그래서 안내 여직원에게 사장님을 뵙게 해달라고 했습니다. 그러나 사전 약속이 되어 있지 않고는 그 누구도 사장님을 불시에 만날 수 없다고 거절당했습니다. 그래서 동생이라고 할까 하다가 그만두었습니다. 형님과 저와의 관계를 구구하게 설명해서 좀 복잡한 가족관계가 그렇게 노출되는 것을 형님이 결코 바라지 않을 것 같았기 때문입니다.

그래서 이렇게 편지를 보내게 되었습니다. 형님, 빠른 시일 내에 저를 만나주십시오. 저와의 문제는 빨리 처리할수록 좋습니다. 만약 저를 만나는 것을 고의적으로 피하게 될 때는 그때는 좀 난처하고 고약한 일이 발생하게 될 것입니다. 제가 결코 바라는 것이 아닙니다만 우리 집안의 가족관계를 있는 그대로 자세히 적어 전 매스컴에 배포할 작정입니다. 형님, 이것은 협박도 공갈도 아닙니다. 형님의 태도에 따라 제가 할 행동 계획을 미리 알려드리는 것입니다. 그러니 신문의 가십난에 실려 세상의 구설수에 오르는 것을 원치 않으시면 최대한 빨리 저를 만나주십시오. 장소는 형님 회사든 다른 어디든 형님 좋으실 대로 정해 주시면 되겠습니다.

앞으로 일주일 동안 기다리겠습니다. 더 이상은 안 됩니다.

형님의 동생 상원 올림

'요런 망할 자식!'

최민제는 두 손으로 편지를 와락 구기며 이런 욕을 짓씹었다. 그의 눈앞에는 식물인간이 되어 초점 잃은 눈에 표정 없는 멍한 얼굴로 병원 침대에 누워 있던 어머니의 모습이 떠올랐다.

"아범아, 요게 뭐냐, 요게……."

아버지의 유품을 하나하나 정리해 나가던 어머니는 유심히 들여다보던 종이 한 장을 흔들더니 그대로 피그르 쓰러졌다. 기절한 어머니는 곧바로 119에 실려갔다. 병원으로 가는 동안 어머니 입에서는 거품이 자꾸 뽀글뽀글 솟아올랐다. 겁이 난 최민제는 그 거품을 닦아내지도 못하고 어찌할 줄을 몰라 손을 허둥거리며 물었다.

"이거, 이거 어찌 된 거죠? 왜 이러지요?"

"잘 모르겠어요. 그거 저도 잘……."

환자의 다리를 조심조심 주무르고 있던 여성 119대원이 긴장된 얼굴로 고개를 저었다.

"저희들은 그냥 신속한 이송 책임만……."

남성 대원이 민망한 얼굴로 말을 어물거렸다.

"아 예, 그렇군요."

최민제는 서둘러 주머니에서 손수건을 꺼냈다. 그 끝으로 어머니 입을 뒤덮고 있는 거품을 조심스레 닦아냈다.

'그 충격으로 어디 뇌가 상한 것이 아닐까……. 이거 예삿일이 아닌 것 같은데……. 이거 큰일인데……, 이거…….'

최민제는 너무 다급하고 당황스러워 손수건 쥔 손이 자꾸만 부들부들 떨리고 있었다. 안 떨려고 손에 힘을 주었지만 아무 소용이 없었다.

"심한 쇼크로 뇌출혈이 되었습니다."

MRI 촬영의 판독을 끝낸 의사가 한 줄 책을 읽듯이 말했다.

"그럼 어찌 되겠습니까, 그럼 어떻게 해야 합니까."

최민제는 숨 가쁘게 물었다.

"글쎄요……, 워낙 연세가 있으셔서……. 며칠 경과를 관찰해 봐야만……."

의사의 진단은 거기까지였다.

어머니는 의식불명인 채 닷새를 넘기지 못하고 세상을 떠나갔다.

"줄초상이란 말만 들어왔는데 정말 이런 일이 있네요."

"그렇군요. 두 분께서 워낙 금실이 좋으시더니만 가시는 것도 이렇게……."

"그러게요. 사모님께서 회장님을 얼마나 깊이 사랑하셨으면 그래……."

"두 분의 절절한 사랑은 그렇다 해도 딱한 건 상제들이지요. 숨 돌릴 새도 없이 슬픈 일을 당해야 하니까요. 얼마나 기막히겠어요."

"예, 그렇지요. 슬픔도 슬픔이고, 궂은일을 연달아 치러야 하니."

"그럼요, 그것 참 힘든 일이죠. 근데 그래도 다행인 것은 사모님께서 긴 고통 안 당하시고 수월하게 떠나셔서 천복 누리신 거지요."

"예, 그건 그래요. 구구팔팔 이삼사라는 말이 유행인 것처럼 누구나 원하는 게 그거 아니겠어요."

"예, 그 말뜻 참 절묘해요. '아흔아홉까지 팔팔하게 살다가 이삼일 앓고 죽는다.' 100세 시대에 너무나 잘 어울리는 소원이지요."

"그래요. 사모님께서 딱 그 소원대로 살다가 가신 거지요."

"참, 사모님은 지극한 남편 사랑에, 임종까지 그리 수월하게 하셨으니 이런 호상이 없지요."

"그럼요, 그럼요. 참 부러운 호상 중에 호상이지요."

문상객들의 조문은 이렇듯 비슷비슷했다. '부부 금실이 좋고', '두 분의 절절한 사랑', '지극한 남편 사랑', 이런 말을 들으며 최민제는 더없이 마음이 허전하고 가슴이 텅 비어버린 것 같은 공허함을 느끼고 있었다. 어머니는 그 말들과는 정반대의 사실에 느닷없이 부딪힌 충격으로 쓰러졌고, 돌아가신 것이었다. 어머니가 아버지의 유품에서 찾아낸 그 종이 한 장은 어머니의 심장을 정통으로 꿰뚫은 총탄이었다.

약속한 것은 아버지였다. 평생토록 철저하게 속여왔으면 그 각서를 몸져누우면서 없애버렸어야 했다. 그러나 이것도 아버지의 처지를 전혀 고려하지 않은 자신의 일방적인 생각이었다. 아버지는 병에 시달리는 고통 때문에 그 각서의 존재 자체를 잊어버렸을 수 있었다. 그러나 이런 생각은 다 문제가 생긴 다음에 일어나는 부질없는 아쉬움일 뿐이었다.

어머니가 먼저 읽어버린 그 종이 한 장은 어머니를 충분히 쓰러뜨릴 수 있는 흉기였다.

각 서

위자료로 서울시 강남구 논현동 소재 5층 건물의 소유권을 이전해 주는 것으로 두 사람의 관계를 완전히 정리하는 동시에 하나미는 최형범에게 아래 사항들을 성실하고 철저하게 영구히 지킬 것을 각서한다.

첫째, 오늘부로 두 사람은 관계를 깨끗하게 청산함과 동시에 그 사실을 영원히 비밀로 지키며, 어떠한 일이 있어도 앞으로는 연락하지 않기로 한다.

둘째, 앞으로는 그 어떤 일이 있어도 하나미는 돈을 비롯한 그 어떠한 물질적 요구도 일절 하지 않기로 한다.

셋째, 하나미는 아들의 평생 양육권을 철저히 책임지어 수행하며, 그 어떤 경우에도 친자확인을 요구하지 않을 것이며, 또한 재산상속의 권리도 완전히 포기하기로 한다.

넷째, 하나미 최형범 양자는 상기 각 사항에 완전히 합의하고 이에 공증을 필하는 바이다.

아버지는 40년이 넘도록 이 비밀을 간직한 채 어머니를 속였고, 그 종이쪽 한 장을 없애지 않고 떠나 어머니를 죽인 것이었다.

최민제는 어머니의 장례를 치르고 나서 혼자 며칠이고 고민했다.

'그 종이쪽을 어찌할 것인가…….'

처음에는, 장례를 끝내고 그냥 태워버리려고 생각했었다. 아버지 어머니를 화장했듯이 그것도 태워버리면 깨끗하게 지워져 버리는 일이었다. 형제들이고 친척들이고 아무도 모르게 덮어버리는 데는 그보다 더 좋은 방법이 있을 수 없었다.

그런데 막상 태워 없애려고 하니 '그래도 괜찮을까……?' 하는 생각과 함께, 아버지가 끝까지 간직해 왔던 이유가 떠올랐다. 뜻밖에도 그 종이 한 장이 꼭 필요한 일이 생길 수도 있었던 것이다. 그런 때 그것이 없으면 난감하고 복잡한 일이 야기될 수 있었다. 얼굴도 이름도 모르는 그 사나이의 형체 불투명한 모습이 의식 속에서 불길하게 어른거리고 있었다.

그 종이쪽은 꿈틀거리고 있는 뱀처럼 끔찍스럽고 소름 끼쳤다. 최민제는 그것을 두 손가락 끝으로 집어서 큰 봉투에 조심해서 넣었다. 그리고 흔한 서류 봉투처럼 들고 아내 모르게 회사로 가지고 나갔다. 그건 결코 아내가 알아서는 안 되는 고약한 흉물이었다. 아내가 그 종이를 보는 순간 근엄한 시아버지의 위신은 시궁창으로 곤두박질쳐지고, 그 말이 순식간에 퍼지면 온 형제들의 망신은 어찌할 것인가. 최민제는 그 비밀을 아버지처럼 평생 감출 작정을 하며 봉투를 사장실의 비밀 금고 안에 넣었다.

그리고 아파트며 오피스텔의 공사 현장을 바삐 돌아치느라고 그 봉투의 존재를 까맣게 잊어버렸다. 그런데 그 등기우편을 받은 것이었다.

최민제는 그 편지가 그 각서처럼 끔찍스럽고 소름 끼치고 재수 없는 물건이라 당장 불태워버리고 싶었다. 그러나 그 편지는 그런 충동적인 행동을 하지 못하게 앞을 가로막는 힘을 발휘하고 있었다.

'우리 집안의 가족관계를 있는 그대로 자세히 적어 전 매스컴에 배포할 작정입니다. ……이것은 협박도 공갈도 아닙니다. ……신문의 가십난에 실려 세상의 구설수에……'

그놈은 징그럽고 재수 없게 형님, 형님 해가면서 이쪽의 목을 조여오고 있었던 것이다.

편지를 불태워버린다고 그놈의 매스컴 배포가 없어지는 것이 아니었다. 또, 그놈의 공격을 피할 수 있는 것도 아니었다. 그놈의 말마따나 그놈은 협박이나 공갈로 그러는 것이 아니었다. 그놈의 공격은 피할 수 없는, 폭발 위험이 다분한, 정신 바짝 차려서 대응하지 않으면 안 되는 엄연한 현실이고, 현명하고 냉정하게 대처하지 않으면 안 되는 위기였다.

'……형님하고 따져야 할 문제가 있기 때문입니다.'

최민제의 의식 속에서는 그놈의 편지와 그 각서가 겹쳐지고 있었다. 각서대로 하면 그놈이 따져야 할 문제는 아무것도 없었다. 아버지는 불륜을 저질렀지만 그 뒤처리는 법적으로 깨끗하게 한 것이었다. 아무런 하자가 없도록 변호사까지 동원해서 공증을 받아두지 않았는가.

'그런데 제 놈이 뭔데 나하고 따져야 할 문제가 있다고? 제까짓 놈이 감히 어디다 대고 형님이야, 형님이. 재수 없게 사생아 새끼가!'

최민제는 강한 적대감을 느꼈다.

그는 위로 누나 셋뿐 남자 형제가 없는 것에 대해서 외로움을 느낀 적이 없었다. 중·고등학생 때 형들을 믿고 완력을 과시하려 드는 녀석들 앞에서 이따금 나도 형이 있었으면 했을 뿐, 아버지 사업을 물려받아 사장 자리를 차지하게 되었을 때는 혼자인 것이 오히려 천만다행이라고 생각했었다. 형이 있었더라면 상대하기 어려운 적수였을 것이고, 동생이 있었더라면 처치하기 곤란한 장애물이었을 것이기 때문이었다.

매형 셋 중 둘이 간부직을 차지하고 있었지만 그들은 아무런 장애가 되지 않았다. 아버지가 그들의 존재를 아예 묵살해 버렸고, 두 누나들도 전혀 아무런 욕심도 드러내지 않았다. 그러니 성씨가 다른 두 매형이 무슨 욕심을 드러낼 리가 없었던 것이다. 그때야말로 '아들'이라는 권세가 이렇게 큰 것인가 최초로 절감했던 것이다. 아들이 하나라서 그 큰 회사를 고스란히 물려받은 것이 황홀하기까지 했었다.

그런데 난데없이 사생아가 불쑥 나타나 자신을 형님이라 불러대며 무언가 따질 것이 있다고 장문의 편지를 보내온 것이다. 최민제는 편지를 노려보며 적대감이 점점 커져가는 것을 느끼고 있었다.

'따질 것…….'

아무리 생각해도 그게 무엇일 것인지 잡히는 것이 없고, 짐작도 되지 않았다. 그러나 아무 건수도 없이 결코 환영받지 못할 사생아라는 신분을 드러내며 먼저 만나자고 나설 수 있을까. 단지 살기가 어려워 빌붙으려는 것일까.

최민제는 다시 편지로 시선을 돌렸다. 편지는 이상하게 여러 가지로 신경을 자극하고 있었다.

우선 그 길이가 문제였다. 사연이 많다고는 하지만, 편지를 그렇게 길게 쓸 수 있다는 것은 결코 무시할 수 없는 능력이었다. 자신은 여지껏 그토록 긴 편지를 써본 적이 없었다. 그럴 만한 일이 없기도 했지만, 그렇게 길게 쓸 자신도 없었다. 그동안 썼던 글이란 짤막짤막한 업무용 기안서일 뿐이었다. 그러고 보면 그자는 제대로 배운 것이 분명했다.

그다음 신경 쓰이는 것이 글씨였다. 워드가 판을 치는 세상에서 그자는 굳이 손글씨로 편지를 써 보낸 것이었다. 모든 공문서는 말할 것도 없고 사신마저도 컴퓨터를 두들겨대는 세상에서 왜 그 긴 편지를 손글씨로 썼을까. 컴퓨터가 없을 정도로 가난해서일까?

그다음 마음을 붙드는 것은 글씨체였다. 그 긴 편지의 처음부터 끝까지, 단 한 글자도 휘둘러 쓴 것이 없이 단정하게 반듯반듯한 것은 일부러 신경을 썼기 때문에 그렇다 하더라도, 그 글씨체는 한눈에 봐도 아주 잘 쓰는 글씨였다. 컴퓨터 때문에 사람들 글씨가 나쁘게 변해 가고, 나이가 아래로 내려갈수록 심해져 중·고등학생들 글씨는 지렁이가 기어가는 것처럼 알아볼 수가 없을 지경으로 엉망진창이라고 텔레비전에서까지 문제가 되고 있는 세상에서 그자의 글씨는 달필이라고 아니할 수가 없었다.

그리고 끝으로 그 편지 내용이었다. 자칭 공갈 협박이 아니라면서 이쪽에서 꼼짝달싹 못 하도록 완벽하게 공갈 협박을 치고 있었다. 일주일의 시한을 딱 정해 놓고. 아주 악랄하고, 배짱도 보통이 아닌 놈이었다.

최민제는 그런 놈은 만나봐야 골치 아플 테니까 만나는 것을 아예 피하고 골치 아프지 않게 매스컴 통제에 나설까 하는 생각을 문득 했다. 광고를 무기로 매스컴 통제를 하는 건 별로 복잡하지도 어렵지도 않은 일이었다. 어차피 광고할 것, 돈을 조금 더 쓰면 사업에 불리한 기사는 적당히 막아낼 수 있었다. 기사를 아예 쓰지 않게 하는 것이었고, 그것이 정 어려우면 기사를 최대한 줄여 구석지에 쑤셔 박는 방식이었다.

그러나 이번 건은 일반인들이 별 관심 없는 어느 건설업체의 문제가 아니었다. 그와 반대로 대중들의 흥미를 자극하는 어느 기업 총수와 미녀 탤런트 사이에서 벌어진 불륜이었다. 거기다가 40여 년 만에 그 사생아가 나타나 이복형과 무슨 문제를 일으키는 사건이었다. 매스컴들이, 특히 주간지와 스포츠지들이 가장 좋아하는 기삿감이 바로 그런 것 아닌가.

"빌어먹을……."

최민제는 자신도 모르게 욕을 내뱉으며 끄응 신음을 물었다.

주간지며 스포츠지들은 그 종류가 얼마나 많은가. 그리고 또 유튜브라는 것들이 수도 없이 새로 생겨나 얼마나 시끌시끌하게 떠들어대고 날뛰고 있는 세상인가. 무슨 재주로 그 많은 매체들을 통제한단 말인가. 그러니 그 스캔들이 뿌려지면 그 매체들은 굶주린 하이에나 떼처럼 몰려들어 얼마나 신바람 나고 요란하게 떠들어댈 것인가. 상상만으로도 끔찍했다.

'그렇다면 만나줄 수밖에 없지 않은가. 그런데 도대체 나하

고 따질 일이라는 게 뭐지? 각서에는 그 어떤 법적 하자도 찾을 수 없지 않은가…….'

그런데 그자는 아주 당당한 기세로 따질 것이 있다고 했다. 그렇다면 각서에는 자신이 미처 모르고 있는 어떤 법적 문제가 내포되어 있는지도 모를 일이었다. 법이란 보통 사람들이 쉽게 이해하기 어려운 것이 한두 가지가 아닌 정글이 아니던가.

그 문제를 찾아내려면 천상 변호사를 동원할 수밖에 없었다. 회사가 상대하는 변호사는 많았다.

'그러나…….'

최민제는 멈칫했다. 그들을 동원했다가는 철저하게 비밀에 부쳐야 하는 그 스캔들이 금방 회사에 퍼질 위험이 있었다. 아무리 입단속을 시켜봤자 그 변호사들과 가까워진 회사 중간 간부들은 너무나 많았다. 환자의 병력은 비밀에 부치게 되어 있지만 의사들이 예사로 그 원칙을 어기고 발설을 하듯이 변호사들도 믿을 수가 없었다.

'회사와 전혀 관계가 없는 새 변호사를 골라야 한다. 그런데…….'

최민제는 또 주춤했다. 그리고 서둘러 그 각서를 꺼냈다. 여전히 뱀을 만지는 것처럼 섬뜩하고 징그러웠다.

냉기 끼쳐오는 각서를 한 자, 한 자 차근차근 읽어나갔다.

여전히 법적으로 완벽했고, '따져야 할 문제'는 찾아낼 수가 없었다.

'괜히 변호사를 먼저 동원했다가 아무런 문제점도 발견하지 못하고 일만 번거로워지는 건 아닐까. 그놈이 따진다는 건 전혀 엉뚱한 요구일 수도 있는데. 어차피 그놈은 피할 도리가 없다. 매스컴에 스캔들 뿌리는 것을 막으려면 한 번은 만날 수밖에 없다. 그럼 만나는 것을 먼저 해야 하나……?'

최민제는 다시 원점으로 돌아왔다.

그는 갈피를 잡지 못하고 깊은 한숨을 내쉬었다. 아버지에 대한 원망과 함께 그놈을 향한 적대감이 다시 솟구쳐 올랐다.

사업하면서 돈 많은 사람이 바람피우는 것쯤 예사로 할 수 있는 일이었다. 아버지가 젊었던 그 시대에는 첩을 두셋 거느리는 것은 예삿일이었고, 남자들 세계에서는 부와 능력의 과시이기도 했고, 가난하고 힘없는 남자들의 부러움을 사기도 했다. 그런 시대에도 아버지는 어머니 속을 썩이지 않으려고 바람피우는 것을 철저히 숨기려 했던 것이다. 그것까지는 참 인간적인 처사였는데, 아버지는 한 가지 실수를 했다. 여자가 애 낳는 것을 원치 않았으면 한 여자만을 상대하지 말았어야 했다. 여자를 계속 바꾸어야 했는데, 그 여자가 너무 마음에 들어 바꿀 수 없었다면 애는 절대 낳지 못하게 했어야 했다. 여자가 아버지의 재산을 노리고 아버지 몰래 임신을 했다면, 그럼 배가 불러오는 것을 알았을 때 단호하게 낙태를 시켰어야 했다. 그러나 이미 시기를 놓쳐 중절 수술을 할 수 없게 되었다면 제왕절개수술을 해서라도 낙태를 시켰어야 했다. 그 시대에는 애들을 적게 낳자고 국가적 캠페인을 벌이는 데 발맞추어 전국 산부인과에서 낙태 수술을 암암리에 하고 있었고, 그래서 산부인과 거부들이 여기저기서 생겨날 정도였다. 그 좋은 시대에 아버지는 그만 애를 낳게 하는 실수를 범했고, 뒤늦게 부랴부랴 각서를 써대는 조처를 취했던 것이다. 그 어이없는 실수로 5층 건물을 빼앗겼고, 40여 년이 지나서는 조강지처까지 잡아먹고 만 것이었다. 그뿐만 아니라 그 후유증은 하나뿐인 아들한테까지 끼쳐 사람을 미칠 지경으로 만들고 있었다.

'그래, 만나자! 만나지 않고는 해결될 문제가 아니다. 공격이 최고의 방어 아니더냐!'

최민제는 뿌득 소리가 나도록 어금니를 맞물며 주먹을 부르쥐었다.

피할 수 없는 싸움이 또 하나 닥쳐와 있었다. 큰 회사 경영이란 각종 싸움들의 연속이었고, 그 싸움들은 제각기 결단을 필요로 했다. 그 결단을 얼마나 신속하고 정확하게 하느냐에 따라 각 사업의 성패가 결정되었다. 그 성공이 쌓이면 회사가 번성하는 것이었고, 그 실패가 쌓이면 회사가 망하는 것이었다. 그 숨 가쁜 경쟁의 칼부림을 해온 지도 10년 세월을 넘기고 있었다.

"이 애비보다 낫네. 그래, 잘해가거라……."

병상에 눕게 되면서 아버지가 최초로 그리고 마지막으로 한 말이었다. 그 한마디 칭찬은 10년 세월의 숨 가쁜 경쟁과 결단의 성과로 얻게 된 결과물이었다.

"처남, 아주 쎄다니까. 밀어붙일 때 보면 속전속결에 인정사정 없는 게 아주 무서워." 큰매형이 고개를 내둘렀고, "괜히 피는 못 속인다고 했겠어요. 장인어른 그대로지요." 작은 매형이 거들었고, "그렇긴 한데, 어떤 대목은 전혀 다른 데도 있어. 좀 더 냉정하다고 할까?" 큰매형의 살짝 꼬집듯 하는 말이었다.

두 매형이 그런 말을 하는 것이 결코 칭찬이 아닌 것을 최민제는 잘 알고 있었다. 자기들의 앞날에 닥칠지 모를 어떤 위험을 감지하며 미리 내미는 일종의 견제 잽인 셈이었다.

그놈의 출현은 매형들이 그렇게 말할 정도의 결단을 필요로 하는 새로운 사업적 난관이었다. 최민제는 이 문제를 분명히 '사업적 난관'으로 인식하고 있었다. 그놈이 '따지겠다'고 한 것은 틀림없이 회사에 불이익이 됐으면 됐지 털끝만큼도 이익이 될 리 없었던 것이다. 이 세상 그 누구도 모르게 살짝 만나보는 것이다. 그게 문제해결의 1단계였다.

상원 씨에게

삼청동 해오름. 27일 금요일 오후 6시. 동행자 없기를.

최민제는 서너 번 망설이다가 자기 이름은 자판을 두들기지 않았다. 증거 일소를 위해서였다.

그는 운전기사를 퇴근시키고 차를 직접 몰았다. 약속 시간 10분 전에 도착했다.

"와 계십니다."

안내 직원이 앞장서며 말했다.

최민제는 으레 묻게 되는 '언제 왔느냐'는 말을 입에 올리지 않았다. 예상했던 바이고, 그만큼 전혀 반갑지 않은 상대였기 때문이다.

안내 직원이 예의 갖춘 노크를 가볍게 하며 문을 옆으로 밀었다. 최민제는 반사적으로 숨을 깊이 들이켰다.

"아, 안녕하십니까, 형님. 처음 뵙겠습니다. 상원입니다."

앉지 않고 서 있었던 사내가 얼핏 눈이 마주치는 순간 허리를 반나마 깊이 숙이며 말했다.

그 짧은 순간 최민제는 가슴이 섬뜩해지는 걸 느꼈다. 그 사내의 얼굴에서 확 끼쳐온 것은 너무 뚜렷한 아버지의 인상이었다. 그리고 한눈에 포착되는 미남의 생김새. 전혀 예상하지 못했던 그 뜻밖의 상황에 부딪히며 그는 몹시 기분이 상하고 있었다.

"형님, 이렇게 뵙게 되어 반갑습니다."

공손하게 절을 마치고 상체를 든 사내가 부드럽게 미소 지으며 손을 내밀었다.

최민제는 또 새로운 것을 발견하고 있었다. 사내의 키가 자신보다 살짝 더 컸고, 그 목소리도 마치 아나운서처럼 울림 좋은 저음이었다. 그는 더 기분이 상하고 말았다.

"앉읍시다."

최민제는 악수를 거절하며 의자로 돌아섰다.

"저어……, 말씀 낮추십시오, 형님."

민망해진 사내가 자기 의자를 끌어내며 어색스럽게 말했다.

"자꾸 형님, 형님 하지 마시오. 나에게는 동생이 없소."

최민제는 사내의 눈을 똑바로 쏘아보며 싸늘하게 말했다.

"예, 결국 그렇게 말씀하시는군요. 그럴지도 모른다고 생각해서 여기 준비한 것이 있습니다."

사내가 최민제의 독한 눈길을 피하지 않고 맞받아내며 양복 속주머니에서 무엇인가를 꺼냈다.

"확인해 보시지요. 저는 형님과 똑같이 형 자, 범 자, 아버님의 아들임을 입증하는 의학적 확인서입니다."

사내는 침착하게 접힌 종이를 최민제 앞으로 밀어놓았다.

최민제는 머리가 쿵 울리는 충격을 느꼈다. 전혀 예기치 못했던 일격이었다.

'흥, 그 해반들한 생김은 어머니를 닮고, 그 주도면밀한 것은 아버지를 닮았다 그거냐? 어디 잘해봐라.'

최민제는 사내가 만만찮다는 것을 느끼며 다시 긴장했다. 이렇게 과감하게 공격을 가해 올 때는 제 나름으로 완전무장을 했을 것이 분명했다.

"여기 핸드폰 꺼내놓으시오."

최민제는 손가락 끝으로 소리 나지 않게 식탁을 두들겼다.

"왜 핸드폰을……?" 사내가 최민제를 의아하게 쳐다보았고, "그걸 모르겠소? 녹음 되는 것을 원치 않소." 최민제가 차갑게 말했고, "하, 저를 전혀 믿지 않으시는군요. 예, 여기 있습니다." 사내는 쓴웃음을 엷게 흘리며, 당신이 확인하라는 듯 핸드폰을 최민제 앞으로 밀어놓았다.

"자아, 길게 얘기할 것 없소. 나한테 따질 게 있다고 했는데, 그게 뭔지 결론만 딱 말하시오."

최민제는 협력 업체 사장들을 대하듯이 딱딱한 사무적 어투로 말했다.

그때 조심스러운 노크 소리와 함께 음식을 받쳐 든 남녀 종업원들이 들어왔다.

두 사람은 종업원들이 음식을 다 차려놓고 나갈 때까지 석상이 되어 앉아 있었다.

"예, 저도 전혀 환영받지 못하리라고 생각하고 있었습니다. 원하시는 대로 결론만 말하겠습니다." 사내는 컵을 들어 물을 단숨에 마시고는, "예, 저의 인지청구권과 상속권을 행사하고자 합니다. 그 사실에 동의하시고, 그 일에 적극 협조해 주시기를 요청합니다." 그 목소리가 냉정하고도 단호했다.

최민제의 얼굴에는 차가운 웃음이 스치고 지나갔다. 전혀 놀라운 얘기가 아니었다. 미리 대충 짐작했던 바 그대로였다. 싸움치고는 칼을 뽑을 것도 없는 싱거운 싸움이었다.

"그거……, 두 분 사이에 이루어진 각서를 여지껏 못 본 모양이지요?"

최민제는 느긋하게 말하며 양복 속주머니로 손이 가려는 것을 지그시 누르고 있었다. 다 이긴 싸움 서두를 것이 없었다.

"아뇨, 그거 오래전에 다 봤습니다."

사내는 최민제보다 더 담담하게 말했다.

"뭐라고……? 봤는데……."

최민제는 어이없어하며 사내를 의문스럽게 쳐다보았다.

"그건 두 분 사이에 이루어진 각서일 뿐이지 저와는 아무 상관이 없습니다."

"아니, 그게 도대체 무슨 소리요?"

최민제가 맞받아치듯 내쏘았다.

"그 각서는 두 분이 돌아가시면서 그 효력이 소멸되었습니다. 그리고 저의 친자로서의 권한은 그대로 살아 있습니다. 그 권한을 주장하는 바입니다."

사내의 침착한 목소리는 좋은 울림을 타고 최민제를 향해 날아오는 수십 발의 총알이었다.

"뭐, 뭐라고? 그 권한이 살아 있다고?"

다급한 최민제의 목소리는 완연히 떨리고 있었다.

"예, 그 사실을 모르시는 건 당연하지요. 당사자의 일이 아니니까요. 회사와 관계하는 변호사들이 많을 테니까 차츰 알아보시지요. 오늘은 서로가 식사할 기분이 아니니까 전 이만 물러가겠습니다. 다 알아보시고 다시 연락 주십시오. 그럼……."

사내는 처음 인사할 때와 똑같이 정중하고 예의 바르게 깊은 절을 하고는 일어섰다. 그는 반쯤 몸을 돌렸다가 되돌아서 식탁 위의 핸드폰을 집어 들었다.

'저놈의 새끼를 그냥…….'

최민제는 사라지는 사내의 뒷모습을 노려보며 부르르 떨고 있었다. 지금까지 품어왔던 적대감이 적개심으로 바뀌고 있었다.

'그게 사실일까……? 그게, 그게…… 사실일까……?'

최민제의 머릿속은 혼란스럽게 뒤헝클어지고 있었다.

인지청구권과 상속권……, 그게 되살아났다니 도무지 무슨 말인지 알 수가 없었다. 믿을 수도, 안 믿을 수도 없었다.

'그 사실을 모르시는 건 당연하지요. 당사자의 일이 아니니까요.'

그자는 너무 당당하고 자신 있게 말했다. 그 법적 권한을 '따지려고' 온 것이니 헛소리가 아니라는 태도였다.

'아, 아……, 그게 사실이면 어찌 되는가……? 회사와 나는 어찌 되는 것인가…….'

최민제는 더 뜨겁게 끓어오르는 적개심에 또 부르르 떨며 이를 뿌드득 갈았다. 그러면서 그는 확실히 다가드는 위기감을 느끼고 있었다. 회사를 맡아서 그동안 위기감을 느낀 것이 한두 번이 아니었다. 그러나 이번처럼 심한 적은 없었다. 그는 회사가 무너질 수도 있다는……, 30층 사옥이 무너지는 착각을 느끼고 있었다.

최민제는 서둘러 몸을 일으켰다. 한시라도 빨리 그 사실을 확인해야 했다.

"먼저 가신 분이 계산하셨습니다."

계산대에 선 종업원이 말했다.

"뭐라고……?"

최민제는 지갑을 꺼내다 말고 얼굴이 심하게 일그러졌다.

'이 건방진 새끼 노는 것 봐라!'

최민제는 그 행위가 예의 지키는 것으로 느껴지지 않았다. 90도로 꺾는 절부터 이 행위까지 모두가 '맞짱 뜨자'고 덤비는 도전이고, 기죽지 않는다는 시건방으로 보였다.

최민제는 핸들을 잡았지만 시동을 걸지 못했다. 이런 감정으로 운전이 될 것 같지가 않았다.

핸들에 머리를 부렸다. 숨을 깊이 들이켰다.

'정신 차려라. 싸움은 끝난 게 아니라 지금부터 시작이다. 그 사실부터 빨리 확인해라. 가장 안전한 변호사를 찾아. 이 비밀이 소문나지 않게.'

그는 중대한 사건이 생길 때마다 자신을 다스려온 방법으로 또 자신에게 또박또박 지시하고 있었다.

'그렇지, 박현규가 있었지. 그의 고등학교 절친이 변호사라고 했지. 재벌 싫어하는 꼴짜 변호사지만 아주 양심적이라고 했으니까 이번 일을 비밀리에 알아보기는 제격이지!'

최민제는 상대 동창 박현규를 생각해 내면서 감정이 한결 가라앉고 마음이 밝아지는 것을 느꼈다.

그는 바로 핸드폰을 꺼내 박현규에게 전화를 걸었다.

신호가 오래 가도 전화를 받지 않았다. 그리고 인조 음성 같은 안내가 나왔다.

—나 최민제네. 급한 일이 생겨서 좀 만났으면 좋겠네. 전화로는 안 될 일이니 내일 중으로 꼭 만났으면 하네. 시간이 빠를수록 좋아. 미안하네.

최민제는 급한 마음으로 핸드폰 문자를 날렸다.

그리고 시동을 걸려고 했지만 운전할 마음이 생기지 않았다. 인지청구권이라는 것보다 상속권이라는 것이 자꾸 신경에 거슬리고 있었다.

'정말 그것이 살아나면……?'

상속권은 회사 재산권과 직결되고, 재산권은 경영권과 연결되고, 그래서 경영권을 넘보고 덤벼들면……, 그럼 지금까지 누려온 1인 지배체제가 무너지고……. 그건 절대로……, 죽었으면 죽었지 용납이 안 되는 일이었다. 지금까지 두 매형도 귀찮고 신경에 거슬려오고 있는데 이복동생이라는 것까지……, 상상만으로도 끔찍스러운 일이었다.

'삐릿삐릿' 문자 도착 신호가 울렸다. 최민제는 재빨리 핸드폰을 켰다.

—알았어. 지금 모임 중이네. 내일 오전 중에 회사로 가겠네.

최민제는 문자를 거듭 두 번 읽었다. 무슨 약처럼 마음이 가라앉는 것을 느꼈다.

그는 자리를 고쳐 앉으며 시동을 걸었다. 어디 가서 실컷 술이라도 마시고 싶었지만 자리를 같이할 사람이 없었다. 그렇다고 혼자 마실 기분은 아니었다. 어쩔 수 없이 집으로 핸들을 꺾으며 문득 외롭다는 생각을 했다. 참으로 오랜만에 떠오른 그 생뚱맞은 생각에 그는 피식 웃고 말았다. 그 생각이 낯설었지만 외로운 건 어쩔 수 없었다.

'아버지, 이 일을 어째야 좋지요……?'

그는 아버지가 원망스러워 긴 한숨을 쉬었다.

"참 창피스럽기도 하고 골치 아프기도 하고, 엉망진창이야."

박현규에게 자신이 당한 사태를 자세히 설명하고 최민제는 이렇게 이야기를 끝맺었다.

"뭐 창피할 건 없고. 우리 아버지들 세대는 흔히 저지른 일인걸, 뭐. 우리 아버지도 어머니 속을 썩일 만큼 썩였는데, 자네 부친하고 다른 건 우리 아버지는 많은 재산도 사생아도 안 남긴 거지." 박현규는 콧등을 찡그리며 쓰게 웃고는, "근데 그게 골치는 좀 아프게 생겼구먼" 하며 쩝쩝 입맛을 다셨다.

"그러니까 자넨 나처럼 이렇게 골치 안 아프고 속 편하잖아." 최민제가 박현규를 향해 눈을 흘겼고, "모르겠어, 대기업 물려받고 골치 좀 아픈 게 나은지, 물려받은 것 없어서 평생 월급쟁이 신세로 속 좀 편한 게 나은지." 박현규가 고개를 갸웃거렸다.

"근데 말야, 이 변한테 그 두 가지만 알아보지 말고, 무슨 좋은 해결책이 없는지도 함께 물어봐줘."

최민제는 또 마른침을 삼켰다.

“응, 그야 물론이지.”

박현규가 시계를 보았다.

“이거 받아가.”

최민제는 소파 옆 작은 탁자에서 봉투를 꺼내 박현규에게 내밀었다.

“변호사 상담료.”

“얼만데?”

박현규가 봉투를 손바닥 위에 올려놓고 액수를 가늠하며 고개를 갸웃했다.

“기본 선임료 5백.”

“미쳤어? 그거 한 가지 물으면서. 그 사람, 이 많은 돈 안 받아.”

“무슨 소리야. 명사 특강 1시간에 싸야 5백인걸. 내 사정 다 얘기하는 걸 듣고, 이것저것 묻는 것 생각해 가며 대답하고 하다 보면 거의 1시간 다 갈걸.”

“하아, 자네 아주 생각 깊게 예의는 잘 갖췄네만, 그 사람 그렇게 돈 따지고 밝히고 하는 사람 아냐.”

박현규는 자신 있게 고개를 저어대며 돈 봉투를 큰 원탁에 밀어놓았다.

“변호사들 대형 로펌에 못 들어가서 환장인 세상에서 그 사람 참 별나네. 어찌 그리 돈 욕심이 없을까……?”

최민제는 믿을 수 없다는 듯 고개를 갸웃갸웃했다.

“그 사람은 운동권 처녀성을 지금까지도 지니고 있는 사람이야.”

“운동권 처녀성?”

참으로 오랜만에 듣는 그 말에 최민제는 대학 시절 캠퍼스의 냄새가 확 풍겨오는 것을 느끼고 있었다.

“응, 지금도 그때 그 정신으로 살려고 애쓰는 사람이야. 사생결단 돈벌이에만 혈안이 된 우리하고는 많이 달라.”

“그런가……, 그래선 살기 많이 고달플 텐데. 어쨌거나 이 돈은 그냥 가져가. 내 맘이고, 내 예우니까. 그리고 정 적게 받겠다면 그때 나머지를 가져와.” 최민제가 돈 봉투를 박현규 앞으로 밀어놓았고, “그게 좋겠네. 어쨌든 내 체면 서게 해줘서 고맙네” 하며 박현규는 돈 봉투를 양복 속주머니에 넣었다.

“근데 자넨 여전히 우리 회사로 올 생각은 없는가?”

최민제는 일어서려는 박현규한테 물었다.

“허, 싱겁게 또 그 소리야?”

박현규가 어이없어하며 헛웃음을 쳤다.

“또가 아니고, 이런 일 생긴 이번 기회에 회사를 싹 뒤바꿀 생각이거든. 두 매형부터 깨끗이 정리하고…….”

"두 매형을……?"

박현규가 놀란 표정을 지었다.

"응, 특별한 능력이 있는 것도 아니고, 나이는 들어가고 거추장스럽기만 하니까 협력 업체 하나씩 만들어줘서 독립시켜야지. 그리되면 윗자리가 여럿 비잖아."

박현규를 끌어당기는 최민제의 눈빛은 진지했다.

"그래, 회사 조직을 새롭게 하는 건 필요한 일인데, 나한테 기대하진 말어. 난 지금 같은 친구 관계가 주종 관계로 바뀌는 건 싫어. 알아듣지?"

"친구 관계가 주종 관계라……." 최민제는 눈길을 떨구고 한동안 있더니, "그래, 그 말이 옳아. 자네도 운동권 처녀성이 조금은 남은 것 같군" 하며 박현규에게 고개를 끄덕였다.

박현규는 최민제가 처한 형편을 변호사가 듣기 좋도록 사업계획 기안서 작성하듯이 정리해서 얘기했다.

"그거……, 좀 복잡하게 생긴 문젤세……." 이태하는 눈길을 아래로 둔 채 혼잣말을 하고는, "최 사장이 궁금해하는 것부터 말하지. 그 인지청구권과 상속권은 이복동생의 말이 맞아. 그 권리를 찾으려고 당연히 소송을 제기할 거고, 그럼 피할 수 없는 싸움이 되겠지. 그리되면 물론 최 사장이 우려하는 비밀 노출은 어쩔 수 없는 일이고." 그는 할 말 다 했다는 듯 입을 훔쳤다.

"하아, 그 법 한번 이상하네. 당사자들 사이에서 죽었던 게 자식 대에서 살아나다니. 그럼 그게 어떻게 되겠나? 상속법은 자식들 모두 고르게 1 대 1이라며?"

박현규가 푹 한숨을 쉬며 물었다.

"그렇지, 그 법 그대로 적용이지."

"아이고 큰일 났네. 최민제 망하게 생겼네." 박현규가 몸까지 들썩하며 탄식하듯 했고, "망해……?" 이태하가 어리둥절해서 박현규를 바라보았다.

"그렇지. 1 대 1 분할이면 회사 반쪽이 날아가게 생겼잖아. 그 회사 아버지한테 고스란히 물려받은 것이니까."

"으음, 그렇겠군."

이태하는 변호사답게 무표정한 채 고개를 끄덕였다.

"여보게, 자네가 그 사건을 맡는다고 생각하고 무슨 좋은 수가 없을까?"

박현규가 다가앉기라도 하듯 상체를 앞으로 빼며 물었다.

"그 회사 자산이 얼마나 되나?" 이태하는 여전히 무표정한 채 박현규를 쳐다보았고, "그게 아마 1조는 넘을 거고……, 2조는 좀 못 될 거고, 그 중간쯤 잡으면……" 하고 어물거리며 그는 마른침을 삼켰다.

"음……, 사태가 심각할 만하군. 허나 아무리 전관예우 바람 센 변호사가 나선다 해도 뾰족 수는 없어. 법 원칙이 엄연한 데다, 저쪽 변호사도 어리숙하지 않을 거거든. 상속액이 그리 크면 성공보수만도 엄청나게 챙길 수 있을 테니까. 근데……, 쉬운 일은 아니겠지만 한 가지 방법이 없는 건 아냐."

"방법? 그게 뭔데?"

상체를 앞으로 더 빼며 박현규가 다급하게 물었다.

"타협이야, 화해."

"타협? 화해?"

박현규의 얼굴이 금방 실망스럽게 변했다.

"소송전이 붙어 서로 피 흘리며 크게 잃느니 미리 다독이고 구슬리고 해서 어느 만큼 내주고 끝내는 거지. 그런 능력을 발휘할 수 있는 변호사를 빨리 구하는 것이 최 사장의 최대 급선무일 거야. 그게 상처 입지 않고, 나쁜 소문에 휩쓸리지 않고 스므스하게 일을 해결하는 가장 현명한 방법일 거야."

이태하가 얘기를 마무리하겠다는 듯 찻잔을 비웠다.

"어느 만큼 내준다고? 그럼 3분의 1이면 얼마고, 4분의 1이면 얼마지? 아이구야, 수천억씩인데 최 사장 큰 탈 났네. 아이고 골치야."

박현규가 두 손으로 머리를 싸쥐며 한숨을 토했다.

"절반을 잃는 것보다야 낫지."

이태하의 냉정한 대꾸였다.

"알겠네, 상담 고마워. 이거나 받게."

박현규가 두툼한 봉투를 이태하에게 내밀었다.

"이게 뭔가?"

"최 사장이 보내는 상담료."

"상담료는 무슨. 근데 왜 이리 많아?"

"응, 5백이야. 명사 특강 1시간에 싸야 5백이니까 거기에 맞춘 거래. 그러고 보니 최 사장 예상대로 우리 얘기도 1시간이 다 됐군."

"젠장, 1시간 상담에 백만 원도 많아. 정 주겠다면 백만 원만 빼놓고 4백은 되돌려줘."

"아이고, 자네 나이가 몇인데 여전히 그렇게 깐깐하게 구나. 이젠 돈 욕심을 낼 나이도 됐잖아."

"응, 나도 돈 좋아해. 다만 노예로 지배당하지 않으려고 노력하는 거지."

"노예로 지배당해?"

"응, 생존을 지탱해 나아가는 데 돈은 소중한 것이지만 너무 욕심부려 그것의 노예는 되지 말자 하고 사는 거지."

"허 참, 별소리 다 듣겠구먼. 그럼 저 같은 속물은 그만 물러가겠나이다."

박현규는 봉투에서 5만 원짜리 돈뭉치를 꺼내 재빠른 솜씨로 1백만 원을 세어서는 탁자에 놓고 일어섰다.

"젠장, 친구 잘 둬서 돈 백만 원 쉽게 벌었네."

이태하가 피식 웃으며 따라 일어섰다.

박현규는 그길로 최민제를 찾아가서 이태하의 말을 한마디도 틀리지 않게 그대로 전했다. 자신이 다시 생각해도 그 길밖에 다른 방법이 없었던 것이다.

"알겠네. 자네가 너무 수고해서 고마워. 내가 신중하게 생각해 볼게."

최민제가 침통하게 말했다.

넓은 사장실에는 단 둘밖에 없었다. 그런데 그들의 목소리는 들릴 듯 말 듯 낮게 깔리고 있었다.

"준비 완료했습니다."

"틀림없소?"

최민제가 싸늘하게 굳어진 얼굴로 물었다.

"예, 틀림없습니다. 10단계로 세탁을 했으니까 쥐도 새도 모릅니다."

"10단계……. 얼마요?"

"예에……, 그게……."

그 남자가 백지에 100을 그렸다.

"……좀 비싸군."

"예, 워낙 단계가 많아서."

"됐소. 틀림없기만 하면."

"예, 안전은 절대 보장입니다."

"그렇게 깨끗하게 끝내면 성과급을……."

최민제의 볼펜 끝이 백지 위에 다시 100을 그려냈다.

"가……, 감사합니다."

"됐소, 개시하시오."

"옙, 개시하겠습니다."

그 남자가 벌떡 몸을 일으켰다.

두 가지 욕심

강남길의 아내 오수자는 큰 고민에 빠져 있었다. 남편한테 쇠망치로 찍힌 건물주는 앙갚음하듯 명도소송을 내, 그들은 내쫓길 판이었다. 그건 어쩔 수 없이 각오하고 있었지만, 또 하나의 고민이 떠나면 어디로 가야 하는가 하는 것이었다. 남편 없이 혼자 당하는 그 일은 막막하기가 하늘 넓이였고 바다 넓이였다.

'남편은 하늘이니라. 평생 진심으로 잘 떠받들고, 늘 고분고분 순종해라. 그래야 집안 화평이니라. 요새 세상이 자꾸 요상스럽게 변해 도회지에서 남녀평등이니 뭐니 하는 얄궂은 바람이 불어온다만 그건 다 세상 어지럽게 만드는 잘못된 풍조니라. 여자한테 남편 하나 없어봐라. 그보다 더한 쪽박신세는 없다. 의지할 데라고는 그 어디에도 없으니 그보다 더한 한데가 없고, 세상 사람 모두가 얕잡고 들고, 강아지까지 짖고 덤빈다. 여자가 잘하면 그 은덕 모르는 남정네 없니라. 설령 어쩌다 바람을 좀 피운다 해도 딱 갈라설 판 아니거든 그냥 모르는 척 넘겨라. 그거 여자와 좀 다른 남자들 뜬버릇이니까. 왜 '바람을 피운다'고 했겠냐. 바람 한 줄기 건듯 불어가듯 하는 짓이란 뜻 아니냐. 여자가 잘해서 남편과 뜻 잘 맞추며 오래오래 해로하는 것, 그보다 더 큰 행복이 없느니라.'

처녀 적에 어머니가 그야말로 귀가 닳도록 한 말이고, 시집간 다음에도 때맞추어 되씹고 되씹은 말이었다. 말이란 참 묘한 것이었다. 별로 듣기 좋은 말이 아닌데도 자꾸 듣다 보니 자신도 모르게 그렇게 따라 하고 있는 것을 느끼고는 했다. 그래서 그랬던 것일까. 남편은 늘 따습고 살갑게 감싸주었고, 듬직하고 튼실하게 집안을 이끌어나갔다.

그러고 보니 그런 남편 없이 어디로 가서 새잡이로 식당을 시작할 것인지 생각할수록 답답하고 막막하여 남편이 간절하게 그립기만 했다.

'남편이 조금만 참았더라면 어찌 되었을까…….'

오수자는 또 떠오르는 이 생각을 털어내느라고 고개를 짤짤 흔들었다.

월세를 갑자기 2배로 내기도 어려운 판에 4배라니……, 애초에 말이 안 되는 억지고 욕심이었다. 그런 도둑 심보 지닌 사람한테 참고 사정한다 한들 통할 리가 없었다. 꼭 4배를 내지 않으면 명도소송 걸어 내쫓겠다고 인정사정없이 몰아친 무정한 인종이 새 주인이었다.

어찌 보면 남편이 잘한 일이기도 했다. 돈 하나 없다고 기죽어 비실비실 당하며 내쫓기느니 남자다운 성깔로 쇠망치를 휘둘러댄 것은 얼마나 속 시원하고, 장하기까지 한 일인가.

'그러나 머리를 내려쳤더라면…….'

자다가도 그런 꿈에 가위눌려 벌떡 일어나 앉은 것이 한두 번이 아니었다.

"아니야, 정말로 겁만 주려고 했어. 그럼 겁먹고 쫄아서 월세 못 올릴지 모른다 싶어서……."

그래서 머리를 피해 어깨를 내려친 남편이 얼마나 고맙고 장한지 모를 일이었다.

그런데 그 심보 고약한 건물주는 끔찍스럽게도 남편을 '살인미수'로 몰아대고 있었다.

"너무 염려하지 마세요. 피해 입은 사람은 누구나 다 그러기 마련입니다. 자기가 당한 것만 생각하고, 그보다 몇 배로 복수하려고 하는 생각뿐이니까요. 아마 잘될 겁니다."

마음씨 좋은 이태하 변호사의 말이었다.

그래서 굳이 '국민참여재판'을 신청했다는 거였다. 국민참여재판—그것이 무엇인지 오수자는 알 수가 없었다. 주위 사람들을 붙들고 물어보았지만 다 고개만 갸웃거릴 뿐이었다. 오수자는 또 많이 못 배운 것을 한탄하며 이 변호사에게 물어볼 수밖에 없었다.

"아 예, 그건 미처 설명 안 해드렸군요. 그건 남편, 강 사장한테 유리하게 하려고 일부러 택한 것인데요, 한마디로 말하면 일반 국민이 재판관이 되는 것입니다. 다시 말하면 재판을 국민의 기준과 생각으로 공평하게 하기 위해서 일반 국민들 중에서 무작위로, 그러니까 누구를 특별히 미리 정하는 것이 아니라 여러 일반 사람들 중에서……, 그러니까 뭐랄까 아이들 유치원 들어갈 때 제비뽑듯이, 경쟁 심한 아파트 추첨하듯이 일반 사람들 여러 명에게 법원에서 국민참여재판의 배심원 노릇을 할 마음이 있느냐는 서류를 보냅니다. 그럼 그걸 받은 사람들이 배심원을 해보고 싶으면 지원해서 재판관 노릇을 하게 됩니다. 그 배심원들은 보통 7인으로 이루어지고, 그 사람들은 서로 모르는 사이입니다. 그 사람들은 판사와 검사와 함께 재판을 진행하게 되고, 그 제도는 미국이나 영국 같은 선진국에서는 오래전부터 시행해 오고 있는 것이고, 우리나라에서는 15년쯤 전부터 해오고 있습니다. 그런데 그 배심원 재판은 공평하다고 환영을 받고 있습니다.

그 재판이 우리 강 사장에게 유리하리라고 하는 점은, 첫째 건물주의 월세 4배 인상이란 상식적으로 도저히 있을 수 없는 일이고, 둘째 강 사장이 술기운으로 즉흥적으로 저지른 일이고, 셋째 쇠망치를 미리 준비한 것이 아니라 부동산 사무실에 있었던 것이고, 넷째 쇠망치로 내려칠 때 어깨를 내려치는 것보다 머리를 내려치는 것이 더 쉬운데 강 사장이 술기운에도 더 쉬운 머리를 피해 더 어려운 어깨를 내려친 것은 죽이려고 생각한 것이 아니라 겁만 주려고 했던 것이 명백하고, 다섯째 그 일곱 배심원들 중에는 건물주처럼 부자보다는 보통 사람과 가난한 사람이 더 많을 것은 분명하기 때문에 그만큼 강 사장의 처지를 잘 이해하게 될 거고, 그러니 강 사장한테 유리한 판결이 내려지리라고 판단한 것입니다."

변호사 이태하는 성의껏 세세하게 설명해 나갔다.

"변호사님, 감사합니다. 변호사님, 고맙습니다. 변호사님, 감사합니다."

오수자는 자신도 모르게 합장을 하고 부처님 앞에 삼배를 올리듯 머리를 조아리고 또 조아렸다. 사실 그녀의 눈에는 지금 이 변호사가 생불로 보이고 있었다. 왜냐하면 이 변호사의 차근차근 자세한 설명에 따라 남편의 죄가 차츰차츰 줄어들면서, 설명이 끝나자 마침내 무죄가 되었기 때문이다.

그 설명을 듣고 나서 오수자는 만만세를 부르고 싶을 만큼 마음이 가벼워졌다. 그리고 험한 꿈에 시달리지 않고 편한 잠도 잘 수 있었다.

그러나 재판을 받아야 하고, 또 앞날이 어찌 될지 모르는 남편 걱정은 한시도 마음을 떠나지 않았다.

'돈, 돈, 돈……, 그놈의 돈은 뭘까…….'

이 생각이 줄기차게 곱씹히고 있었다. 남편이 쇠고랑을 차는 신세가 된 것도 순전히 그놈의 돈 때문이었다. 돈을 벌려고, 돈을 벌어서 자식들 잘 가르치고 행복하게 살려고 남편과 함께 20년이 다 되도록 온갖 험한 일 닥치는 대로 해대며 허덕거리고 살아왔다. 그러나 돈은 바라는 대로 쉽게 모아지지 않았고, 착한 남편은 감옥살이 몇 년을 살아야 할지 모르는 죄인이 된 것이다.

'돈이야 좋고도 징헌 것이여.'

'돈이 사람을 따라야제 사람이 돈 따른다고 부자 되가니?'

'아서, 아서. 돈에 환장허덜 말어. 사람 추접기만 들고 우세스러바진께.'

'돈 욕심허고 자석 욕심언 부린다고 되는 것이 아니여.'

'세끄니 묵고살고, 속살 안 비치게 입고 살면 되았제 더 욕심부리덜 말어. 천석꾼 만석꾼 부자라도 저승 갈 적에넌 한 푼도 못 가지간께.'

어렸을 때부터 시집가기 전까지 수없이 들었던 친정어머니의 말이었다. 어머니는 마치 노래하듯이 그 말들을 때에 맞추어 쉴 새 없이 되뇌었었다. 그 듣기 싫어했던 말들이 새삼스럽게 줄줄이 떠오르고 있었다. 다 옳은 말이었지 그른 말은 하나도 없었다. 그런데 평소에는 하나도 생각나지 않았던 것이다. 그저 '돈 빨리 모아야지, 돈 빨리 모아야지' 하는 생각에만 쫓기며 허덕거렸던 것이다.

오수자는 긴 한숨을 쉬며 주방 그릇들을 챙기고 있었다. 인건비 벌려고 남편과 단둘이 꾸려나갔던 식당이니 남편이 잡혀간 그날로 식당은 문을 닫아야 했다. 그리고 남편 살려내려고 날 가는 줄 모르고 허둥거리다 보니 날아든 것이 가게 비우라는 명도요구서였다.

전화벨이 울리고 있었다. 오수자는 받기가 싫어 문 쪽에다 눈을 흘겼다. 문을 닫고 보니 걸려오는 전화마다 필요 없는 것이었다.

그런데 전화는 끊어질 줄 모르고 계속 울려댔다.

"도대체 누구야, 신경질 나게."

오수자는 스테인리스 국그릇을 내던지듯 하며 주방을 나섰다.

"여보세요!"

오수자는 짜증 나는 대로 내쏘았다.

"아, 나 애비다. 왜 그리 불퉁스러우냐. 어떤 손님이 화나게 혔냐?"

오수자는 깜짝 놀랐다. 언제나 어려운 아버지의 걱정스러워하는 목소리였던 것이다.

"아니, 아니에요. 강 서방이 화장실에 갔는지 전화를 빨랑 안 받아서."

오수자는 황급히 둘러댔다.

"으응, 느그 별일 없자?"

언제나 똑같은 아버지의 안부였다.

"네에, 아무 일 없어요."

오수자도 똑같이 대답하면서도 '아부지, 강 서방 큰 탈 났어요' 하고 털어놓고 싶었다.

"으응, 그러믄 되았고, 근디 말이다, 느그 큰고모 있쟈? 느그 큰고모가 탈 났다" 하며 아버지가 한숨을 푹 쉬었고, "왜, 큰고모 어디 아프세요?" 오수자는 바로 말을 받았다.

"으음, 그 수술했던 췌장암 말이다, 그것이 도져서 그 머시라 허드냐, 호스 머시라고 허는 디로 옮겼다고 연락이 왔는디 말이다……."

"호스피스 병원 말이에요?"

오수자는 얼른 말을 이었다.

"잉, 호스피스. 근디 말이여, 고것이 마지막 가는 사람들이 가는 병원이람서?"

아버지가 가라앉는 목소리로 물었다.

"예에……, 그게 그래요……."

오수자는 큰고모를 떠올리며 어물거렸다.

"근디 말이여, 요 일얼 으째야 좋을끄나?"

아버지는 유난히 심하게 사투리를 쓰며 또 한숨을 푹 쉬었다.

"고모가……, 그리되셨군요……."

오수자는 아버지가 무엇을 바라는지 금세 알아차렸으면서도 이렇게 막연한 소리를 우물거릴 수밖에 없었다.

"근디 말이여, 니 식당 해내니라고 눈코 뜰 새가 없는지 잘 아는디 말이여, 그려도 으쩌겄냐. 큰고모 디려다볼 사람이 가차이에 니밖에는 없는디. 니헌티 폐 안 끼칠라고 나가 올라가볼 수도 없는 일이고. 나가 올라가면 나가 속언 씨언허겄지만, 사둔네 기시는디 나 할라 얹치면 고것이 긍께……."

"아부지, 아부지, 아무 걱정 하지 마세요. 제가 다 알아서 할게요. 호스피스 병원 들어가셨으면 얼마 안 남으신 거니까 제가 다 알아서 해요. 막바지에 위험해지면 바로 연락드릴 테니까 아부지는 그때 올라오시면 돼요."

오수자는 아버지가 올라오는 것을 막으려고 강한 어조로 말했다. 자신의 처지를 아버지가 알게 하고 싶지 않았던 것이다.

"잉, 그리 혀주먼 고맙제. 니 큰고모 처지 잘 알지야? 참 그 일생 불쌍허고 짠헌 사람 아니디냐. 평상 고상고상허고 살았음서도 인생 마지막 길에 혈육이 옆에 없이 홀로 떠나야 허는 목심 아니냐. 으쩌겄냐, 니가 나 대신 혀줘야제. 알겄지야? 큰고모 불쌍허니 생각혀서……, 큰고모가 니럴 영판 이뻐라 허고 그랬니라……."

아버지는 울음을 참느라고 애쓰고 있었다.

"아부지, 제가 잘 알아요. 제가 다 알아서 할 테니까 아무 걱정 마시고 안심 푹 하세요. 그 호스피스 병원 주소 아세요?"

오수자는 아버지의 울음에 자기 가슴도 울컥해지는 걸 느끼며 아까보다 더 힘차게 말했다.

"잉, 여그 있어."

"예, 빨리 부르세요."

주소를 받아 적고 전화를 끊으며 오수자는 마음이 더 답답하고 무거워졌다. 자신의 일을 추스르기에도 버거운데 고모의 일까지 얹혔으니 잘 때도 가위눌리고 심란하기만 했다.

그러나 고모가 마지막 죽음길에 들어서 있었다. 아버지의 큰누나였고, 그 신세가 한없이 박복해 아버지가 늘 마음 아파해왔던 딱한 고모였다. 성가시게 생각하지 말고 고모의 마지막 길을 돌보자고 자신의 마음을 쓰다듬었다. 그것이 아버지께 한 번도 해본 적이 없는 효도를 대신하는 것이라고 마음먹었다.

고모 오순녀……, 한 여자로서 그 팔자 기구하고 불행하기가 태어나면서부터 시작된 것이어서 더욱 마음 쓰라리고 가슴 아팠다. 큰고모는 여섯 형제 중에 첫 번째 딸이었고, 아버지는 전체로 세 번째이면서 첫 번째 아들, 장남이었다. 그 아래로 딸 둘, 그리고 막내를 아들로 마감해서 육 남매가 이루어졌다.

할아버지는 그 흔한 소작농이었다. 소작농이란 가난을 팔자로 타고나는 것인데, 할아버지는 자식까지 줄줄이 여섯이었다. 그러니 그 가난이 얼마나 극심할지는 더 말할 것이 없었다. 처녀가 시집갈 때까지 먹은 쌀이 전부 한 말이 못 되고, 해마다 보릿고개에는 소나무 껍질을 벗겨 먹고 풀뿌리를 캐 먹다 못해 찰흙을 걸러 먹는다는 것이 바로 그런 집 가난이었다.

"삼시랑도 무정허고 무정허시제. 묵을 것도 낄일 것도 없는 집구석에 워쩌라고 자석덜언 그리 줄줄이 태이게 허냔 말이여. 조상 묘럴 써도 잘못 쓴 것이제. 자식덜이 천복이 아니라 웬수 덩어리여, 웬수 덩어리."

할머니가 평생 입에 달고 산 원망이고 한탄이었다.

그런 가난 속에서도 할아버지는 그래도 큰딸을 국민학교에 보냈다. 자기의 무식을 대물림하지 않으려는 결심이었다. 딸 자식은 무조건 학교에 안 보내는 것이 상식인 소작농들 생활에서 할아버지의 그런 행동은 당연히 흉거리였다. 그 대신 할아버지는 다른 소작인들보다 일을 두 몫, 세 몫 더 해냈다고 한다. 대나무를 잘게 쪼개 얼금얼금 엮어서 온갖 것을 씻어서 물 빼는 소쿠리를 만들고, 대나무 가는 가지들을 층층이 엮어 큰 마당비를 만들고, 가을이면 조를 다 털어낸 이삭들을 엮어 작은 안방 비를 만들었고, 겨울 내내 밤늦도록 짚신을 삼았고……, 그런 것들을 모아 장날이면 내다 팔아 돈을 만들었다. 자식들을 학교에 보내기 위해서였다.

그러나 긴 겨울밤 잠을 아껴가며 공들여 만든 그런 것들은 큰돈이 되지 못했다. 그렇지만 할아버지는 지치지 않고 그 일을 해냈다. 자식들은 자신처럼 '낫 놓고 기역 자도 모르는 무식쟁이'를 만들고 싶지 않았던 것이다. 모든 농부들은 여름 삼복더위 속에서 팥죽땀을 흘리며 숨이 닿도록 열심히 일했으니까 겨울에는 그저 사랑방에 모여 한담하고, 두부 내기 화투나 윷놀이를 곁들이면서 내년 농사에 쓸 새끼줄이나 꼬며 보냈다. 그러나 할아버지는 자식들을 위해 그런 한가한 자리에 낀 일이 없었다.

그렇게 열성을 바친 덕에 할아버지는 딸 넷을 전부 초등학교를 졸업시켰고, 아들 둘은 고등학교까지 졸업시켰던 것이다. 가난에 찌들어 사는 소작인 신세에 다달이 '월사금'을 내야 하는 그 시절 자식들을 '국민학교'에 줄줄이 보내는 것은 거의 불가능한 일이었다. 그래서 할아버지는 자식 농사 제일 잘 짓는 사람으로 떠받들어졌던 것이다.

아버지는 얼마나 공부를 열심히 했던지 고등학교를 졸업하던 그해에 할아버지의 소원대로 면서기가 되었다. 그 꿈이 이루어지자 '앉은자리에 풀 한 포기 안 나는' 자린고비로 소문난 할아버지가 돼지를 두 마리나 잡는 동네잔치를 벌이고, 술이 억병으로 취해 밤새껏 춤추고 노래를 불렀다는 것이 할머니가 두고두고 했던 자랑이었다.

초등학교를 졸업한 큰고모는 여학교로 진학하는 것이 최대 꿈이었다. 그러나 그 꿈은 여지없이 꺾이고 말았다. 할아버지와 할머니가 한꺼번에 부러뜨려버렸던 것이다.

"여자가 그만하면 됐다. 더 배워봤자 엉치에 뿔 돋히고, 팔자만 사나워진다."

그래서 큰고모는 가난하고 식구 많은 집안의 부엌데기의 길로 들어서야 했다. 남편 못지않게 부지런하고 손 맵시 좋은 할머니의 손아귀에 붙들려 큰고모는 꼼짝 못 하고 부엌일을 익혀야 했다. 할머니는 일을 시키면서 큰딸 머리를 사정없이 쥐어박기를 예사로 했다.

"하이고, 말도 마라. 일을 그리 독하게 부려먹으면서도 잘했다는 말은 한마디도 없이 그저 쥐어박고 야단치고, 계모가 따로 없었니라."

큰고모는 할머니가 살아 계셨을 때는 물론이고 돌아가시고 나서까지도 이 말을 하고 하고 또 했다. 그 서운함이 영영 가시지 않는 모양이었다. 상급학교에 안 보내 많이 가르쳐주지 않은 것과 함께.

스무 살이 되어 큰고모는 시집을 갔다. 직업군인 하사관이었다. 그 시절에 가난한 농부가 아니고 다달이 월급 나오는 군인에게 시집을 간 것은 초등학교라도 보내준 아버지의 덕이었다. 그리고 6·25 전쟁 직후라 군인이 꽤나 값나가는 시절이기도 했다.

큰고모는 남편 따라 서울행 기차를 탔다.

"그것이 첨이고 마지막 호사였다."

큰고모의 한숨 짙은 신세 한탄에 꼭 빠지지 않는 대사였다.

큰고모의 서울 신혼 생활은 미아리 산동네 판잣집의 셋방살이로 시작되었다. 신설동 산동네에 들어갈 수 없는 가난뱅이들이 몰려드는 곳이었다.

큰고모의 결혼 생활은 시작부터 행복하지 못했다. 군인 남편은 술고래였다. 날이날마다 술에 취해 돌아왔다. 그러니 월급날이라고 해야 가져오는 것이 별로 없었다. 두 사람 살림에 혼자 점심을 거르는 날이 생길 지경이었다. 조심조심 그런 형편을 말했지만 남편은 달라지는 것이 없었다. 그런데 야속하게도 배가 불러오고 있었다. 그 사실을 알리면 남편이 달라질지 모른다 싶었다. 그러나 남편은 끄떡도 하지 않았다. 이런 남자하고 어떻게 평생을 살아야 할까 슬그머니 겁이 나기 시작했다. 그렇다고 친정어머니한테 그런 근심을 털어놓을 수도 없었다. 여전히 고생 많고 시름 많은 어머니였던 것이다. 그러나 어머니는 남편이 얼마나 부지런했던가. 평소에는 술 한 방울도 안 하고, 아내를 끔찍이 위해 주는, 얼마나 실한 남편이었던가.

'아아, 아버지 같은 남편이라면 더 바랄 게 뭐가 있는가. 왜 나한테는 정반대의 남자가 태였는가.'

큰고모는 매일 고향 쪽을 바라보고 탄식하며 속으로 울었다.

딸을 낳았지만 남편은 달라지지 않았다. 계급이 올라갔는데도 생활비는 굶어 죽기 좋게 내놓을 뿐이었다. '쥐꼬리만 하다'고 소문난 군인 월급에서 허구한 날 그리 술을 마셔대니 돈이 남아날 리 없었다.

그런데 먹는 게 부실하니 아이 젖이 잘 나올 수가 없었다. 더는 견딜 수 없어 술 좀 그만 마시고 집안 꼴 좀 보라고 남편한테 대들었다. 돌아온 것은 거친 주먹질이었다. 얼굴에 퍼렇게 멍이 들 정도였다.

남자한테 그렇게 맞기는 난생처음이었다. 어머니한테는 하루에도 몇 번이고 쥐어박혔지만 아버지한테는 단 한 번도 맞아본 적이 없었다. 아버지는 어머니가 없을 때 어쩌다가 부엌을 들여다보며 "애쓴다" 하고는 지나갔고, 논에 샛밥을 내갈 때면 언제나 달려와 광주리를 받쳐 내려주며 "어야, 심들지야? 쩌그 앉어서 목 잠 주물러라" 하는 것이었다. 그런 한마디씩을 들을 때마다 힘겨움이 사르르 풀리고 얼마나 행복했던가. 결혼이고 뭐고, 그런 아버지가 있는 고향으로 당장 달려가고 싶었다.

그런데 살림 궁한 소리만 하면 남편은 험한 인상을 하며 주먹을 휘둘렀다. 점점 정나미가 떨어져갔다.

"아이고 새댁, 큰일 났구만. 누가 군바리 곤조통 아니랠까 봐 맨날 술만 퍼먹고 집구석은 안 돌보는 주제에 착한 마누라는 왜 또 개 패듯 해대나. 새댁, 이러고 있다가는 곧 집안 망쪼 든다. 살림살이는 궁해빠졌어도 친정에서 제대로 배운 솜씨인지 음식 솜씨가 아주 좋잖아. 내가 좋은 식당 소개해 줄 테니까 새댁이 돈벌이해서 실속 챙기라구. 안 그러면 자식 어쩔 거야."

집주인의 걱정이었다.

그래서 딸애를 업은 채 식당 주방 일에 나섰다. 일은 고되었지만 점심과 저녁을 배불리 잘 얻어먹으니 아이 젖은 남을 만큼 잘 나왔다. 실컷 젖을 먹은 아이는 순하게 등에 엎드려 잠만 잤다.

많지는 않았지만 식당 벌이로 남편에게 군소리를 하지 않으니 주먹질도 피할 수 있게 되었다. 그렇게 한 해가 바뀌니 또 야속한 일이 벌어졌다. 두 번째 임신이 된 것이었다.

배가 불러오기 시작하면서 식당 일을 그만두어야 했다. 하나는 배 속에, 하나는 등에, 두 아이를 달고 그 일을 이겨낼 수가 없었다.

그런데 남편이 갑자기 제대를 하게 되었다. 무슨 사고를 쳤다는 것이었다. 얼핏 스쳐간 소리였고, 남편에게 묻지도 않았고, 남편도 말을 하지 않았다. 군복을 벗고 며칠 나다니던 남편이 불쑥 말했다.

"짐 싸. 내려가게."

그게 살길이라는 생각이 언뜻 들기도 했다. 고향 집안에 땅만 있다면 농사짓고 사는 것이 가장 믿을 만하고 편안한 생활이었다. 서울이란 겉만 번드르르할 뿐 가난한 사람들의 생활이란 바로 거지꼴이었다.

한껏 기대를 품고 남편 고향을 찾아갔다. 그러나 형은 겨우 사는 소농이었을 뿐 남편 몫의 땅은 전혀 없었다. 결국 형에게 얹혀살아야 하는 꼴이었다. 형도 반가운 기색이 아니었고, 형수는 더욱 노골적으로 싫어했다.

"큰 탈 났네. 점심은 다 굶고 살아야 하게 생겼으니. 오늘부터 동서가 밥해."

동서가 바가지를 내던지듯 하며 내쏜 말이었다.

식모 아닌 식모 노릇을 하며 몸을 풀었다. 아들이었다. 그러나 남편이 문제였다. 눈칫밥을 먹으면서 일이나 열심히 해야 할 텐데 남편은 군인일 때와 똑같이 굴었다. 매일 술타령이었고, 걸핏하면 형과 다투었다. 그래서 한마디라도 하면 고래고래 소리를 질러대며 주먹을 휘둘렀다. 얼굴이며 몸 여기저기에 피멍이 들어가며 1년을 참았지만 남편은 전혀 나아지지 않았다. 정이 다 떨어졌고, 아무 희망이 없었고, 더는 함께 살고 싶지 않았다.

그래서 이혼을 하자고 했다.

"요런 빌어먹을 년이 어디다 대고. 뭐 이혼? 이년이 뒈지고 싶어서 까불어."

남편은 성난 짐승이 되어 주먹을 휘두르기 시작했다. 얼마를 두들겨 맞았던지 기절을 했다.

입안에 피 냄새가 가득해지도록 혀를 깨물며 결심했다. 그리고 혼자 동서의 집을 나섰다.

"아부지 엄니헌테는 암 말도 허덜 말어. 인자 더는 맞고 못 살겄다. 서울로 가서 혼자 살아볼란다."

남동생을 만나 차비를 얻어가지고 다시 서울행 기차를 탔다. 아버지 어머니에게 험한 꼴 안 보이는 것은 그 길밖에 없었다.

"인물이 못생겼으면 맘씨나 곱든지, 벌이가 션찮으면 패지나 말든지, 술이 고래면 삭히기나 잘 허든지, 천하에 질로 못된 인종이었으니 다 내 팔자소관이겄제, 머."

큰고모는 꼭 이 말로 신세 한탄을 마무리하고는 했다. 판소리 한마당처럼 길고 길게 이어지는 그 신세 한탄은 가끔 만날 때마다 어김없이 반복되었기 때문에 다 외울 지경이 되어버렸다. 그러나 큰고모가 평소에 말상대 없이 궂은일만 힘겹게 하고 사는 처지라 하소연할 데 없이 외로워서 저러는 것이리라 생각해서 처음 듣는 얘기처럼 반죽 맞춰가며 재미있는 척 들으려고 애썼다.

"큰고모 을매나 맘씨 착허고 순허고 인정 많으고 그러냐. 타고난 성정이 그래서 팔자가 그리 꾀이고 망쳐져뿐 거이다. 첨에 그 남자 선봤을 적에 맘에 안 들었으면 그때 딱 퇴했어야 혔니라. 근디 싫음서도 그 순헌 맘에 부모가 시집가기를 원허닝게 참고 그냥 시집가가꼬 고 모냥 고 꼴이 되야분졌다. 그런 큰고모가 을매나 딱허고 불쌍허냐. 니도 살기 고단혀도 잠 자주 만내 그 한 맺히고 씨린 팔자타령 그냥 꼬신 야그맹키로 들어주고 그래라, 와. 나가 못 허닝게 니라도 잠 대신혀도라, 잉."

아버지가 일부러 전화 걸어 울음 머금은 듯한 목소리로 당부하기도 하곤 했다.

큰고모가 입원해 있는 호스피스 병원은 인천 변두리 뒷길에 자리 잡고 있었다. 차는 10년 다 되어가는 싸구려였지만 내비게이션이라는 그 요망스러운 물건은 요리조리 길을 잘도 가르쳐주었다. 오수자는 그 똑똑한 안내를 따라 차를 능숙하게 몰아 그 병원 앞에 세웠다. 그녀는 문을 닫으며 대견하다는 듯 차를 한 번 쓰다듬었다. 식당을 꾸려가자면 자동차는 없어서는 안 되는 발이었다. 아침저녁으로 찬거리를 빠르게 장만하려면 차처럼 긴요한 것이 없었다. 트렁크와 뒷자리는 하루 이틀 치 찬거리를 빠르고 편리하게 실어 나르는 이동식 창고였다. 마음에 드는 싱싱한 찬거리를 가득가득 싣고 차들 안 막히는 이른 새벽길을 거침없이 달리는 것을 그녀는 무엇보다 즐겼다. 질주하는 차의 속도에 실려 흘러간 옛 노래를 목청껏 불러대는 때는 매일 고단한 하루 중 가장 즐겁고 행복한 시간이었다. 그렇게 날마다 아침 장은 자신이 보았고, 자신이 여러 가지 찬을 장만하느라고 정신없이 바쁜 저녁 장은 남편이 보았다.

오수자는 고개를 뒤로 젖히며 건물을 살펴보았다. 병원이라는 표시가 아무 데도 없는 5층 건물은 자그마했다. 그리고 드나드는 사람도 눈에 띄지 않았다. 크고 높은 건물에 큼직

큼직한 간판을 내건 일반 병원들에 비하면 그 초라함이 너무 심했다.

'아마도 살날 얼마 안 남은 사람들이 있는 곳이라 그런가 부다.'

오수자는 이런 생각을 하며 낡은 핸드백을 옮겨 들었다.

"나가 나이 들어감스로 되작되작 생각혀 봉께 엄니헌티 너무 불효막심허니 혔어야. 요 인정사정없고 빽 없고 돈 없으면 그냥 굶어 죽고 얼어 죽어야 허는 요 야박헌 서울 바닥에서 요 식당 저 식당으로 옮겨 댕김서 그래도 음식 솜씨 좋단 소리 들어감서 돈도 쪼깐씩 모타감서 한평상 살아낸 것이 참 용타 허고 요리 되작 저리 되작 험시로 생각혀 봉께, 오메오메 고것이 싹 다 엄니 덕이었다 고것이여. 엄니가 눈에서 불이 번뜩번뜩허게 대그빡 뱅김스로 사정없이 일 부려묵을 직에 그리 서럽고 원통허기만 혔는디, 그리 지독시리 잡도리헌 것이 엄니 편차고 일 부려묵은 것이 아니고 나 지대로 사람 되라고 그리 맵고 짜웁게 갤쳤든 것이여. 엄니가 그리 지독시리 안 갤챴드라면 나가 입맛 까탈시럽고 트집 잘 잡는 서울 사람들 입에서 음식 잘헌다는 말을 어칙께 들을 수 있었겄어. 근디 속 창아리가 접시 물맹키로 얕은 이년은 엄니가 나럴 의붓자식 대허듯 인정사정없이 부려묵었다고 섧해허고 원망허고 그랬응께 엄니헌테 진 죄가 태산보담도 더 크다."

눈물 반 울음 반인 큰고모의 이런 말이 생생하게 들려오고 있었다.

할머니가 돌아가시고 나서 얼마 뒤부터 큰고모는 전과는 전혀 다르게 이런 말을 하기 시작했다. 그런 큰고모의 모습은 한결 좋아 보였고, 듣기도 좋았다.

"나럴 좋아라 허고, 살림 채리자고 대들고 허는 남자들도 더러 있었니라. 근디 나가 싹 다 퇴짜허고 짤라내고 그래부렀니라. 워째 그랬냐고? 야아 야야, 나가 남자라면 입에서 씬물이 나고, 오만 정이 다 떨어져뿌렀다. 한 번 당혔으면 되얏제 그 징헌 일을 워찌 두 번 당허겄냐. 생각만 혀도 징허고 징허다."

큰고모는 머리를 흔들어댔다.

"큰고모, 그건 큰 병이에요. 이 세상 남자들이 다 그러나요 뭐. 안 그런 남자들도 얼마든지 있어요. 찬찬히 좋은 남자 골라보세요. 혼자 사시기 너무 외롭고 힘드시잖아요."

자신은 진심으로 큰고모를 위로했고, 좋은 남자 새로 만나 행복하게 살기를 바랐다.

"아서라 말어라. 느그 서방 강 서방 같은 남자가 워디 흔허드라냐. 그리 맘 좋고 착실허고 부지런헌 사람은 금덩이맹키로 귀허고 귀헌 거이다. 느그나 서로 위험서 애낌서 평상 행복허니 잘살도록 히여. 하면, 강 서방 항시 듬직허고 실혀서 참 좋제."

큰고모는 그늘 짙어지는 쓸쓸한 얼굴로 말했다.

"누구 찾아오셨죠?"

나이 많이 든 간호사가 무표정하게 물었다.

"예, 저어……." 오수자는 문득 '큰고모의 이름……?' 하는 당황스러움에 부딪혔고, "예에……, 오, 오순녀 씨 좀 만나려고……." 그녀는 아주 생경한 느낌으로 큰고모의 이름을 댔다. 그러면서 그녀는 '치이, 오수자만치나 촌티 나는 이름이시, 오순녀' 하며 소리 안 나게 혀를 찼다. 큰고모는 그냥 큰고모였지 이름을 부를 일은 없었던 것이다.

"오늘은 어쩐 일로 두 사람씩이나……." 주름진 간호사가 볼펜을 들며 중얼거렸고, "네에……?" 두 사람이라니 누굴까 싶어 오수자는 물었고, "아니 뭐……, 면회 오신 분 성함은 뭐지요?" 간호사가 사무적으로 물었고, "예, 오수자예요, 오수자." 그녀는 자신의 이름도 생소하여 두 번이나 댔다.

"오수자, 됐어요, 2층으로 올라가세요."

간호사가 볼펜을 던지며 2층을 손짓했다.

엘리베이터는 간호사만큼 늙어 있었다.

'별꼴. 곧 떠날 환자들이 있는 곳이라고 꼭 간호사도 엘리베이터도 이렇게 늙어야 되나?'

오수자는 이런 생각을 하며, '이런 데서는 한 달에 얼마나 받을까?' 하는 생각을 문득 했고, '돈은 죽는 길에서도 필요하구나. 고모는 그 돈이 모자라지 않게 있을까……?' 걱정이 되었고, '아이그, 그놈의 돈. 징글징글하고 지긋지긋한 놈의 돈!' 그녀는 부르르 몸서리를 쳤다.

오수자는 큰고모를 보는 순간 소스라치게 놀랐다. 큰고모는 1년 사이에 몰라볼 정도로 전혀 딴 사람으로 변해 있었던 것이다. 바짝 말라 주름투성이인 얼굴은 생기라고는 전혀 없이 거무스름한 색을 띠고 있었다. 그 얼굴은 큰고모가 왜 이런 병원에 와 있어야 하는지를 분명하게 보여주고 있었다. 오수자는 '사색'이라는 것이 저런 것임을 처음으로 느끼고 있었다.

"큰고모……."

오수자는 솟구치는 울음 그대로 큰고모를 부르며 짧고 좁은 복도를 뛰다시피 했다.

"잉, 수자야."

어떤 남자와 긴 나무 의자에 앉아 있던 큰고모가 오수자를 알아보고 손짓했다.

"큰고모오……."

오수자는 큰고모의 손을 잡으며 왈칵 울음을 터뜨렸다. 생각보다 훨씬 심한 큰고모의 병색 짙은 모습이 너무 딱하고 슬펐던 것이다.

"시방 한참 바쁠 땐디 워찌 이리 왔다냐."

큰고모는 식당 걱정부터 했다.

"응, 그래서 강 서방한테 맡기고 나 혼자 왔제. 아부지가 어서 가보라고 전화를 하셔서."

오수자는 이렇게 둘러붙이며 남편의 일을 싹 감추었다.

"그려, 그려, 고맙다." 큰고모가 그렁그렁한 눈물을 손등으로 훔치고는, "잉, 느그덜 서로 인사혀라. 여그넌 아덜이고……." 남자를 손짓하며 오수자에게 말했고, "여그넌 외삼춘 큰딸이다." 오수자를 가리키며 남자에게 말하고는, "나 팔자 궂어 사춘지간인 느그덜이 넘넘맹키로 수십 년이 지내서야 요리 첨 만내게 되얏다" 하며 코를 훌쩍였다.

"첨 뵙겠습니다. 김승기라고 합니다."

남자가 오수자를 향해 고개를 꾸벅했다.

"네, 오수자입니다."

오수자가 처음 보는 외사촌에게 어색스럽게 인사했다.

"전 밖에 나가 있을게요. 두 분 말씀하세요."

김승기가 쭈뼛거리며 말했다.

"잉, 그려, 그려."

오순녀는 잘되었다는 듯 아들에게 빠르게 손짓했다.

"큰고모, 어떻게 알고 왔어요?"

외사촌이 나가자 오수자가 재빨리 물었다. 시집에서 떠나온 후 한 번도 내왕이 없었다는 것을 잘 알기에 어떻게 서로 연결이 되었는지 오수자는 궁금하지 않을 수가 없었다.

"잉, 니헌티 진작 말얼 못 혔는디, 멫 년 전에 워쩌크름 찾었는지 연락이 왔드란마다. 근디 고것이 그냥 찾어온 것이 아니라 즈그 아부지가 죽어뿐 소식을 갖고 온 것이여. 하나또 반갑덜 않은 소식을 말이여. 그때 알었제. 그 문딩이 삼시랑이 두 자석 끌고 서울로 올라왔드랴. 성님네서 얹쳐살 헹편이 못 되었응게 굶어 죽든 워찌 되든 그리헐 수밖에 없었겄제. 그려서 아파트 짓는 바람 따라 노동판 찾아댕김서 두 자석 고등학교꺼정언 어찌어찌 마쳐준 모냥이여. 그러고 나이 들어감서 시낭고낭 앓다가 죽었다는 거여. 참 시장시럽게 살다 간 시장시러운 목심이제. 나가 일찌감치 손 딱 끊은 것이 백분 잘헌 일이여. 항, 잘허고말고."

큰고모는 한 가닥 미련도 없다는 듯 싸늘하게 말했다. 옆에 둔 작은 물병을 따 한 모금을 마시고는 큰고모는 말을 다시 시작했다.

"근디 말이여, 나가 암수술을 받게 안 되얏드냐. 그려서 보증서를 쓰게 되얏는디, 보증인이 꼭 친족이라야 된다는 것이여. 긍께 으째야 쓰겄냐. 헐수할수없이 쟈헌테 연락얼 안 헐 도리가 있겄냐. 문딩이 잡녀러것, 법도 참 지랄 겉은 법도 다 있드라. 낳기만 혔지 키우덜 안 헌 자석보고 나 살려도라 허게 맹글고 말이여. 그려서 쟈가 와서 보증서에 도장 눌르고 수술을 헌 것이제. 수술허다 죽어도 책임을 씌우지 않컸다 허는 것 말이여. 참말로 요상시런 문서도 다 있드라, 잉. 근디 말이여, 여그 입원허는 디도 또 친자석 도장을 찍으라는 것이여. 긍께 또 쟈헌테 연락 안 헐 도리가 없게 되얏제. 참 얄랑궂은 시상이여, 워찌 그리 친자석 타령을 혀쌌는지 몰르겄드라고."

큰고모는 사색이 깃든 신수에 비해 말기운은 평소와 별 차이가 없었다.

"참 잘됐네요. 제때제때 효도 잘했으니."

그런 사정 전혀 모르고 있었던 오수자는 뒤늦게 미안스러움과 다행스러움을 느끼며 이렇게 말했다.

"효도? 고런 소리 허덜 말어라." 큰고모는 허공을 치는 손짓을 하고는, "저놈 저것 순 도적놈이다. 속이 까마구 색보담 훨썩 더 씨커먼 놈이여!" 어디서 그런 기운이 솟는지 세차게 말하며 마구 혀를 차댔다.

"예에……? 무슨 도둑놈……."

오수자는 어리둥절한 얼굴로 김승기가 사라진 문 쪽과 큰고모를 번갈아 쳐다보았다.

"아 금메, 나가 수술을 받고 깨나서 환장얼 허게 아파 죽겄는디 저놈이 떡 뭐랐는지 아냐? 이혼혀서 전 냄편 자석꺼정 떡 하나 딸려갖고 재혼헌 그 잘난 마누라란 것을 옆에 놓고 헌다는 소리가, 즈그 식구가 우리 집으로 이사 와 나럴 뫼시고 살겄다는 것이여. 긍께로 그 집얼 즈그 누나 쏙 빼고 몽땅 지헌테 물려준다는 서약서를 써도라 헌 것이여. 나럴 모실라는 맴이 있는 것이 아니고 순전히 지 혼자서 집 몽땅 차지헐 욕심뿐이었든 것이랑께. 요것이 도적놈 중에 상도적놈이 아니고 머시냐. 근디 더 기맥힌 것은 그새에 집값꺼정 싹 다 알아봤드랑께로. 1억 5천이라고. 아이고 징허다, 그 씨커먼 도적놈 심뽀. 그 집이 어쩐 집이라고. 나가 죽을 뚱 살 뚱 평상 허리 뿐질러지고 손 다 썩어들게 습진 앓아감스로 장만헌 내 육신 겉은 집인디 지놈이 워째 몽창 묵어치울라고 그려. 워메 징허다, 속이 까마구보담 더 씨커먼 도적놈!"

큰고모는 삐쩍 마른 전신을 부르르 떨더니 다시 물병을 따 물을 벌컥벌컥 들이켰다. 말을 그렇게 길게, 억세게 해댔으니 목이 많이 마를 만도 했다.

"……."

오수자는 큰고모의 눈길을 피해 창밖을 바라보았다. 큰고모는 자기 편을 들어주기를 바랄지 모르겠지만 오수자는 이런저런 놀라움으로 기분이 멍할 뿐 아무 할 말이 없었다.

큰고모의 연립주택을 혼자 독차지하려고 하는 아들의 욕심도 놀라웠고, 도저히 치료할 가망이 없어 의사가 호스피스 병원으로 보낸 큰고모가 사색 짙은 모습으로 그 집을 안 빼앗기겠다고 부들부들 떠는 욕심도 놀라웠던 것이다.

"큰고모, 제가 또 올게요. 가게 일 때문에……."

오수자는 더 할 얘기도 없어서 일어날 채비를 했다. 남편 면회도 가야 했다.

"잉 그려, 바쁜디 어여 가그라. 근디……, 느그 아부지는 머시라드냐……?"

오순녀는 조카를 빤히 쳐다보았다.

"잘 몰르겠구만이라. 오늘 저녁에 지가 연락 디레보겄구만요."

오수자는 자기도 모르게 아버지하고 전화할 때 쓰는 고향말이 불쑥 나왔다.

"그려, 느그 아부지가 워찌 요리 보고 잡은지 몰르겄다. 얼렁 가그라."

웃는 것인지 우는 것인지 얼핏 구별이 안 되는 큰고모의 사색 짙은 검은 얼굴을 향해 꾸벅 인사를 한 오수자는 급히 돌아섰다.

"나를 좀 도와줄 일이 있어요."

오수자가 밖으로 나오자 김승기가 담뱃불을 끄며 다가섰다.

"뭔데요……?"

오수자는 비로소 그의 얼굴을 정면으로 쳐다보게 되었다. 그 순간 그녀는 멈칫했다. 사촌 관계라는 그 사람의 얼굴에서는 큰고모를 닮은 데를 전혀 느낄 수가 없었던 것이다. 처음 보는 얼굴이라서 그런 것이 아니었다. 많이 닮지 않았더라도 자식이면 으레껏 어떤 느낌이나 기색이 풍기는 법인데 그 남자한테서는 큰고모의 냄새나 색깔이 전혀 풍기지 않았다.

"어머니가 나를 전혀 믿지 않아서 큰 문제예요."

김승기가 얼굴을 찡그리며 불퉁스럽게 말했다.

"안 믿어요?"

얼굴을 찡그리자 더 못생겨 보이는 김승기가 아버지를 닮은 모양이라고 생각하며 오수자는 의아스럽게 물었다.

"예, 앞으로 여기 낼 돈도 있고, 이런저런 돈이 계속 들어가는데 어머니가 저금통장을 딱 틀어쥐고 앉아서 안 내놔요. 이래가지고는 병간호고 뭐고 다 집어치워야 하게 생겼어요."

김승기의 목소리가 더 커지며 짜증을 부렸다.

오수자는 눈길을 돌리며, '니가 집부터 먼저 차지하려고 속보였으니까 안 믿는 건 당연하지!' 하고 감정이 뒤틀렸다. 그러나 그런 내색 하지 않으려고 애쓰며 그녀는 입을 열었다.

"그럼 내가 뭘 도와야 해요?"

"빨리 통장 내놓고, 비밀번호 가르쳐주게 해주세요."

도와달라고 해놓고 김승기의 어조는 명령하는 것처럼 들려 오수자는 기분이 좋지 않았다. 그리고 자신이 말한다고 큰고모가 들을까 하는 의구심도 생겼다.

"지금 당장 말할 수는 없고……, 어떻게 일이 되게 해볼게요."

오수자는 아버지를 생각하며 이렇게 어물거릴 수밖에 없었다.

"그게 언제죠? 형편이 지금 당장 급해요. 하루 벌어 하루 먹는 처지에 여기 매달리느라고 벌써 얼마나 많이 일을 공쳤는지 몰라요. 아 참, 신경질 나."

김승기가 카악 가래를 돋우어 내뱉었다.

'아, 이 사람이 입원비만이 아니라 자기 생활비도 뜯어 쓰려고 하는 모양이네.'

오수자는 이 생각을 차마 입 밖에 내지는 못하고 다른 말을 했다.

"난 조카니까 고모한테 그런 말 할 자격이 없고, 큰고모가 가장 믿고, 어려워하는 사람이 있어요. 우리 아빠예요. 아빠한테 말해서 그 일 해결하도록 해볼게요."

"그게 언제죠?"

김승기의 얼굴이 더욱 찌푸려졌다.

"오늘 바로 전화하겠어요."

오수자는 더 긴 얘기 하고 싶지 않아 몸을 돌렸다. 자신이 처해 있는 형편만도 너무 답답하고 무거웠던 것이다.

"있잖아요, 내일은 바로 돈 찾을 수 있게 해주세요."

또 명령하듯 하는 김승기의 말에 아무 대꾸도 하지 않고 오수자는 차로 빨리 걸었다.

'또 돈이냐. 아이구 그놈의 돈. 큰고모는 그 통장에 얼마나 가지고 있을까…….' 겨울 스웨터 하나를 40년이 넘도록 입는 큰고모였다. 종이 한 장이라도 알뜰살뜰 아꼈고, 일회용품이라고는 사는 일이 없었다. 택시도 자기 돈 내고 탄 일이 단 한 번도 없었다. 평생토록 그렇게 절약하며 모았을 테니 통장에는 적지 않은 돈이 있을 것이다. 그러나 그 돈이 얼마쯤일지 전혀 가늠할 수가 없었다. 아무도 믿을 사람 없이 평생 홀로 살며 그리도 애써 모아온 돈이 든 저금통장을 긴긴 세월 동안 남처럼 살아온 아들에게 쉽게 내주지 않는 것은 너무 당연한 게 아닐까 싶기도 했다. 그러나 지금 큰고모를 돌볼 수 있는 사람은 그나마 그 아들 하나뿐이었다.

오수자는 큰고모의 일에서 빨리 벗어나려고 집에 도착하자마자 바로 아버지에게 전화를 걸었다.

"잉, 고것이 영판 고약시럽기넌 헌디, 니 말대로 시방 그 아덜 말고는 돌볼 사람이 없으니 으쩌겄냐. 어채피 이 시상 뜨면 미우나 고우나 그 아덜 손에 넘게줄 돈잉께 벨수 있겄냐. 나가 큰고모헌티 말 잘히서 맴 돌리게 헐 것잉께 니넌 더 맴 쓰덜 말어라. 글고 말이여, 니도 식당 일에 꽉 매인 몸이기넌 허다만 워째 쪼깐썩 틈을 내서 큰고모 잠 자주 딜다보고 그래라. 니 말 듣고 봉께 앞으로 떠날 날 을매 안 남었시니 마지막 길 너무 고적허게는 안 맹글어야 허덜 안컸냐. 맘 같애서는 나가 당장 올라가 임종 때꺼정 옆얼 지켰으면 똑 좋겄는디……."

"아부지, 아부지, 아무 꺽정 마시씨요. 지가, 지가 다 알아서 헐랑마요. 날마동 가지는 못혀도 사흘거리로 꼭 댕기겄구만이라. 큰고모도 지럴 좋아라 헝께라."

마음이 다급해지자 고향 말이 더 잘 쏟아져 오수자는 숨가쁘게 말을 해치웠다. 자신이 당하고 있는 일을 절대로 아버지가 알게 해서는 안 되기 때문이었다.

오수자는 아버지의 전화를 밤늦게 받았다.

"잉, 통장얼 내놓기로 혔다. 비밀번호도 갤차주고. 근디, 거그에 딱 조건이 한나 붙어 있다. 고것이 머신고 허니, 아덜언 절대로 못 믿응께 통장 도장 니가 갖고 은행에 가서 돈얼 찾고, 고것덜얼 바로 싹 큰고모한테 갖고 오라는 것이다. 무신 소린지 알겄지야? 글고 니가 은행 댕긴 것은 아덜헌티는 싹 비밀로 허라는 것이여. 알아듣겄냐?"

아버지는 힘 꽁꽁 써가며 말했다.

"다 알겄는디요, 근디 아덜헌티넌 은제꺼정 그리 비밀로 헌다등게라?"

"잉, 고것언 미처 못 물어봤다. 근디 그 자석이 뜸 안 든 밥 급히 묵디게 돈 욕심얼 내도 너무 급허게 냈드라. 자석 새끼들이란 것이 이 집구석이나 저 집구석이나 다 그 꼬라지덜 아니드냐. 새끼들이 돈에 환장덜 혀서……, 참 빌어묵을 시상이다."

"그러다가 한밤중에라도 그냥 혼자 돌아가시게 되면……."

오수자는 괜한 말을 했다고 놀라며 말을 끊었다.

"그려, 고것도 문제는 문젠디……, 니넌 그냥 허라는 일만 혀라. 니도 정신없이 바쁜 몸인디 으쨰야 쓸끄나 와."

아버지가 진한 한숨을 쉬었다.

"아니구만이라, 아부지 대신 허는 일잉게 암시랑토 안 혀라."

오수자는 기운차게 말했다.

"잉, 근디 깜빡헐 뻔혔다. 은행에 갈 적에 말이여, 니 주민등록증 꼭 챙겨갖고 가그라, 잉. 안 그러먼 은행서 니럴 의심혀서 돈얼 안 내줄지도 몰릉께. 알겄지야? 주민등록증!"

'하이고 아부지, 누가 면사무소 출신 아니라고 헐성불러 그리 찬찬허시요.'

오수자는 하도 어이없어 헛웃음을 흘렸다.

"아부지, 그런 걱정 마시씨요. 운전대 잡는 몸이니께 운전면허증은 상비품 아니드랑가요."

"잉 그려, 고것이면 되얏다. 큰고모 잘 잠 뫼셔라, 잉. 을매나 서럽고 불쌍헌 양반이냐. 오래는 살았어도 곧 떠난다고 허니께 맴이 요리 안 좋다."

아버지의 코 훌쩍이는 소리가 꼭 옆인 것처럼 생생하게 들렸다.

“예, 아부지, 지가 꼭 잘헐랑마요.”

“잉, 니 믿고 있겄다, 잉.”

오수자는 바쁜 일 대충 봐놓고 이틀 뒤에 큰고모를 다시 찾아갔다.

“니 아부지 말 다 들었지야? 요 일언 그놈헌티는 절대 비밀이여. 글고 말이여, 비밀번호만이 아니라 여그 통장 액수도 입 딱 봉혀야 써. 알겄지야?”

얼굴색이 더 나빠진 고모가 침대 베개 밑에서 통장과 도장을 꺼내며 말했다.

“2백얼 찾어. 출금표 여그 있고.”

큰고모는 철저했다. 출금표에는 어색하고 촌스러운 큰고모 글씨로 ‘이백만 원’이라고 적혀 있었다.

“요것 비밀번호고. 돈 찾고 쪼가리 쪼가리 내서 짝짝 찢어부러.”

큰고모는 두 손으로 종이 찢는 시늉을 했다.

명함 크기보다 더 작은 종이에는 8472라고 적혀 있었다.

“야 없을 직에 핑허니 얼렁 댕겨오니라.”

큰고모는 바깥을 살피고 하며 급하게 서둘러댔다.

오수자는 아무 말도 하지 않고 돌아섰다. 시키는 대로 심부름을 하는 것이니 별로 할 말이 없었다. 그리고 다급하게 돈 욕심을 드러내 그렇게 불신을 당하고 있는 아들도 마음에 들지 않았지만, 죽음이 코앞에 닥쳐와 있는데 아들에게 모든 걸 비밀에 부치며 돈 욕심을 부리고 있는 큰고모도 마음에 들지 않았던 것이다.

약국처럼 흔한 은행은 큰길로 나서자 바로 찾을 수 있었다.

오수자는 익숙하게 번호표를 뽑았다. 사흘거리로 드나드는 은행이었다. 그녀는 은행을 좋아했다. 매일 허리 무너져 내리게 일해서 돈 계산을 하고 나서 사흘쯤이면 은행에 가게 되곤 했다. 은행에 갈 때마다 통장의 돈이 불어나고 있으니 그보다 더 행복한 일이 없었다. 그런데 한 가지 아쉬운 게 있다면 그 액수가 액셀 밟아대면 속도 빨라지는 것처럼 그렇게 속 시원하게 불어나지 않는다는 것이었다.

'욕심부리덜 말어. 티끌 모아 태산이고, 천 리 길도 한 걸음 부텀잉께.'

그때마다 떠오르는 어머니의 말이었다. 어머니는 무슨 말을 할 때면 속담을 척척 끌어다 대기를 잘했다. 어머니는 중학교를 나왔을 뿐인데 속담을 끝도 없이 많이 아는 유식쟁이였다.

그래서 은행 문을 밀칠 때마다 돈이 조금씩 조금씩 불어나는 재미에 '우리도 언젠가는 부자가 되겠지. 건물은 못 지녀도 월세 안 뺏기는 우리 가게는 갖게 되겠지' 하는 꿈에 취할 수 있었던 것이다. 그런데 몹쓸 새 건물주를 만나 남편이 쇠고랑 신세가 되고 말았던 것이다.

오수자는 불쌍한 남편 생각에 하르르 한숨을 흘리며 빈자리를 찾아 앉았다. 그리고 핸드백에서 무심히 통장을 꺼내 펼쳤다.

'워메 요것이……!'

오수자는 너무 놀라 하마터면 소리를 지를 뻔했다.

'아니, 아니, 요것이 동그라미가 몇 개야 도대체…….'

한눈에 동그라미는 너무나 많았다. 오수자는 자신도 모르게 앉음새를 단단히 고치고는 뒤에서부터 동그라미를 세기 시작했다.

'일, 십, 백, 천, 만, 십만, 백만…….'

오수자는 그만 숨이 막히려고 했다. 머리를 짤짤 흔들고, 눈을 질끈 감았다 뜨고, 숨을 몰아쉬고 나서 다시 세기 시작했다. 동그라미 하나하나를 손가락 끝으로 짚어가며.

'일, 십, 백, 천, 만, 십만, 백만, 천만…….'

통장의 돈은 1억 4천7백만 원이었다.

'하이구야, 돈이 요리 많으니 아들한테 안 보일려고 했구나!'

오수자는 비로소 큰고모의 내심을 알 것 같았다.

'그런데 어찌 이리 돈이 많아? 항시 가난한 것만 같았는데…….'

오수자는 1천만 원도 생각하지 않았었다. 그저 몇백만 원 정도가 있으리라고 생각했었다.

'큰고모 무서운 사람이야. 속이 이렇게도 단단하다니…….'

평생 온갖 고생 다 하며 혼자 살아온 큰고모가 자신의 노년을 얼마나 철저히 준비했는지 오수자는 새롭게 느끼고 있었다.

큰고모의 나이 여든여섯이고, 집까지 다 합치면 그 재산이 3억쯤이었다. 그 나이에 그 정도면 많은 것인지, 적은 것인지 알 수가 없었다. 서른쯤부터 계산하면 50년 넘게 모은 것이 그것이었다. 그 긴 세월을 헤아려보면 결코 많다고 할 수는 없었다.

'큰고모, 고생 많이 하셨네요…….'

오수자는 가슴이 뭉클해졌다.

"97번 고객님."

"네에."

오수자는 번호표를 확인하며 급히 일어섰다.

"저희 큰고모가 많이 아프셔서 제가 대신 왔어요. 여기 신분증."

오수자는 통장, 도장, 출금표와 함께 자기의 운전면허증도 내밀었다.

"2백 찾으시게요?"

은행원이 말과 다르게 운전면허증과 오수자를 빠른 눈길로 훑었다.

"예, 2백이요."

오수자는 또렷하게 대답하며 의자에 앉았다.

"예, 비밀번호 눌러주세요."

오수자는 무슨 의미인지 모를 숫자 8472를 꾹꾹 눌렀다. 그러면서 그녀는 큰고모 전혀 안 닮은 그 아들을 생각했다. 그가 알고 싶어하던 번호.

기계가 차르르 돈 세는 소리를 들으며 오수자는 비밀번호 적힌 종이를 찢기 시작했다.

"다 됐습니다."

은행원이 돈과 함께 오수자가 냈던 것들을 되돌려주었다.

"예, 한 가지 여쭤볼 게 있는데요." 오수자가 그것들을 챙겨 넣으며 다급하게 말했고, "네에……" 은행원이 어서 말하라고 눈으로 말하고 있었다.

"저어……, 우리 큰고모가 돌아가시고 그 아들이 비밀번호를 모르면 돈을 어떻게 찾아야 되나요?"

"예, 그럴 경우에는 예금자의 사망진단서와 가족관계증명서, 아들의 주민등록증을 제출하면 인출이 가능합니다."

은행원이 기계 돌아가듯이 또르륵 대답했다.

"예, 알겠습니다. 감사합니다."

오수자는 은행을 나서며 또 그 아들을 생각했다. 그는 어머니 모르게 집값을 알아보았듯 비밀번호 모르고 돈 찾는 방법도 이미 알고 있을지도 모른다는 생각이 들었다.

'큰고모, 비밀번호 아무리 짝짝 찢어버려도 아무 소용 없어요.'

오수자는 웬일인지 마음이 텅 빈 것처럼 허전함을 느꼈다. 그러면서 어쩌면 고모는 그 방법을 모르고 있을 거라는 생각이 들었다.

오수자는 병원으로 들어서며 그 아들이 안 와 있기를 바랐다. 자신이 돈 찾아오는 것을 보이는 게 싫었던 것이다.

"이, 애썼다. 근디……, 니 통장 돈 보고 놀랬냐, 으쨌냐?"

돈을 받으며 큰고모가 오수자를 빤히 쳐다보았다. 얼굴색에 비해 전혀 흐려짐이 없는 또렷한 눈길이었다.

"글쎄요, 놀라기도 했고, 안 놀라기도 했어요."

오수자는 느꼈던 그대로 대답했다.

"고것이 무신 소리다냐? 영 요상시러운디?"

큰고모가 더 빤히 쳐다보았다.

"예, 첨에는 놀랐고, 그동안 세월을 가만히 생각해 보니 많을 것도 없다는 생각이 들기도 하고 그랬거든요."

"얼랴, 어찌 그리 쌈빡허니, 야물딱지게 말얼 혀분다냐. 니가 똑 똑똑헌 느그 아부지 탁해 부렀는갑다. 그려, 끄니 끓일 것 없는 노친네헌티 비허먼 부자고, 운전기사 부리는 자가용 타고 댕기는 부자들에 비허먼 가난뱅이고 그렇제. 근디 니 비행기 타봤냐?"

큰고모가 불쑥 물었다.

"예에, 한 번 타봤어요."

오수자는 의아스럽게 큰고모를 쳐다보았다.

"이, 고것이 은제여?"

"예, 몇 년 전에 태국 여행을 갈 때……."

"이, 나는 못 타봤는디, 나 다 나스먼 우리 제주도 귀경 가자. 외국에는 못 가드라도 제주도는 꼭 가보고 자프다."

오수자는 놀라며 자신이 잘못 들었나 했다. 그러나 큰고모는 두 번씩이나 분명히 제주도라고 했다.

"네에, 그러세요. 빨리 나으세요. 꼭 제가 모시고 갈게요."

오수자는 환하게 웃어 보이며 신나는 목소리를 꾸며 말했다.

'아아, 큰고모는 살고 싶은 거구나. 죽을 생각이 전혀 없는 거구나. 그러니까 아들한테 비밀번호도 안 가르쳐주는 거구나. 어쩜 좋으냐……'

오수자는 너무 당황스러워 어서 큰고모 앞에서 떠나고 싶었다.

"큰고모, 저 또 올게요. 식당 점심 준비가 바빠서……."

"잉, 그려. 나가 니럴 너무 구찮허게 허고 있다. 바쁜디 얼렁 가, 얼렁."

큰고모는 더 나빠져 보이는 얼굴로 웃어 보이며 손짓했다.

오수자는 차를 몰고 집으로 돌아오는 한 시간 넘는 동안 내내 큰고모의 그 말에 묶여 있었다. '나 다 나스먼 우리 제주도 귀경 가자.' 의사가 가망 없다고 결정 내려 보낸 호스피스 병원에 누워 큰고모는 죽을 생각 전혀 없이 완치를 바라며 여행 계획을 세우고 있었다. 돈을 그렇게 많이 통장에 넣어두고도 비행기를 한 번도 못 타봐서 그 소원을 풀고 싶은 것이다.

오수자는 그런 큰고모가 자못 충격이었다. 큰고모는 여든여섯이었다. 평생 고생고생하며 여든여섯까지 살았으면 참 질기게 살아온 것이었다. 그런데도 죽을 생각이 없는 것이다. 더 살고만 싶은 것이다. 큰고모는 하루가 다르게 사색이 짙어져 가면서도 두 가지 욕심밖에 없다. 돈 욕심, 살 욕심…….

오수자는 밤에 아버지한테 전화를 걸었다.

"아부지, 큰고모 2백만 원 찾아다 드렸구만이라."

"잉, 글안해도 전화 기둘리고 있었다. 니가 나 대신 애럴 너무 많이 쓴다. 근디 큰고모는 잠 어떠시냐?"

"그 머시냐……, 나날이 안 좋아지고, 밥맛이 자꼬 떨어지고……."

"그려……, 그놈의 암이란 것이……."

"근디 저어……, 근디 고것이……."

"잉, 먼 소리여? 무신 헐 말이 있는갑제? 싸게 혀, 싸게."

"고것이 긍께……, 이 말얼 혀야 헐랑가 어쩔랑가……."

"어허 참, 땁땁허시! 부녀지간에 못 헐 소리가 머시가 있어. 더군다나 큰고모 일인디 말이여."

"야아, 근디 아부지, 큰고모가 '나 다 나스면 우리 제주도 귀경 가자' 허드랑께요."

"머시, 제주도……?"

한참 동안 아버지의 말이 끊겼다.

'아, 괜한 말을 꺼냈구나!'

오수자는 뒤늦게 후회했다.

"그려……, 사람은 누구나 다 그런 거이다. 그려서 개똥밭에 굴러도 이승이 더 낫다고 헌 것 아니겄냐. 고것이 다 사람 맴인 거이다. 그려, 니 애썼다. 전화 끊자."

아버지는 긴 한숨을 남기고 전화를 끊었다.

큰고모는 나흘 뒤에 돌아가셨다.

KTX로 부랴부랴 올라온 아버지 어머니를 용산역에서 마중해 오수자는 다급하게 병원으로 차를 몰았다.

"야, 야, 니 까짓게 뭔데 다 차지해. 아들, 남자 좋아하고 자빠졌네!"

"말조심해. 엄마가 그랬다잖아."

"이 새끼야, 증거를 내놔, 증거! 증거도 없이 주둥이 나불대지 말고 딱 반반씩 갈라."

"그건 죽어도 못 해!"

병원의 좁은 현관에서 두 남녀가 곧 치고받을 기세로 소리소리 질러대며 싸움판을 벌이고 있었다.

오수자는 그 남자가 김승기인 것을 금방 알아보았다. 그리고 반사적으로 그 얼굴 모르는 여자가 큰고모의 딸인 것을 알아챘다.

"야, 이 호로자석들아, 요것이 멋들 허는 짓거리여!"

그야말로 천둥 치듯 하는 아버지의 호통이었다.

두 남매는 싸움을 뚝 멈추었다.

성격 차이라는 참극

"여보, 이제 더는 안 되겠어요. 당신이 좀 나서야겠어요."

박현규가 구두를 벗고 막 거실로 올라서는데 그의 아내 신혜주가 밤 10시 반까지 오래 기다렸다는 듯 쏟아놓았다.

"뭐, 내가 나서?"

술 냄새 풍기는 박현규가 기분 상한다는 듯 아내를 쏘아보았다.

"예에, 당신이 나서지 않으면 안 될 아주 고약한 일이 생겼어요."

신혜주가 마땅찮아하는 남편의 기색을 제압하려는 듯 심각한 표정을 지으며 강한 어조로 말했다.

“무슨 일인데 옷도 벗기 전에 이리 다급하게 그래?”

박현규가 넥타이를 거칠게 풀며 짜증을 부렸다.

“예, 급하고 급해요. 글쎄, 우리 서린이한테 스토킹이 붙었어요.” 신혜주의 목소리가 울먹했고, “뭐 스토킹?” 박현규가 반사적으로 소리쳤다.

“그게 어떤 놈이야, 빌어먹을!”

박현규가 스토커를 곧 쥐어지를 것처럼 눈을 부릅뜨며 고함쳤다.

“예, 예, 얘기가 좀 길어요. 어서 옷 갈아입고 손발부터 씻어요.”

남편의 남자다운 폭발에 적이 만족하며 신혜주는 남편의 등을 밀었다.

신혜주는 남편이 씻는 사이에 손 빠르게 시원한 마실 것을 준비했다. 그러면서 남인호를 생각했다.

‘조건이 딸리면 순순히 물러날 것이지 떼거리는 왜 하고 덤벼. 누가 촌놈 아니랠까 봐. 아, 정말 신경질 나.’

딸에게 무슨 강력 접착제처럼 달라붙은 남인호가 뱀처럼 징그럽고 정나미가 떨어졌다. 남녀가 사귀다가 마음에 안 맞으면 서로 쿨하게 얘기하고, 산뜻하게 빠이빠이하면 그만이지 구질구질 애걸하고 끈적끈적 달라붙고, 생각할수록 울화치밀고 견디기 어려운 일이었다.

"간단히 요약해서 결론만 말해."

박현규는 소파에 앉으며 굳어진 얼굴로 말했다.

"당신 지금 사무실에서 결재해요?"

신혜주가 마주 앉으며 뾰로통하게 눈을 흘겼다.

"어떤 놈이, 왜, 언제부터, 어떻게 스토킹을 하는지 딱 골자만 말하라구."

박현규가 세차게 혀를 차며 주스 잔을 들었다.

"당신, 서린이하고 사귀던 그 남자 알지요?"

"그 사람이? 언제 서린이하고 사이가 멀어졌었나?"

박현규가 눈치 빠르게 대응했다.

"예, 몇 개월 전에 서로 그만두기로 했었대요."

"서로? 서로 합의가 안 됐으니까 스토킹이 시작된 거잖아. 서린이가 일방적으로 행동한 모양이지?"

박현규는 수사관인 것처럼 바로 따지고 들었다.

"아니에요. 처음에는 그냥 받아들이더니 한 달쯤 지나서부터 스토킹을 하기 시작했대요."

"서린이는 왜 그랬어? 결혼할 것처럼 하더니."

"결혼은 무슨." 신혜주는 화들짝 놀라며 주먹으로 허공을 치고는, "사귀다 보면 영 아니다 싶게 마음에 안 드는 게 생기는 거죠." 더 볼 것 없다는 듯 싸늘하게 말했다.

"그게 뭔데?"

"그건……, 확실하겐 말 안 해요. 사람 싫으면 싫은 그게 이유지요, 뭐."

신혜주는 뭔가 어물거리는 눈치였다.

"그거, 당사자가 수긍하고 인정할 만한 어떤 결정적 결함이 있었던 게 아니고 서린이가 새 사람이 생긴 거구만?"

"아니 당신……."

신혜주는 완연히 당황했다. 그 얼굴에는 '당신이 어떻게 그걸 알아' 하는 기색이 드러나 있었다.

"그렇게 일방적으로 행동했으니까 스토킹이 시작된 거잖아."

박현규가 버럭 소리쳤다.

"일방적이긴 뭐가 일방적이에요. 결혼하고서도 이혼을 밥 먹듯이 하는 세상에 연애하다가 조건 안 맞으면 천 번, 만 번 헤어지는 거지요. 내 말 틀려요?"

신혜주는 역공을 가하며 기를 세웠다.

"허 참, 사람의 결점이 아니고 조건이 안 맞는다고 일방적으로 헤어져? 그러니까 스토킹이 시작된 거라고."

"아니, 당신은 왜 자꾸 서린이 편을 안 들고 그놈 편을 들어요, 그래. 예, 그래요, 남자가 조건이 나쁜 것도 큰 결함이고 결점이잖아요. 안 그래요?"

신혜주의 기세는 더 드세졌다.

"아니, 대기업 간부로 정년퇴직해서 말년 편히 지내면서 아들한테 얼마쯤 물려줄 재산까지 지녔으면 됐지, 그런 조건 갖춘 남자가 얼마나 된다고 그게 큰 결함이고 결점이라는 거야? 당신 왜 그리 정신없는 소리를 하고 그래? 당신 남편은 뭐 별수 있는 줄 알아? 만약 당신 아들 중건이 처가에서 내가 그렇게 무시당하면 좋겠어?"

박현규도 더 세찬 기세로 아내를 몰아댔다.

"하이고, 저런다니까. 아빠라는 사람이 딸자식 일에 저렇게 무관심하면서 큰소리는 되게 쳐요. 미안하지만 그건 다 옛날 얘기예요. 계속 그렇기만 했어도 아무 탈 없었다구요. 누군 뭐 세상 골치 아프게 살고 싶은 줄 알아요?"

신혜주는 기세 좋게 콧방귀를 날리며 고개를 외로 틀었다.

"뭐, 옛날 얘기?"

불쑥 이 말이 나간 동시에 박현규에게 '아하, 무슨 탈이 났구나!' 하는 불길한 느낌이 스치고 지나갔다.

"망했어요, 쫄딱."

"쫄딱?"

"예, 빈털터리, 알거지 됐어요."

"빈털터리?"

"그렇다니까요."

신혜주가 싸늘하게 코웃음을 쳤다.

"어떻게 된 거야? 토막토막 끊지 말고 자세히 말해 봐."

박현규는 반나마 남은 주스를 단숨에 다 들이켰다. 그러면서 '사기를 당했나? 무슨 위험한 투자를 했나……?' 생각이 엇갈리고 있었다.

"뭐, 흔한 얘기예요. 후배하고 사업을 시작했다가 몽땅 사기를 당하고 말았어요. 집까지 다 날리고 전세살이 신세가 됐으니까 쫄딱 망한 거지, 알거지 신세가 된 거지요. 아휴, 빨리 망하길 잘했지 안 그랬더라면……."

신혜주는 그 말에 박자를 맞추는 듯 어깨를 과장되게 떨며 몸서리를 쳐댔다.

'안 그랬더라면 우리 서린이가 시집가서 그리 망했으면 어쩔 뻔했어요.' 아내가 생략한 말을 직감으로 떠올리며 박현규는 못내 마음 언짢은 것을 느꼈다. 그런데 그 감정이 퇴직한 한 남자가 당한 액운을 딱해하는 것인지, 아니면 돌변한 상황에 처한 딸애를 딱해하는 것인지 스스로도 알 수가 없었다.

"차암……, 그냥 안정되게, 편안하게 살 것이지 뒤늦게 사업은 무슨……." 고개를 떨군 박현규는 힘없이 혼잣말을 하고는, "그래서 서린이는……." 그는 느리게 고개를 들어 아내를 쳐다보았다.

"예에, 하늘이 돕느라고 새 남자가 나타난 거예요. 그래서 똑똑한 우리 서린이가 마음을 싹 정리하고 새출발을 한 거예요."

신혜주가 탄력 넘치는 소리로 말했다.

박현규는 다시 눈길을 떨구었다. 마음이 복잡하기 이를 데 없었다. 딸이 잘했다고 할 수도 없고, 잘못했다고 할 수도 없고, 딸이 다 망해 버린 집에 시집가서 고생하며 살기를 바랄 수도 없고, 새로 생긴 남자의 집안이 어떤 형편인지 물어볼 수도 없고……, 애비로서의 입장이 이처럼 곤궁한 것은 처음이었다.

"그 남자 집안이 어떤지 궁금하지 않으세요?"

자신의 심정을 마치 점치듯 하는 아내의 말에 박현규는 그저 멍하니 아내를 바라보았다.

"무지무지 부자예요. 수천억!"

환하게 웃는 신혜주의 목소리는 생기가 넘치고 기운찼다.

"수천억……?"

자신도 모르게 나간 이 말에 박현규는 아차 후회했다.

"예에, 1조에 가까운 수천억. 전국에 조직망을 가지고 있는 음식 프랜차이즈 기업이에요."

신혜주의 목소리에는 점점 신명이 오르고 있었다.

'1조에 가까운 수천억……'

아내의 말을 곱씹으며 박현규는 기가 한풀 꺾이는 것을 느끼고 있었다. 그건 어찌할 수 없는 돈의 위력이고 위세였다. 그 힘에 짓눌렸던 최초의 기억은 신입 사원 때였다. 입사하고 서너 달이 지나 계장을 따라 은행엘 갔었다.

"이런 것 구경해 본 일 있어?"

계장이 방금 받아 든 수표 한 장을 자신의 눈앞으로 디밀었다.

'어……?'

경제학 서적에서 말고, 한 장의 수표에 그렇게 많은 동그라미가 쳐진 것을 보는 것은 처음이었다. 동그라미 8개, 그건 자그마치 5억 원이었다. 보통 차 한 대 값이 700여만 원, 자신의 월급이 고작 몇십만 원인데, 손바닥만 한 종이쪽지 한 장이 5억 원이라니…… 도저히 믿을 수가 없는 일이었다.

그 후에 국가경제의 지속적인 발전을 따라 회사 규모도 커지고, 5억이 아니라 몇십억짜리 어음도 예사로 보게 되었다. 그러나 단순한 가맹사업으로 재산이 1조에 가까운 수천억이라니……, 여전히 믿기 어려운 어마어마함이었다. 그렇지만 전체 대중 경제의 수준이 높아지고, 그에 따라 대도시와 지방의 차등이 없어지고, 바쁜 일상 속에서 편리한 매식이 보편화되면서 가맹사업도 급성장을 이루게 되었다. 더구나 전국적 체인이 아닌 어느 식품 제조회사의 야채만두 한 가지의 연간 매출이 1조를 돌파해 매스컴의 화젯거리가 되는 세상이었다. 그러니 전국 체인을 갖춘 가맹사업체가 1조에 가까운 수천억 부자라는 것은 지극히 자연스러운 일이기도 했다.

좀 색다르고 실속이 있는 아이디어만 있으면 당대에 아니 10년 안팎에 거부가 될 수 있는 세상이었다. 그래서 역시 사업이란 남자들을 끝없이 유혹하는 황금성인 동시에 위험하기 짝이 없는 늪이었다. 딸애의 전 애인 아버지는 그 유혹에 끌리다가 늪에 빠져 신세를 망친 것이었고, 새 남자의 아버지는 황금성의 성주가 된 것이었다.

“그러니 딸의 장래를 위해서 당신이 당당하게 아빠 노릇을 해내야 하지 않겠어요?”

아내야말로 ‘당당하게’ 결론지으며 명령하듯 말하고 있었다.

‘당당하게 아빠 노릇을 해내서 스토킹을 막아내라…….’

박현규는 참 난감하고 곤혹스러웠다. 이미 자신은 기가 꺾여 있었고, 그렇다고 선뜻 나서겠다고 할 수도 없었다. ‘그 남자의 상처가 얼마나 클 것인가…….’ 이 생각을 냉담하게 짓밟아버리기가 어려웠고, 또 한 가닥 말 꺼내기 거북한 염려가 있었던 것이다.

“이거 말이야……, 이게……, 애비로서 말 꺼내기 거북하고, 곤란하고 그런 건데 말야, 당신이 걔네 둘 관계를 잘 알아……?”

박현규는 손을 맞비비고 입을 훔치고 하면서 말을 더듬기라도 하듯 아주 어렵고 조심스럽게 말했다.

“둘 관계? 예, 알 만큼은 다 알죠. 근데 왜요……?”

신혜주는 남편을 유심히 쳐다보며 미심쩍게 대꾸했다.

"알 만큼이라고 그런 막연한 게 아니고 구체적으로 얼마큼 아느냐 그거야."

박현규가 답답하다는 표정으로 얼굴을 찌푸렸다.

"구체적으로……?" 신혜주는 짜증스럽게 얼굴을 찡그리며, "당신이야말로 그렇게 막연하게 빙빙 돌리지 말고 알고 싶은 걸 콕 찍어서 말하세요. 우리 사이에 못 할 얘기가 뭐 있어요? 더구나 자식 얘긴데" 하며 남편에게 눈총을 쏘았다.

"아무리 자식 얘기라도 그렇지, 딸애 문젠데……." 박현규는 또 입술을 훔치며 자리를 고쳐 앉고는, "당신……, 걔네들이 어느 정도 깊은 사이였는지……, 그 깊이를 아느냐고." 그는 무겁고 심각한 어조로 느리게 말했다.

"아니 당신, 지금 걔네들이 육체관계를 하던 사이인지 아닌지를 알고 싶은 거예요?"

마침내 감 잡았다는 듯 신혜주는 거침없이 카랑하게 말했다.

"아이 참, 사람하고는. 아무리 단둘이 있다고 그런 소리를 막 하고 그래."

박현규가 민망한 듯 목덜미를 훔치며 혀를 찼다.

"아니, 당신 왜 갑자기 19세기 사람처럼 그래요? 헤어지는 마당에 육체관계를 하던 사이면 어떻고, 안 한 사이면 어떻다는 거예요? 왜 그리 현실을 전혀 모르는 사람처럼 케케묵은 구식 소리를 하고 그래요?"

신혜주는 더 힐난하며 남편을 공박하고 들었다.

"아니, 그게 전혀 문제가 안 된다 그거야?"

박현규는 불쾌한 기색으로 정색을 하고 물었다.

"아, 당연하지요. 지금은 그딴 거 묻지도 따지지도 않는 세상이란 것 몰라서 그래요? 당신 참 이상하네."

신혜주는 이해할 수 없다는 듯 고개를 갸웃갸웃했다.

"그건 딸 둔 당신 입장이지. 남자 놈이 막 나가는 배짱으로 그걸 물고 늘어지면 판이 아주 곤란해지고 난처해진다고. 분명히 그런 일이 있어서 하는 얘기야." 박현규가 정신 차리라는 듯 매운 눈길로 아내를 쏘아보았고, "그런 일이 있어요? 빨랑 말해 보세요. 무슨 얘긴지." 신혜주의 기색이 달라지며 똑바로 앉았다.

"잘 들어. 우리 고등학교 때 영어 선생이 있었어. 지금은 유명한 영어학자고. 그분한테 딸이 하나 있었는데, 영리하고 공부 잘하고 예쁘기까지 해서 그분 사랑이 유별났지. 그런데 딸이 대학생이 되어서 애인이 생긴 거야. 헌데 문제가 생겼어. 그 학생이 그분 맘에 안 들었지. 그래서 헤어지게 하려고 그분은 그 학생을 만났어. 그분은 왜 둘이 안 맞고, 헤어져야 하는지를 논리적으로 따져가며 열심히 얘기했지. 한 시간 가까이 그 말을 다 듣고 난 그 학생이, 어떻게 생각하느냐는 그분 말에, '예, 저희들은 벌써 할 일 다 한 사이인데요' 하고 대답했어. 그래서 그분은 꼼짝 못 하고 결혼을 시키고 만 거야."

열심히 말을 마친 박현규는 긴 숨을 내쉬었다.

"그게 언제 적 얘기지요?"

신혜주는 싸늘하게 비웃음을 흘렸다.

"언제……? 그게 그러니까……, 한 20년 됐나……? 아니……, 한 30여 년 된 것 같은데?"

박현규는 손가락을 꼽아보고 아내를 건너다보고 하며 자신 없이 대답했다.

"하이고, 한심하고 딱하셔라, 당신. 아홉 살짜리가 열 살짜리보고 세대차 나서 상대를 못 하겠다고 하는 세상인지 알아요, 몰라요? 그렇게 빨리 변하는 세상에서 30여 년 전 얘기를 왜 꺼내고 그래요. 시시하고 유치하고 후져빠지게. 정신 똑바로 차리세요. 아무리 돈벌이 경쟁이 치열한 회사에서 눈코 뜰 새 없이 산다고 해도 테레비에서 비쳐주는 세상 돌아가는 건 좀 알고 살라고요. 유명 연예인들이 연애한다고 공개적으로 밝히고는 그 기념 여행으로 단둘이 외국으로 떠나요. 그러고 나서 6개월이나 1년이 지나면 또 공개적으로 헤어져요. 그리고 얼마 안 있다가 남자고 여자고 딴 사람들과 당당하게 결혼해요. 그러는 게 벌써 20년이 다 됐어요. 그리고

'돌싱'이라는 말이 유행하면서 이혼녀가 전남편 애를 데리고 총각에게 시집을 가는 게 자연스럽게 이뤄지고, 그런 게 드라마로 예사로 방송되는 것도 오래됐구요. 광화문 네거리에서, 백화점 에스컬레이터에서고 서로 끌어안고 키스하는 것도 흔해빠졌고요. 그뿐인가요. 연예인이 아니고 일반 처녀들이 테레비 화면에 대고 '살아보고 결혼을 결정하는 게 현명하다'는 말을 아무렇지도 않게 하는 세상이에요. 그런데 당신은 그 남자가 '우리 할 일을 다 한 사이다', 그 말을 할까 봐 겁나는 거예요, 지금? 아이고, 후지고 답답도 해라. 여보세요, 박현규 씨! 그 자식이 그따위 소리 지껄이며 당신 기죽이려고 덤비려거든 '야, 이 치사한 새끼야, 그게 어쨌다는 거냐. 넌 이 새끼야 스토킹 범죄자야. 마지막으로 경고한다. 오늘 이후로 또 스토킹을 하면 그땐 가차 없이 경찰에 고발한다. 이 말을 해주려고 오늘 널 만난 것이다. 정신 똑바로 차려!' 이렇게 쎄게 갈기라구요. 그리고 여보, 당신 절친 고등학교 동창 변호사 있잖아요. 그분한테 어서 좀 알아봐요. 이 문제 빨리, 쉽게 해결하는 방법이 뭔지 도와달라고 해봐요. 스토킹이 범죄행위인 건 분명하니까."

신혜주는 기운 펄펄하게 이야기를 마치고 입을 야무지게 훔쳤다.

"그래, 범죄인 건 분명한데……, 그게 고발한다고 깨끗하게 해결되는 문제도 아니고……, 이거 참, 해결을 하긴 해야 될 문젠데…….”

박현규는 이렇게 중얼거리며 어느덧 자신의 마음이 새 남자 쪽으로 기울어져 있는 것을 느끼고 있었다.

“근데 당신 표정이 왜 그렇게 뜨악하고 그래요? 서린이가 마땅찮은 거예요? 서린이가 부잣집에 시집가 행복하게 잘사는 게 싫은 거예요?”

신혜주는 남편이 빨리 행동에 나서게 하려고 억지소리까지 해가며 몰아대고 있었다.

“거 무슨 말이 그래? 말을 해도 꼭…….”

박현규는 혀를 차며 얼굴이 일그러졌다.

“당신이 속 시원하게 딱 말하지 않고 뜨뜻미지근하니까 그렇죠. 당신 절대로 서린이 이상하게 생각하지 말아요. 당신 혹시 이런 얘기 알아요? 어떤 테레비에서 젊은 여자들 300명을 모아놓고 아주 재미있고 실감 나는 게임을 했어요. ‘현재 애인은 가난한데 10억 가진 남자가 나타나 프러포즈를 했다. 어떻게 할 것인가. 애인을 바꿀 것인가, 말 것인가?’ 조용한 가운데 여자들은 비밀 전자투표기의 버튼을 눌렀어요. 그리고 곧 커다란 스크린에 그 결과가 나타났어요. 표시된 숫자는 210. 그리고 ‘우와아아……’ 하는 여자들의 놀란 외침이 터졌어요. 이 일 알아요?”

신혜주가 탄력적인 목소리만큼 힘이 실린 눈길로 남편을 응시했다.

"몰라."

박현규는 아내의 눈길을 피하며 무관심한 듯 반응했다. 그러나 그는 그 너무 노골적이고 야한 오락 프로를 알고 있었다. 그때 그런 세태에 놀라면서도 당연하다고 인정할 수밖에 없었다. 가난한 사람에게 10억이란 그야말로 '팔자를 고칠 수 있는 돈'이었던 것이다. 젊은이들이 바라는 보통 수준의 연봉이 3천에서 3천5백 정도였다. 그럼 생활비를 쓰고 매달 1백만 원씩을 꼬박꼬박 저금한다 해도 1년을 열 달로 잡으면 100년이 걸리고, 열두 달로 잡으면 83년 세월이 걸리는 것이었다. 그때 10억이 얼마나 큰돈인지 새삼스럽게 실감하며 입맛이 쓰디썼던 것이다.

"허지만 그건 15년 전 얘기일 뿐이에요. 내 친구 막내딸이 여자대학 4학년인데, 축제 때 500명에게 똑같은 게임을 했대요. 그랬더니 어쨌겠어요? 490명이 애인을 바꾼다고 했대요. 15년 동안 또 그렇게 변한 거예요. 그건 당연한 일이죠. 점점 더 돈 없으면 못 사는 세상이 돼가니까요."

무슨 말인지 알겠느냐는 눈길로 신혜주는 다시 남편을 뚫어져라 쳐다보았다.

"……."

박현규는 눈길을 피하며 묵묵히 앉아 있었다. 아내가 연달아 늘어놓는 말들은 자신이 어떤 말도 하지 못하게 막는 봉쇄 작전이었고, 현실성이 강한 그 말들 앞에서 뭐라고 할 말이 있지도 않았다.

'10억 앞에서 그렇게 애인을 거침없이 바꾸는 판이니 우리 서린이야 너무 당연한 것 아니냐!'

아내가 에둘러 외쳐대고 있는 웅변이었다.

아내의 그 당당한 기세 앞에서 박현규는 문득 얼마 전의 이태하의 말을 떠올렸다.

'나도 돈 좋아해. 다만 노예로 지배당하지 않으려고 노력하는 거지.'

이태하의 그 담담한 말에 자신은 스스로 '속물'이라고 하며 어물쩍 눙치고 말았던 것이다. 사실 자신은 어느 때 한 번이라도 이태하와 같은 생각을 해본 적이 없었다. 대기업의 월급쟁이로 인생살이를 시작하면서 상대 출신답게 '돈은 다다익선'이라고 생각하며 살았었다. 그래서 언제든지 돈을 모으려고 신경 썼고, 돈 모을 기회를 노리고 있었고, 그런 기회가 왔다 하면 결코 놓치지 않고 포착했다. 절대 안전이 확인된 하청 업체들의 상납을 제때제때 챙겼고, 회사의 특급 정보를 눈치껏 알아내 한발 먼저 주식을 매입했고, 새 공장을 지을 때마다 재빨리 그 옆의 땅을 사들여 큰 이익을 보고는 했다.

그런 짓들은 이태하의 관점에서 보면 그야말로 속물의 짓일 수밖에 없었고, '돈에 지배당하는 노예'의 짓이 아닐 수 없었다. 그럼 딸이 돈 때문에 애인을 바꿨다면 그건 어찌 되는가. 그건 속물 중에 속물의 짓이 되는 것인가. 그런데 그 일을 어찌 이태하에게 의논할 수 있겠는가. 딸이 스토킹당하는 내막을 사실대로 털어놓고 도와달라고 하면 이태하는 뭐라고 할까. 당연히 받아도 되는 500만 원 중에서 굳이 100만 원만 받고 400만 원을 되돌려준 그 성질에 단호하게 외면해 버릴지도 모를 일이었다. 이태하는 100만 원만 받는 것이 분명 '돈의 노예로 지배당하지 않기 위해서'라고 했다. 그럼 100만 원만 받으면 '돈을 지배하는 주인이 된다'는 뜻이었을까.

'돈을 지배하는 주인이 된다'는 생각을 하자 그 생각이 자신의 머리를 치는 충격이 되었다. 자신이 똑같은 입장이었다면 어찌했을까. 물론 자신은 그 자연스럽게 생긴 돈을 당연한 것처럼 다 챙겼을 것이다. 그러므로 자신은 이태하와는 반대로 '돈에 지배당하는 노예'인 것이다. 그리고 딸 서린이는 더욱 극심한 노예인 것이다.

'돈을 지배하는 주인'—이 세상에 과연 그런 사람이 있을까……? 글쎄……, 있을까……? 이태하가 있지 않은가…….
이태하는 절친한 친구이면서도 범접하기 어렵게 자신과 다른 점이 많았다. 그는 사회적 영향력이 막강한 대재벌의 불법 상속을 가차 없이 수사할 때부터 색다른 검사였다. 그에 대한 보복으로 결국 검사복을 벗어야 했고, 변호사 개업을 하고서도 그 보복은 계속되어 돈 되는 큰 기업체의 사건은 하나도 들어오지 않았다. 그의 변호사 생활이 늘 쪼들리고 있다는 것은 눈에 환히 보였다. 그런데도 그는 아무런 내색 없이 버티어나갔다. 언젠가 술이 많이 취했을 때 "어쩌다가 애들한테 좀 미안할 때가 있어. 학원비가 턱없이 비싸서 못 줄 때……" 하며 그는 씁쓰레하게 웃었던 것이다. 그러면서도 가질 돈, 안 가질 돈을 가리는 위인이 이태하였다. 그런 그에게 딸애의 일은 아예 꺼낼 수 없을 것만 같았다.

"여보, 무슨 생각을 그리 깊이 해요?"

아내의 큰 목소리에 박현규는 이태하의 생각을 털어냈다.

"그 친구 전화번호 알지?"

"예, 적어드릴게요. 아예 꼼짝달싹 못 하게 초장부터 쎄게 몰아쳐야 해요. 그 변호사 친구한테도 바로 연락하구요."

신혜주가 마치 작전 지시하듯 했다.

"여보, 내가 다 알아서 할 테니까 이 일 해결될 때까지 두 번 다시 입에 올리지 말어!"

박현규가 소파에서 벌떡 몸을 일으키며 성난 얼굴로 아내를 쏘아보았다. 그 목소리가 냉정하고도 엄했다.

"어머, 무서워라. 우리 서린이가 너무 힘들어하니까 그렇지, 뭐……."

신혜주는 굳어진 얼굴로 얼버무렸다.

그러나 그녀는 안방으로 사라지는 남편의 뒷모습을 보며 속으로 만만세 환호성을 질렀다. 이제 모든 고민이 사라지고 황홀한 꿈만 펼쳐지고 있었다. 남편에게 말하기가 어려웠지 일단 남편이 결심만 하면 일은 다 해결된 것이나 마찬가지였다. 그것이 남편의 능력이었다. 남편은 결혼하고 여태까지 크고 작은 일들을 언제나 빈틈없이 해결해 냈다. 그러니 남편에 대한 믿음은 절대적이었고, 무슨 일이든 의지하지 않을 수가 없었다.

그러나 이번 일은 남편에게 알리기 전에 며칠 동안 속앓이를 해야 했다. 딸애가 마음 바꾼 것을 남편이 받아들이지 않을까 봐 은근히 걱정이었기 때문이다. 남편은 멋도 부릴 줄 알고, 신식 유행 같은 것도 자연스럽게 받아들이고 즐기는 사람이었다. 그런데 여자의 품행이나 정조 같은 것에 대해서는 시대에 뒤지는 좀 답답한 데가 있었다.

"어머, 느네 남편도 그러니? 어쩜 우리 남편하고 똑 닮은 붕어빵이니. 그게 바로 남자들의 뻰뻰스런 이기주의야. 자기네들은 슬슬 바람피우면서 자기 마누라들은 깨끗하게 정조 지켜야 한다고 딱 못 박고 있는 거. 그게 다 저 조선시대부터 자기네 남자들은 둘씩, 셋씩 첩을 거느리면서 마누라들은 꼼짝달싹 못 하게 집 안에 가둬두고 정조 지키게 했던 그 이기적 DNA 잔재가 남아서 나타나는 이기주의라구."

"아니, 너 어찌 그리 유식한 소리가 줄줄 나오니? 어쩐 일이야? 그 말이 딱 맞는데."

"흥, 문화센터는 괜히 있니? 너도 그런 데 좀 다녀봐라. 헛돈 쓰는 거 아니니까."

어느 친구의 말대로 남편도 그 이기적 DNA를 가지고 있었던 것이다.

그런데 역시 돈의 힘은 무서웠다. 전 애인의 집이 거덜나버리고, 새 남자의 집이 수천억 거부라는 사실에 남편의 그 이기적 DNA는 기가 죽고 말았던 것이다. 큰돈을 벌어들이는 대기업의 간부답게 남편은 돈의 위력에 민감했던 것이다. 그리고 수천억 거부의 존재는 남편이 오랜 세월 동안 말없이 가슴에 품어온 꿈이기도 했다.

그런데 신혜주는 남편을 딸 일 해결에 나서게 설득한 것만이 기쁜 것이 아니었다. 그만큼 기쁜 것이 또 하나 있었다. 아들 일과 친정 막냇동생의 일을 한꺼번에 해결할 수 있게 된 것이었다.

신혜주는 살살 비위 맞춰 남편을 회사로 내보내고는 바로 친정 걸음을 서둘렀다. 어느 때 없이 마음이 달뜨고 발걸음이 가벼웠다.

차를 몰고 아파트 단지를 벗어나자 길 건너 저쪽에 백화점이 보였다. 핸들을 꺾으며 신혜주는 잠시 망설였다.

'저기를 들러, 말아……?'

백화점 지하 식품부에 들러 마음에 드는 것을 고르려고 한 바퀴를 돌면 30분은 금방이고, 좀 더 생각하다 보면 1시간도 지날 수 있었다.

'한시가 급한데……. 엄마한테 먹는 것보다는 이 소식이 더 반갑고 급하잖아? 그래, 밤낮 근심인걸.'

신혜주는 백화점에 들르지 않기로 빠르게 결정했다.

친정어머니는 늦게 낳은 막내아들 걱정에 늘 시름이 깊었다. 남편이 떠나고 홀로되자 그 걱정은 더 심해졌다.

"저게 늦게 낳아서 그런지 어쩐지 왜 저리 야물지 못하고 저러는지 모르겠다. 지가 저리 태어났으면 애비가 물려주는 것이라도 좀 있었어야 어찌 비비고 기대고 할 수 있었을 텐데, 많은 자식들 먹이고 입히고 가르치느라고 다 털리다 보니 뭐 물려줄 게 있어야 말이지. 저걸 어째야 되나 글쎄……."

친정어머니의 거듭 되풀이되는 장탄식이었다. 그러나 육남매는 제각기 자식들 거느리고 살아가기 바빠 어머니의 속앓이를 해결할 길이 없었다.

"언니, 오늘 나 그냥 빈손으로 왔수. 엄마 근심 확 풀어드릴

기쁜 소식 빨리 전하려고 다급하게 오는 바람에."

신혜주는 현관을 들어서며 올케에게 바로 이 말을 했다.

"기쁜 소식이요? 그게 뭔데요?"

올케는 전혀 반가운 기색 없이 시누이의 빈손을 빠르게 훑었다.

"예, 언니도 들어와 함께 들어보세요. 무지 신나는 얘기니까요."

신혜주는 생기 넘치게 생글생글 웃으며 신명 나게 말했다.

"글쎄요, 요새 세상에도 그리 신나는 일이 있어요……?"

올케가 시큰둥한 얼굴로 고개를 갸웃했다.

"왜, 안 믿겨요? 들으면 언니도 기절초풍할걸요. 커피나 한 잔씩 빼가지고 빨랑 엄마 방으로 오세요."

신혜주는 던지듯 말하고 휑하니 엄마 방으로 내달았다.

"엄마, 엄마, 엄마 근심 걱정 싹 가시고 소원 확 풀릴 일이 생겼어요."

신혜주는 엄마를 끌어안다시피 하며 수선을 떨었다.

"그게 무슨 소리야? 이 답답한 세상에 그런 일이 다 있어?"

그야말로 산전수전 다 겪어낸 주름살이 얼굴에 가득한 노인네가 믿을 수 없다는 듯 의아한 얼굴로 딸을 쳐다보았다.

"예에, 조금만 기다리세요. 언니 곧 들어오면 얘기할 테니까."

신혜주는 생기 넘치게 연신 생글거렸다.

"맘이 바쁘니까 더 오래 걸리네. 자아, 커피 들면서 무지 신나는 일이 뭔지 어서 얘기해 봐요."

서둘러 들어온 올케가 시누이에게 커피 잔을 건네며 얘기를 독촉했다.

"엄마, 언니, 글쎄 우리 서린이가 부잣집, 아니 아주 엄청난 거부 댁으로 시집가게 됐어요!"

신혜주는 '아주 엄청난 거부 댁'에 맞춰 두 팔로 커다란 동그라미를 그려 보이고는 또 '됐어요'에 맞추어 손바닥을 찰싹 쳤다. 그 신명 뻗친 동작은 그대로 탄력 넘치는 춤사위였다.

"예에……? 아주 엄청난 거부요?" 올케가 눈이 휘둥그레지며 화들짝 놀랐고, "그게 무슨 소리냐, 느닷없이……." 어머니가 어리둥절해서 눈을 껌벅거렸다.

"엄마, 제 말 좀 들어보세요. 우리 서린이가 재산이 5천억이 넘는 어마어마한 부잣집으로 시집간다니까요." 신혜주가 더 큰 소리로 말했고, "5천억……?" 어머니가 여전히 감이 잡히지 않은 얼굴로 딸과 며느리를 두리번거렸고, "그 애인 집이 그런 부자 아니었잖아요." 올케가 고개를 갸웃하며 따지듯이 물었다.

"언니도 참 답답하네요. 딱 말하면 척 알아들어야지, 뭘 그렇게 더듬고 그래요?"

상대하지 못하겠다는 듯 신혜주가 고개를 외로 틀었다.

"아니 그럼, 새 사람이 생겼다는 거예요?"

"하이고, 이제 감이 잡히네요."

"어머 어머, 이걸 어째! 하늘에서 돈벼락을 쳤네요, 5천억!"

놀란 올케가 입을 가리며 엉덩방아까지 찧었다.

"아니, 뭐라고? 서린이가 애인을 바꿨다고?" 어머니가 여전히 두리번거리며 물었고, "그 집 뭐 하는 집안이에요?" 며느리가 시어머니의 말을 묵살하며 물었고, "전국 조직망을 갖춘 음식 프랜차이즈 기업이에요." 신혜주는 턱을 약간 치켜든 채 아나운서식으로 응답했고, "어머나, 그 돈 잘 번다는 신종 기업! 근데 그게 어찌 된 일이에요?" 올케의 얼굴은 표 나게 굳어 있었고, 목소리도 잠긴 듯하며 떨리고 있었다.

"그 집 아들이 우리 서린이 매력에 뿅 간 거지요."

신혜주는 올케의 그 표 나는 시샘과 질투에 더 불을 지르느라고 일부러 '뿅 간 거'라는 말을 썼다.

"어머나, 어머나, 어쩜 그런 일이……, 근데 우리 미유는 병신같이 아직 연애도 못 하고 나이만……."

올케는 바로 자기 딸을 들이대며 꺼져라 한숨을 내쉬었다.

"엄마, 그래서 말야, 우리 서린이가 그 부잣집으로 시집을 가면 엄마 막내아들한테 목 좋은 데 골라서 대리점을 딱 차려줄 거야. 그럼 그 집 음식은 최고 인기니까 아들은 금방 잘 살게 되고, 엄마 근심 걱정은 싹 없어지는 거야. 알겠어?"

"뭐, 뭐라고? 그게, 그게 정말이냐?"

그때서야 정신이 번쩍 든 어머니는 딸의 손을 덥석 잡았다.

"그럼요, 정말이지요. 그 좋은 소식 엄마한테 빨리 전하려고 엄마 잡수실 것 사지도 못하고 빈손으로 부랴부랴 달려온 거라구요." 신혜주는 올케 보라는 듯 한껏 빼기며 말했고, "그래, 그래, 그 우환단지만 돈벌이 잘해서 편히 살 수 있다면 내 근심 걱정이 싹 다 가셔 눈을 편히 감을 수 있고, 저승에 가서도 니 애비도 당당히 만날 수 있지. 고맙다, 고맙다, 니가 동생 살려줘서 고맙다." 어머니는 딸의 손등을 쓰다듬고 눈물을 훔치고 하느라 바빴다.

신혜주는 자기 아들에게도 대리점을 차려줄 거라고 말을 하려다가 삼켜버렸다. 어머니만 있으면 딸 자랑이 더 될 수 있지만, 올케가 있으니 그건 자칫 아들이 잘나지 못했다는 흉거리가 될 수 있었던 것이다.

아들은 딸과 달리 아버지를 닮지 않아 공부를 잘하지 못했다. 딸은 공부를 곧잘 해 첫해에 바로 일류 여자 대학에 들어갔다. 그런데 아들은 온갖 학원을 다 다니는 재수를 해서도 '인서울'의 대학에 가까스로 들어갔다. 그리고 대학을 졸업해서도 아버지의 빽을 작용시켜 취직한 회사라는 것이 월급이 보잘것없어서 늘 뒤를 봐줘야 했다. 장가를 가서 애들이 생기면서부터는 그 짐이 더욱 무거워졌다. 남편이 짜증을 부릴 때마다 아들이 자신을 닮은 것만 같아 신혜주는 가슴이 조이고는 했다. 남편의 일류 대학에 비해 자신이 나온 대학은 이류에도 못 미쳤던 것이다.

"아가씨, 아가씨, 우리 막냇동생도 좀 봐주세요. 그 대리점……."

현관까지 따라 나온 올케가 신혜주의 손을 덥석 잡으며 다급하게 말했다.

신혜주는 올케가 '아가씨'라는 호칭을 그리 차지게 발음하는 것을 참으로 오랜만에 들었다. 다른 때는 거의 호칭 없이 말을 해왔었다.

"막냇동생이요……?"

신혜주는 올케를 뜨악하게 쳐다보았다.

"네에, 우리 친정에도 막내가 골칫덩어리예요. 애들도 있는데 벌이가 영 션찮거든요. 아가씨가 제발 우리 동생까지 좀 살려주세요."

올케는 아까 보였던 시샘이나 질투는 깨끗이 버리고 슬프고 다급한 얼굴로 애걸하고 있었다.

'그래, 진작 그렇게 굽히고 나와야지.'

신혜주는 뿌듯이 차오르는 승리감으로 선선히 대답했다.

“예, 알았어요. 그렇게 할게요.”

“정말요? 정말이세요?” 올케가 눈물이 글썽하며 목이 메었고, “예, 걱정 말아요. 꼭 약속 지킬게요.” 신혜주는 올케의 떨리는 손을 꼬옥 마주 잡아주었다. “고마워요, 아가씨, 고마워요.”

올케는 고개까지 꾸벅꾸벅 숙였는데, 그 눈에서는 눈물이 뚝뚝 떨어지고 있었다.

신혜주는 엘리베이터를 타고 내려가면서 가슴 벅차오르는 승리감과 함께 새 세상이 열려오는 감격을 느끼며 부르르 떨었다.

—나 서린이 애비 되는 박현규요. 모르는 번호라 전화 안 받을까 봐 문자 먼저 보내는 거요. 10분쯤 있다 전화 걸겠소. 통화합시다.

남인호는 문자를 보고 깜짝 놀랐다.

말만 들었지 만난 적이 없는 사람. 머지않아 만나게 되리라고 생각했던 사람. 그러나 이제 영영 못 만나게 된 사람. 그런데 그 사람이 통화를 하자고 하고 있었다.

‘어째야 하나. 피해야 하나……, 통화를 해야 하나…….’

통화를 하려는 이유는 뻔했다. 자신이 하고 있는 스토킹 때문이었다. 박서린은 자신과의 만남을 단호하게 거부하고 피하더니 결국 자기 아버지에게 알린 것이었다. 자기와의 문제해결을 아버지에게 떠넘긴 것이다.

이것은 상황의 급변이었다. 자신은 어떻게 해서든 박서린의 마음을 되돌리려는 바람 하나로 그녀의 길목에서 만남을 시도했고, 그녀는 표독스러울 만큼 냉정하게 단 한 마디도 섞지 않으려고 외면하는 바람에 스토킹이 되고 만 것이었다.

"정말 이럴 거예요! 스토킹이 범죄인 거 몰라요? 정 이러면 경찰에 신고할 거예요."

박서린이 표독스러운 눈초리만큼 독을 내뿜으며 쏘아댄 외침이었다. 서로 사랑을 고백할 때는 상상도 못 했던 모습이었다. 서로 몸을 나눌 때 그다지도 뜨겁고 다정했고 보드랍던 사람이 어떻게 그리도 차갑고 무섭고 독하게 돌변해 버릴 수 있는지 도저히 믿을 수가 없었다.

그런데 박서린은 경찰에 신고한 것이 아니라 아버지에게 알린 것이었다. 그리고 그 아버지는 해결사로 나서서 자신을 만나려고 하고 있다.

'어째야 하지? 해결사라고 해봤자 아버지니까 딸 편을 들게 뻔한데……. 스토킹하지 말고 깨끗이 단념해라. 결국 이 말 하려는 것 아닌가. 그건 내가 바라는 것과 정반대인데 만나보나 마나 아닌가…….'

남인호는 어찌할 바를 몰라 몸을 뒤틀며 신음을 씹었다.

그때 무슨 일로 다투게 되었는지 아무리 생각해도 그 이유를 알 수가 없었다. 그럼 아주 사소한 것이었을 거였다. 그런데 서로 감정을 긁어대다 보니 점점 말이 거칠어졌고, 급기야 그녀가 외쳐댔다.

"우리 그만 헤어져요. 끝내요. 성격이 서로 안 맞아요!"

얼음처럼 차가운 말을 이렇게 쏘아대고 그녀가 팽 돌아서 사라져버렸을 때 그게 현실이라고 생각하지 않았었다. 그런데 아무 소식 없이 일주일, 열흘이 지나갔다. 이게 아닌데 싶어서 전화를 걸었지만 받지 않았다. 다섯 번, 열 번을 걸어도 받지 않았다. 그리고 문자가 날아왔다.

—전화하지 말아요. 끝냈잖아요.

그러나 그건 그녀의 입장이었다. 자신은 끝내지 않았다. 자신은 그녀를 사랑했다. 처음 몸을 나누었던 그때의 그 뜨거움 그대로 그녀를 사랑하고 있었다. 더구나 아버지가 어처구니없게 사기당해 집안이 거덜 난 상태에서 그녀는 자신의 유일한 의지처였고 위안이고 희망이었다. 그런 그녀가 왜 갑자기 그러는지 알 수가 없었다.

자신은 그녀의 마음을 되돌려야만 했다. 그래서 만나려고 했다. 그러나 그녀는 냉정하다 못해 잔혹하게 자신을 외면했다. 그녀가 그럴수록 자신은 더 만나주기를 애원하며 따라붙게 되었다. 그게 스토킹이 되고 말았다. 그런 사정을 그녀의 아버지에게 말한다면 도움을 받을 수 있을까…….

그때 전화벨이 울렸다.

남인호는 깜짝 놀라며 생각에서 깨어났다.

전화벨이 세 번 울려서 남인호는 전화를 받았다.

"아, 여보세요, 남인홉니다."

"아, 남 군, 나 박현규요. 빠른 시간 안에 우리 좀 만났으면 싶소. 내일 어떠시오?"

미는 것 같은 상대방의 목소리에 남인호는 얼떨결에 대답했다.

"예, 내일……, 예……."

"그럼 내일 함께 점심 하는 게 어떻겠소?"

"아니, 점심은……, 그냥……, 그냥……."

"아, 거북하면 그냥 차나 한잔합시다."

"예에……, 예에……."

남인호는 전화를 끊고 나서 자신에게 짜증이 나고 화가 났다. 뭘 잘못했다고, 뭐가 무서워서 그리 기가 죽고, 주눅이 드는지 모를 일이었다.

남인호는 마음을 가다듬으려고 애썼다. 박서린의 아버지가 자신에게 할 말이 있다면, 자신도 할 말이 있었다. 자신이 서린이에게 하지 못한 말을 그녀의 아버지에게는 해야 했다. 그녀는 자신과의 관계를 끊었다고 생각할지 모르지만 자신은 끊은 것이 아니기 때문이었다. 자신은 그녀와의 사랑이 간절히 필요했다. 그녀와 몸을 나누며 설계했던 인생을 그녀와 함께 힘 합쳐 꼭 이루어내고 싶었다. 그녀와 함께라면 꼭 실현시킬 자신이 있었다. 그 의지와 열망을 그녀의 아버지에게 전해 그녀가 마음을 되돌리게 하고 싶었다. 어쩌면 그렇게 될지도 모른다는 생각이 들기도 했다.

남인호는 약속 시간 30분 전에 호텔에 도착했다. 자주 드나들지 않는 호텔 커피숍은 낯설었다. 남인호는 쭈뼛거리며 넓은 커피숍으로 들어섰다. 저쪽 구석에서 한 남자가 몸을 일으키며 손을 들었다.

남인호는 자신도 모르게 숨을 들이켜며 바짝 긴장했다.

'나이 어린 사람과의 약속에 30분 먼저 와 있다니…….'

비즈니스 예절이 완전히 몸에 밴 대기업 간부의 그 철저함에 남인호는 그만 위축감을 느꼈다. 그건 자신의 한 가닥 바람이 전혀 통하지 않을지도 모른다는 불길한 예감이었다.

"처음 뵙겠습니다."

남인호는 고개를 깊이 숙였다.

"어서 오시오."

박현규는 아무 표정 없는 얼굴로 손을 내밀었다.

"예, 남인호입니다."

남인호는 잔뜩 주눅 든 채 두 손으로 서린이 아버지의 손을 받쳐 잡았다.

"나 어제 밝힌 대로 서린이 애비 되는 박현규요. 자아, 앉읍시다."

박현규는 일부러 말을 길게 하며 앞의 사내를 빠르게 뜯어보고 있었다.

'흠, 반듯한 인물에, 사내다운 인상이며, 당당한 체구며……, 고르긴 제대로 고른 것 같은데…….'

박현규가 사내의 손을 놓으며 내린 평점이었다. 그때 아내의 말이 퍼뜩 떠올랐다.

'아예 꼼짝달싹 못 하게 초장부터 세게 몰아쳐야 해요.'

"저어……, 말씀 낮추십시오."

남인호가 좀 가라앉은 듯, 떨리는 듯한 목소리로 낮게 말했다.

"아니, 뭐 그럴 것 없소." 박현규는 내치듯이 싸늘하게 말하고는, "나 서린이 애비로서 서린이를 보호하기 위해서 이 자리에 나온 거니까 얘기 간단하게 하고 끝냅시다." 더욱 싸늘해진 그의 말은 화살이 되어 남인호에게 날아가고 있었다.

"……."

남인호는 떨군 눈길을 들지 못한 채 아무 대꾸도 하지 못했다. 더 커지는 위축감과 함께 자신의 한 가닥 기대가 산산

조각이 나는 것을 느꼈다.

"우리 서린이를 스토킹하는 이유가 뭐요?"

"저어……, 스토킹이 아니라 저어……, 제 얘기를 전혀 안 들어주고 잘라버려서 얘기할 기회를 달라고 찾아가고 한 것이……."

남인호는 기를 쓰며 말했다.

"언제까지 그럴 거요?"

"……."

남인호는 '서린이가 마음을 되돌릴 때까지'라고 말하고 싶었다. 그런데 어쩐 일인지 그 말이 나오지 않았다.

"들을 필요 없다는 서린이에게 할 말은 뭐요?"

"예에……, 왜 갑자기 헤어지자고 하는지 그 이유를 몰라서……."

"이유? 성격 차이라고 분명히 말했다고 했소. 그 명백한 이유를 모른다고?"

"예, 성격 차이라고만 했지, 어떠어떠한 점이 그런지 구체적으로 말을 안 해서……."

"성격 차이라고 했으면 본인이 그 이유를 찾아야지 꼭 상대방한테 억지를 쓰며 물어보려는 것이 말이 되오? 바로 그런 성격이 싫을 수 있소. 자아, 결론적으로, 우리 서린이는 절대로 더 이상 당신을 만날 생각이 없소. 그런데 당신은 언제까지 그 생각을 버리지 않고 스토킹을 할 작정이오?"

"……."

남인호는 '서린이가 마음을 되돌릴 때까지'라고 말하고 싶었다. 그래서 이 자리에 나온 것이 아닌가. 그런데 그 말이 나오지 않았다.

"빨리 대답하시오!"

박현규의 목소리는 범인을 취조하는 형사의 목소리처럼 거세고 위압적이었다.

"……."

'야, 이 병신 새끼야, 빨리 말해. 난 죽어도 못 헤어지니까 서린이가 마음을 되돌릴 때까지라고 빨리 말해.' 남인호는 자신을 몰아댔지만 끝내 그 말은 입 밖으로 나오지 않았다.

"대답 안 해도 좋소. 이제 그만 얘기 끝냅시다. 그 스토킹 중단하지 않고 우리 서린이 또 괴롭히면 바로 경찰에 고발하겠소. 스토킹은 엄연한 범죄니까. 그런 불미스러운 일 벌어지기 전에 남 군이 이성적으로 모든 일을 정리하기 바라겠소. 자, 그만 갑시다."

박현규가 몸을 일으켰다.

"예, 알겠습니다."

남인호도 일어서며 들릴 듯 말 듯 말했다. 그 무섭고 단호한 상대방의 태도에서 박서린과의 관계는 아무 희망도 없다는 것을 알았기 때문이다.

"고맙소. 나 믿고 있겠소."

박현규가 싸늘하게 이 말을 남기고 앞서 걸어갔다.

남인호는 멀어지는 박서린 아버지의 뒷모습을 바라보며 문득 그 생각을 떠올리고 있었다.

얼마 전에 박서린의 차가 바뀌었다. 오래된 국산 차에서 비싼 외제 차로. 갑자기 2억이 다 되는 그 외제 차와 박서린 아버지의 모습이 겹쳐지고 있었다. 자기 치장하기에도 빠듯한 박서린의 월급으로써는 아예 엄두를 낼 수 없는 일이고, 아무리 대기업 간부라 해도 딸에게 그런 비싼 차를 사줄 수 있을까……? 그 의문이 갑자기 커지고 있었다.

'그런데 딸과 아버지의 태도가 어떻게 그렇게도 똑같지? 나를 떼쳐버리려는 것이. 성격 차이……? 딸도 아버지도 그 막연하기 짝이 없는 말을 내세우며 헤어지자고? 끝장내자고? 남녀 관계에서 걸핏하면 등장하는 그 성격 차이. 일방적으로 헤어질 필요가 있을 때 그건 얼마나 편리하게 써먹을 수 있는 이유인가……. 아버지와 딸이 똑같이 내세운 성격 차이. 그들은 그 편리한 이유를 들이대 나를 떼쳐야 하는 무슨 일이 생긴 것일까? 혹시……, 혹시 딴 사람이 생긴 것일까……?'

이 의심과 외제 차가 갑자기 연결되었다. 생각이 여기에 미치자 그게 곧 사실인 것처럼 육박해 오며 가슴이 벌떡거리기 시작했다.

'그럴 수 있어. 충분히 그럴 수 있어. 어떤 조건 좋은 자가 나타났으면…….'

가슴의 벌떡거림은 더 심해졌다. 남인호는 진정하려고 심호흡을 했다.

'뭐, 스토킹범으로 경찰에 고발한다고? 부녀가 짜고 합동작전으로 나를 쇠고랑 채우려고 나섰다고? 그럼 그 덫에 채이게 멍청한 짓 더 해선 안 되지. 이젠 끝장난 거야. 더 미련둬선 안 돼. 하지만 그 이유는 알아얄 것 아니야? 왜 내가 이 꼴을 당해야 하는지…….'

남인호는 호텔을 나와 텅 빈 마음으로 하늘을 망연히 바라보고 있었다.

남인호는 포장마차에서 혼자 취하도록 소주를 마셨다. 자신의 인생이 왜 이리 꼬이는지 알 수가 없었다. 인생의 쓰나미가 무참하게 겹쳐서 몰아닥치고 있었다. 액운은 액운을 불러온다더니 자신에게 닥치는 불운이 바로 그랬다. 아버지가 그리도 허망하게 사기를 당해 집안이 하루아침에 거덜이 날 줄 어찌 알았던가. 그런데 또 서린이까지…….

그는 감당할 수 없는 절망에 몸부림치며 밤새도록 한잠도 자지 못했다. 이제 어떻게 살아야 할 것인지 막막하고 캄캄하기만 했다. 사람이 왜 죽는 것인지 비로소 알 것 같았다. 자신도 죽을 수 있을 것만 같은 생각이 드는 것이었다. 그런 절박한 생각이 실감 나게 드는 것은 생전 처음이었다.

남인호는 도저히 몸을 가눌 수 없어서 회사에 결근할 수밖에 없었다. 무너진 집안에 자신의 돈벌이만이 유일한 생존의 방법이었다. 그 절박함 앞에서도 회사에 출근할 수가 없었다.

그는 하루 종일 누워서 술병과 마음 병을 함께 앓았다. 그러나 어젯밤의 절망은 아무런 변화 없이 몸과 마음을 짓누르고 있었다. 그는 오후 늦게야 설핏 잠이 들었다가 화들짝 깨어났다. 그때 한 가지 생각이 선명하게 떠올랐다.

'그래, 스토킹 죄 뒤집어쓰지 말고 전혀 모르게 미행을 하자. 분명 배신한 이유가 있을 것이다! 성격 차이가 아닌 배신한 이유. 그걸 찾아야 해!'

남인호는 이를 맞물고 주먹을 말아 쥐며 부르르 떨었다.

그는 머리를 짧게 깎아 헤어스타일을 바꾸었다. 싸구려 안경도 사 썼다. 옷도 박서린이 좋아하는 것을 안 입었다. 그녀의 눈에 띄지 않게 하는 변장이었다.

미행 닷새쯤 지나면서 남인호는 그녀의 행동이 자유로워지는 것을 느낄 수 있었다. 자신과 전혀 마주치지 않으니 그녀는 자신이 자기 아버지와의 약속을 잘 지키는 것으로 믿는 게 분명했다.

그리고 여드레째 되는 날 남인호는 마침내 자신이 노리던 것을 찾아냈다. 금요일 오후였는데, 회사를 나온 박서린이 회사 건물 옆쪽으로 걸어가더니 기다리고 있던 어떤 남자와 포옹하듯이 인사를 했다. 둘의 그 몸짓이 이미 깊은 사이임을 잘 보여주고 있었다.

그들은 곧 길옆에 세워둔 차를 탔다. 남인호는 당황했다. 자신의 차는 너무 멀리 있었던 것이다. 그는 서둘러 핸드폰을 꺼내 사진을 찍었다. 그건 박서린의 차가 아니었다. 그녀의 차종과 같았지만 가격은 두 배 이상 되는 최고급 외제였다. 젊은 남자들의 공통된 꿈이 고급 외제 차 갖는 것이듯이 남인호도 모든 외제 차의 차종을 한눈에 알아볼 수 있게 숙달되어 있었다. 자기의 차는 싸구려 국산이면서도.

'아! 박서린의 차를 저 인간이 사줬구나.'

남인호의 의문이 한순간에 풀리고 있었다.

'바로 저놈, 저 부잣집 아들놈 때문에 날 배신했고!'

잇따라 풀리는 두 번째 의문이었다.

'그런데……, 저놈이 누구지……?'

새롭게 닥친 문제였다.

그들의 차가 곧 떠났다.

남인호는 멀어지는 차를 한참 바라보고 있었다. 차들의 물결 속에서 그 차는 곧 모습을 감추었다.

'어디로 가는 것일까……?'

문득 떠오른 자신의 이 생각을 그는 종잇장을 찢듯 단호하게 내쳤다. 지금 필요한 것은 그것이 아니었던 것이다.

지금 자신 앞에 떨어진 화급한 문제는 박서린을 태우고 떠난 저놈이 어느 부잣집 아들놈인지를 밝혀내는 것이었다. 남인호는 한숨을 흘리며 핸드폰의 화면을 확대시켰다. 그 값비싼 외제 차의 번호가 큼직하게 확대되며 화면을 가득 채웠다.

'나쁜 년, 이렇게 배신을 하고도 뭐 성격 차이……?'

남인호는 뜨겁게 치솟는 분노로 뿌드득 소리가 나도록 어금니를 갈아붙였다. 그 분노가 증오로 바뀌며 몸을 부르르 떨었다.

'우리 집안이 망하자마자 바로 그따위로 배신을 해버려? 나쁜 년, 죽일 년!'

남인호는 손으로 가슴을 누르며 숨을 헐떡거렸다. 분노와 증오가 점점 심해져 가슴이 벌떡벌떡 뛰면서 곧 숨이 막힐 것만 같았던 것이다.

'안 돼, 안 돼. 정신 차려, 병신아, 정신 차리라구. 너 이대로 뒈질 거야? 저런 꼴 당하고도 아무 복수도 안 하고 이대로 뒈질 거냐고.'

남인호는 자신을 채찍으로 마구 갈겨댔다. 저 배신에 대해 복수를 해야 한다는 생각이 가득 차서.

그는 핸드폰을 끄고 아주 천천히 걸음을 옮기기 시작했다. 가슴 통증만이 아니라 어질거리는 현기증까지 일어나고 있었던 것이다.

'내가 왜 이렇게 심하게 충격을 받는 것일까. 저것을 그만큼 사랑했다는 것인가? 아니, 아니다. 이렇게 배신할 줄은 전혀 몰랐기 때문이다. 정신 차리자, 정신 차리자…….'

남인호는 곧 허물어지려는 자신을 가까스로 부축하며 걸음을 옮겨놓았다.

박서린이 도저히 용서할 수 없게 증오스러웠다. 서로를 나눌 때를 생각하면 그 증오는 점점 더 커져갔다.

불길이 사그라진 다음에 서로 끌어안고 잔영에 젖어 그가 물었다.

"우리 결혼하면 애는 몇이나 둘까?"

그러자 그녀는 땀이 촉촉하게 밴 그의 가슴팍에다 하트 두 개를 정성스럽게 그렸다.

"자기 그건 너무 멋지고 있지……, 감동적이야. 나를 그렇게 불붙어 타게 하니까."

자신의 가슴팍에 다붙어 누운 그녀가 귓불 간지럽게 소곤소곤 속삭이는 말이었다. 그러면 그 속삭임이 불씨가 되어 자신은 다시 불덩이로 타오르며 그녀도 불붙게 만들었다.

그렇게 뜨거웠던 사이를 무정하게 끊어버리고 배신하다니 도저히 이해할 수가 없었다. 이해할 수가 없으니 용서할 수도 없었다.

'저 차를 타고 어디를 갈까. 그 어디에 가서 나와 했던 것과 똑같은 행위를 하는 게 아닐까!'

이 생각에 남인호는 다시 가슴이 벌떡벌떡 뛰고 숨이 가빠졌다. 그리고 증오심이 점점 커져갔다.

박서린만큼 증오스러운 존재가 또 있었다. 아버지 박현규였다. 그들을 도저히 용서할 수 없는 것은 부녀가 똑같이 짜고 자신을 속였기 때문이었다.

성격 차이, 그 얼마나 뻔뻔스러운 거짓말인가. 자신의 집안이 비참하게 몰락해 버리자 최고급 외제 차를 사주는 부잣집에 홀려 부녀가 똑같은 거짓말을 앞세워 자신을 속인 것이었다. 그러고는 스토킹범으로 쇠고랑을 채우겠다는 공갈 협박까지 해댔던 것이다.

'혹시 대기업에 근무하는 연줄로 애비가 그 부잣집을 소개해 준 것이 아닐까.'

이 생각이 떠오르자 그 애비를 당장 죽여버리고 싶은 살기가 뻗쳐올랐다.

남인호는 또 혼자서 흠뻑 취하도록 술을 마셨다. 그리고 또 뜬눈으로 밤을 새우며 생각해 미행 대상을 바꾸었다. 막대한 돈으로 환심을 산 그 부잣집 아들이 누군지 알아내야 했다.

열흘 넘게 미행한 끝에 그자의 정체를 알아냈다. 그는 상상할 수 없는 부잣집 아들이었다. 그 집의 재력에 비해 그가 박서린에게 사준 외제 차는 인색하게 군 것이라고 할 수 있을 정도였다. 그 어마어마한 재력 앞에서 박서린의 정절은 햇볕 아래 눈사람 녹듯 해버린 것이었다.

그렇게 마음 흔들려 배신을 도모하면서 엉뚱하게 내세운 이유가 그 모호하고 흔해빠진 '성격 차이'였다.

그렇다. 갑자기 거지꼴이 되어버린 남자한테 변심할 수 있었다. 앞날이 캄캄하게 변해 버린 남자와 새 인생을 시작할 수 없어서 마음이 변하는 건 얼마든지 있을 수 있는 일이었다. 남자의 사업 실패로 애들까지 있는 부부가 이혼하고 갈라서는 일이 숱한 세상이었다. 집안이 거덜 난 남자와 인생을 시작할 수 없다면 거짓말을 하지 말고 솔직했어야 한다. 희망이 없어 함께 못 살겠다고. 그만 헤어져 서로 잊자고.

그러나 박서린은 그러지 않았다. 거짓말을 했다. 그래서 용서할 수가 없다. 그리고 아버지까지 동원해서 공갈 협박까지 했다. 그래서 더 용서할 수가 없다. 그러고는 자신보다 수천만 배, 아니 몇억 배가 될지 모르는 부자를 골라 평생토록 호화롭게 살려고 했다. 그래서 더더욱 용서할 수가 없다.

남인호는 며칠 동안 연달아 술을 마시면서 고심하고 또 고심했다. 그러나 용서할 수 없는 마음은 고쳐지지 않았다. 굳어진 자신의 마음을 스스로 어찌할 수가 없었다.

아파트 지하 주차장은 넓었다. 기둥마다 CCTV가 설치되어 있었다. 남인호는 그걸 전혀 개의치 않았다. 아무것도 두려울 것이 없었다.

이틀째 밤 10시가 다 되어 그녀의 차가 도착했다. 헤드라이트가 꺼지자 남인호는 재빨리 기둥 뒤에서 벗어나 그녀의 차 문을 벌컥 열었다.

"어머나, 이, 인, 인……."

박서린은 새파랗게 질리며 말을 잇지 못했다.

"뭐, 성격 차이? 부잣집 아들놈 꿰차고선!"

남인호가 싸늘하게 내뱉었다.

"이……, 인호 씨, 내, 내 말 들어봐……, 내 말……."

박서린이 말을 더듬으며 와들와들 떨었다.

"나쁜 년, 듣긴 뭘 들어. 해결책은 딱 하나야. 니년과 내가 함께 죽는 것!"

남인호가 이를 뿌드득 갈았다.

"안 돼, 안 돼, 인호 씨, 안 돼!" 박서린이 울부짖었고, "안 되긴 뭐가 안 돼. 같이 죽는다니까!" 남인호가 뭔가를 휙 뽑아 들었다. 커다란 칼이었다.

남인호는 마구 칼을 휘둘렀다. 칼은 박서린의 몸 여기저기를 거침없이 찔러대고 있었다.

돈은 인간의 실존인 동시에 부조리다

"미성년자인 중학생과 고등학생 들이 술을 마시고 담배를 피워서는 안 된다고 법으로 금하고 있는 걸 알았어요, 몰랐어요?"

형사가 빠르게 컴퓨터 자판을 두들기며 물었다.

"예에……, 알고 있……."

고개를 푹 수그린 노인은 들릴락 말락 한 소리로 얼버무렸다.

"그렇게 어물거리지 말고 확실하게 대답하세요."

자판 두들기기를 멈춘 형사의 목소리가 커졌다.

"예에, 알고 있었습니다."

노인이 겁난 기색으로 분명히 들리도록 대답했다.

"그럼, 왜 그런 짓을 했어요?"

"저어……, 그게……, 그러니까……."

노인의 목소리는 다시 낮고 가늘어지면서 어물거렸다.

"고개 똑바로 들고 확실 분명하게 대답하라니까요."

형사의 목소리가 더 크고 엄해졌다.

"예에……, 굶어……, 굶어 죽을 수가 없어서……."

좀 커진 노인의 목소리가 떨리고 있었다.

"그 짓을 안 하면 굶어 죽을 만큼 가난하다는 거예요?"

형사의 얼굴이 약간 찌푸려졌다.

"예에……, 벌어논 게 없어서……."

겨우 들렸던 노인의 고개가 다시 떨구어졌다. 노인은 기름기라고는 없이 바짝 말랐고, 옷도 낡고 초라했다.

"아무리 가난해도 그렇지, 미성년자 학생들에게 담배를 사다 주고 돈을 받는 게 말이 돼요?"

형사의 추궁이 싸늘했다.

"……."

노인의 고개가 더 깊이 떨어졌다.

"손자들 있지요? 몇이나 돼요?"

"저어……." 노인의 숙인 얼굴이 울상으로 일그러지더니, "여섯……." 겨우 대답했다.

"그 손자들에게 어떤 사람이 남몰래 담배를 사다 주면 어떻겠어요?"

"……."

노인은 아무 대답도 못 했다.

"그 일을 해주고 돈을 얼마씩 받았어요?"

"저어……, 한 갑에 천 원씩……."

"하루에 몇 갑씩 사다 줬어요?"

"대개 열 갑씩……."

"한 애에게요?"

"아니오. 서너 명에게……."

"그럼 한 달 수입이 얼마였어요? 30만 원 정도?"

"아니오. 토요일, 일요일은 아니라서 한 20만 원 정도……."

"그 돈으로 굶지 않고 살 수 있었어요?"

"예, 혼자 사니까 겨우……."

"혼자요? 왜요?"

"시집간 딸 셋은 다 가난해서 아무 소용 없고, 아들 하나 있던 것은 공사판에서 사고로 죽고 나서 며느리가 남남처럼 됐으니까요."

형사가 가늘게 혀를 차며 물었다.

"그 일 한 게 얼마나 돼요? 몇 년이요?"

"한 2년……."

"왜 하필 그 일을 시작했어요. 나쁜 일인 줄 알면서."

"예에……, 전에는 박스 수집을 했었는데……, 자꾸 기운이 떨어져 리아카를 끌 수 없게 되고……, 박스 값도 자꾸 떨어지고……, 그만 살고 싶어도 죽어지지도 않고……, 안 굶는 방법은 그것밖에 없어서……."

"그렇다고 법을 어겨가면서 그런 나쁜 짓을 해요? 죄짓지 않게 무슨 딴 일을 찾아봤어야죠."

"예, 잘못했습니다. 정말 잘못했습니다. 죽을죄를 졌습니다."

노인은 몇 번이고 허리를 굽신거렸다.

"됐어요. 이거 다 읽어보고, 고칠 데 있으면 말하세요. 고칠 데 없으면 맨 끝에 이름 쓰고 도장 찍으세요."

형사가 노인에게 조서를 내밀었다.

"이제 그럼……, 이제 저는 어떻게……, 어찌 되나요?"

노인은 곧 울 것 같은 얼굴로 심하게 떨고 있었다.

"우리 경찰은 이렇게 조사를 해서 검찰로 넘기니까 잘 몰라요. 거기 가서 재판을 받아봐야 얼마나 벌을 받을지 결정이 돼요. 그거 빨리 읽으세요."

형사가 딴 서류를 들추며 무표정하게 말했다.

편의점 주인 송동식은 자꾸 문 쪽으로 눈길을 돌렸다. 영감님은 벌써 나흘째 모습을 보이지 않았다.

'이상하네. 어디 멀리 사는 자식네 집에라도 간 것일까? 아니면……, 어디가 아픈 것일까……?'

매일 오후에는 어김없이 나타나는 영감님이었다. 그분은 아주 소중한 단골 중의 단골이었다.

날마다 드나드는 단골들은 꽤나 많았다. 아침마다 생수 한 병씩을 사가는 직장인, 점심때면 도시락을 사서 먹고 가는 아가씨, 오후면 김치며 맥주를 한 병씩 사가는 젊은 아주머니, 학원 시간 틈틈이 라면을 먹으려고 드나드는 학생들. 그들 중에서도 그 영감님은 특이한 단골이었다.

"여보, 좀 이상하지 않아요?"

물건을 정리하고 창고에서 나오던 아내가 그에게 물었다.

"뭐가?"

송동식은 여전히 눈길을 문 쪽에 둔 채 건성으로 대꾸했다.

"그 할아버지, 담배 할아버지가 벌써 며칠째 얼굴을 안 보이시잖아요."

그녀가 작업용 장갑을 벗어 옷을 털며 말했다.

"응, 글쎄……, 어디가 아프신가? 벌써 나흘째가 되는데……."

그때서야 눈길을 아내 쪽으로 돌리며 송동식은 고개를 갸웃갸웃했다.

"어쩌면 그럴지도 모른다 싶어서 나도 걱정하고 있었어요.

만약 아프면 큰일이잖아요. 혼자 사는 몸이신데……."

그녀가 혀를 찼다.

"그러게 말야. 나도 계속 그 생각이 들어 걱정하고 있던 참이야. 이거 참 문젠데."

송동식은 또 문 쪽을 쳐다보았다.

"당신, 혹시 그 양반 주소 몰라요?"

"당연하지. 날마다 만나니까 그런 건 알 필요가 없잖아."

"아이구 참, 남자가 준비성이 저렇게 없기는. 이런 일이 생기니까 미리미리 알아놓고 있었어야지요."

그녀는 남편에게 눈을 흘기며 타박을 놓았다.

"허, 또 바가지 긁어대기 시작이다. 그럼, 그렇게 말하는 당신은 뭘 했는데?"

송동식이 짜증스럽게 내쏘았다.

"만약 그 영감님 발이 끊어지면 담배 반품 걱정이 다시 시작되니까 겁나고 짜증 나서 하게 되는 소리죠. 그 영감님이 매일 열 갑씩 팔아줘서 우리 얼마나 덕 봤어요. 반품 분량 거의 다를 그 양반이 해결해 주신 건데."

"그러게 말야. 그보다 더 고마운 일이 없지."

송동식은 고개를 끄덕이며 또 눈길을 문 쪽으로 보냈다.

"그 영감님이 안 오시면 양로원 할아버지들은 어쩌시나? 그 양반들 담배 쫄쫄이 굶으실 것 아냐. 정말 이런 일 생길 줄 알았으면 그 양로원도 좀 알아뒀어야 하는 건데. 아이구 요런 맹추, 이러고도 장사 해먹고 살겠다구……."

송동식의 아내는 이렇게 투덜거리며 자기의 머리를 쥐어박았다.

송동식은 아내의 말을 못 들은 척하느라고 자리를 옮기며 물건들을 바르게 놓는 시늉을 했다.

아내는 그 영감님이 매일 담배 열 갑씩을 양로원에 대주는 것으로 알고 있었다. 그러나 그건 처음에 영감님이 둘러댄 말일 뿐이었다.

영감님은 자기도 머잖아 양로원 신세를 지게 될 때를 생각해서 미리 공을 쌓아두느라고 매일 그렇게 담배 심부름을 하는 거라고 했다. 그렇게 영감님을 매일 대하며 몇 달이 지나다 보니 그런 고마운 단골이 없었다. 한때 다방보다 많은 게 약국이라 했었고, 이제는 약국보다 많은 게 편의점이라는 말로 변해 있었다. 그 많고 많은 편의점들 가운데 어쩌다 자신의 집에서 매일 담배를 열 갑씩이나 사가니 다른 물건들을 사가는 것보다 몇 배 더 고마웠던 것이다. 왜냐하면 담배와 주류는 특히 '반품 불가' 품목이었던 것이다. 본사에서는 자기네 이익을 위해서 안면 몰수하고 '전 품목 밀어내기'를 몰아붙이면서 유통기간이 아주 긴 것들까지 반품을 받아주지 않으려 했다. 그중에서도 담배와 주류는 특히 심했다. 그런데 주류보다 문제인 것이 담배였다. 주류는 호경기·불경기 따라 비싼 술·싼 술로 매상이 왔다 갔다 할 뿐이었다. 그러나 담배는 그게 아니었다. 무슨 초친맛인지 몇 년 전부터 나라에서 '금연 운동'을 대대적으로 벌이기 시작해 해마다 담배 판매가 줄어드는 판이었다. 그러니 본사의 반품 불허는 더욱 극성맞아졌다. 그런 난감한 형편에 매일 담배 열 갑씩을 사가는 그 영감님은 반품 걱정을 크게 덜어주는 구세주가 아닐 수 없었다. 그래서 어느 날 포장마차에서 영감님에게 소주 한 잔을 대접하게 되었다.

그런데 술이 거나하게 취해 신세타령을 해나가던 영감님이 갑자기 말했다.

"나 송 사장을 속인 게 한 가지 있소."

"예? 저를 속여요?"

송동식은 허리를 세우며 똑바로 앉았다.

"예, 내가 그동안 마음이 찔려서 얘기할까 말까 몇 번 망설이다가 못 한 얘긴데 말이오……."

영감님은 반쯤 남은 소주를 왈칵 들이켰다.

"……."

송동식은 무슨 말인지 전혀 짐작이 안 가 멀뚱히 영감님만 바라보고 있었다.

"저어……, 그 담배 말이오, 실은 그게 양로원 심부름이 아니오."

"예에……?"

송동식은 무언가 불길한 생각이 들어 눈이 커졌다.

"실은 말이오……, 그걸 어떤 고등학생한테 넘기고 있어요."

영감님은 좌우 눈치를 살피며 낮고 빠르게 말했다.

"아니, 고등학생이요?"

송동식은 목소리가 왈칵 커지려는 것을 재빨리 누르며 술기운이 싹 가시는 걸 느끼고 있었다.

—미성년자에게 술 담배 판매 절대 금지.

이것은 편의점 주인들에게 내려진 국가의 엄명이었다.

'아이고, 이거 큰일 났네. 나도 깜빵 신세 되는 거 아냐!'

송동식은 간이 바짝 졸아드는 것을 느끼고 있었다.

"허지만 아무 걱정 하지 말아요. 안 들키게 다 안전하게 하고 있으니까."

영감님이 겁먹은 송동식의 마음을 다 안다는 듯 헤묽게 웃었다.

"아니, 안전한 게 어딨어요. CCTV가 천지 사방에 붙어 돌아가고 있는 세상인데. 거 테레비에서 가끔 보여주잖아요. 보통 사람, 한 사람이 출퇴근길에서 하루에 찍히는 CCTV 횟수가 100번을 넘는다고요. 그래서 범인들 검거율도 전보다 훨씬 높아졌구요."

"어허, 송 사장이 하나만 알았지 둘은 몰라서 그런 소리 하는 거요. 그놈의 CCTV가 거리마다 다닥다닥 붙어 있는 걸 누가 모르나요. 허나 그건 다 차 다니는 길들에나 붙어 있는 거요. 사람만 다니는 샛골목에는 그놈들이 침범을 못 했어요. 그런데 서울에 샛골목이 그 얼마나 많소. 그 샛골목에서 서로 살짝 스치면서 주고받는 거요. 그것도 사방이 어둑어둑해졌을 때 말이오. 어때요, 이만하면 안 들키고 안전하지 않겠소?"

영감님이 술 취한 얼굴로 자랑하듯이 가슴을 펴 보였다.

"CCTV 없는 샛골목에서, 어둑어둑해졌을 때……." 송동식은 느리게 되씹어보고는, "근데 그 학생은 매일 열 갑씩을 뭘 해요?" 문득 생각난 듯이 물었다.

"그야 척하면 삼천리 아니오?" 영감님은 감추어두었던 이야기를 다 털어놓아 속 시원하다는 듯 밝은 기색으로, "그걸 혼자 다 씹어먹을 리는 없고, 즈이들끼리 싹 다 나눠서 빼끔거리는 거지" 하며 히물히물 웃었다.

"그럼, 가끔 사가기도 했던 좀 비싼 술들도 그 학생 준 건가요?"

"나야 싸구려 소주도 맘 놓고 못 마시는 신센데 그 비싼 걸 입에 댈 리 있겠소."

아내는 이 이야기를 까맣게 모르고 있었다. 웬일인지 송동식은 그 내막을 전혀 알리고 싶지 않았다. 아내가 당장 담배를 팔지 말자고 할 것 같아서가 아니었다. 아내가 그 비밀을 어디에 발설할 것 같아서도 아니었다. 다만 자신 이외에는 아무도 모르게 꽉꽉 덮어두고 싶었던 것이다.

그런데 이틀이 더 지나도 영감님은 문을 밀치고 들어서지 않았다.

"틀림없이 일이 생겼어요. 무슨 병이 났거나, 무슨 사고를 당했거나."

아내가 기다리다 지쳤다는 듯 푹 한숨을 쉬었다.

"글쎄 말이야, 무슨 변이 생기긴 생긴 건데 말야……."

송동식은 짭짭 쓴 입맛을 다셨다.

"그러면 저걸 또 어쩌죠?"

아내가 금방 담배 반품 걱정에 부딪히는 것을 보면서 송동식은 마치 자신이 무슨 잘못이라도 저지른 것처럼 아무 할 말이 없었다.

"근데 말예요, 아무리 생각하고 또 생각해 봐도 이건 해도 너무한 거고 도대체 말이 안 돼요."

송동식은 마음이 무거워 신경질을 부리는 아내를 그저 물끄러미 바라보았다.

"그 사람들, 우리보다 천 배, 만 배 더 잘살잖아요. 그런데 얼마나 더 잘살겠다고 글쎄 인정사정없이 물건 밀어내기나 밀어붙이고, 그것도 모자라 글쎄 반품도 못 하게 틀어막냐구요. 싫으면 관둬라 하고 우리 목줄 콱 쥐구선. 가난뱅이들 그렇게 피 빨아대면서 못살게 굴다가 테레비나 신문에서 말썽이 되면 그때 반짝 안 그런 척, 고치는 척 시늉해 대다가 조금 시간 지나면 도로 마찬가지 돼버리고. 그 사람들 얼마나 더 배 터지는 부자 되고 싶어서 그런 날강도 심뽀 부리는지 모르겠어요. 어찌 돈을 산더미처럼 쌓아놓고 사는 사람들이 그렇게 몰인정하고 야박하게 구느냐구요. 도대체 얼마나 더 돈을 갖고 싶어서 그리도 지독하고 징글징글하게 욕심을 부릴까요. 아이고메, 하느님은 뭐 하나 몰라. 그런 것들 대가리에 팍 벼락 안 때리고!"

가난에 포한이 든 아내의 지칠 줄 모르는 푸념이 또 줄줄이 이어지고 있었다.

"아이고, 말 말어. 당신 입만 아프니까. 부자들은 누구나 '나 이만하면 됐다' 하는 사람 하나도 없고, '나는 아직도 배가 고프다'고 한대잖아. 그래서 어떤 소문난 부자는 90 넘은 나이에도 점심은 짜장면만 먹고, 또 어떤 부자는 80이 넘었는데도 외국 출장 갈 때 비행기 3등칸을 탄대잖아. 이러니 부자들 앉은 자리에는 풀도 안 난다는 말이 생긴 거지. 평생 그렇게들 욕심부리고, 짠돌이 놀이들 해서 부자 된 거라고. 그러니 우리 속만 아프고 터지니까 더 말하지 말어."

송동식은 아내한테 미안쩍어 이런 말로라도 위로하려고 했다.

아내가 저녁 준비를 하려고 가게를 나갔다. 송동식은 버릇처럼 '흘러간 노래'를 혼자만 들을 수 있도록 낮은 볼륨으로 틀었다. 혼자 있을 때 그 노래들을 따라 흥얼거리면 지루한 것을 면하게 되고 시름도 삭일 수 있었다.

가게 손님 셋 중에 여자 하나가 계산을 하고 나갔다. 송동식은 다시 그 남자애에게로 눈길을 돌렸다. 고등학생으로 보이는 그 애는 두 여자보다도 먼저 들어왔는데도 여전히 가게 안을 기웃기웃, 느릿느릿 돌고 있었다.

'저놈이 또 딴 맘을 먹고 있나…….'

이런 생각을 하는 송동식의 눈길은 계속 그 남자애를 따라가고 있었다. 가게 안에는 CCTV가 돌고 있다는 것을 출입문에 큼직하게 표시해 놓았지만 가끔씩 물건을 슬쩍슬쩍 하는 사람들이 있었다. 대개 때를 굶주리는 사람들이었지만 어쩌다가는 멀쩡한 학생들이 그 짓을 하기도 했다. 어떤 학생은 돈을 지니고도 그 짓을 했다. 왜 그랬느냐고 추궁을 하면 '자기도 모르게 그랬다'는 엉뚱한 대답이 나오기도 했다. 그런 사람들을 잡으면 송동식은 물건만 빼앗고 한 번도 파출소에 알리지 않았다. 이상하게도 그 사람들이 꼭 자기처럼 여겨지기 때문이었다. 자신도 초등학생 때 친구네 가게에서 사탕을 훔쳐 먹은 일이 있었고, 중학생 때는 책방에서 단어장을 슬쩍하기도 했던 것이다.

계속 주시했지만 그 남자애는 물건을 슬쩍하지는 않았다. 라면 서너 개와 통조림 하나를 껴안은 남자애는 물건들을 기웃기웃하며 진열대 사이를 느리게 걷고 있었다.

두 번째 여자가 계산을 하고 나갔다. 그러자 남자애가 계산대 앞으로 쭈뼛쭈뼛 다가왔다.

물건들과 함께 1만 원짜리를 불쑥 내민 남자애가 문 쪽을 힐끔 쳐다보더니 말문을 열었다.

"저어 아저씨, 여기서 담배 열 갑씩 사가던 할아버지 어찌 됐는지 아세요?"

남자애의 말은 낮고 빨랐다.

'아, 바로 너로구나!'

그때 송동식의 머리에 불이 반짝 켜지며 이 말이 입 밖으로 튀어나갈 뻔했다.

"글쎄, 몰라. 나도 기다리고 있는데, 무슨 일인지 모르겠다."

송동식은 고개를 저으며 남자애를 유심히 쳐다보았다.

"아, 이거 정말 미치겠네. 애들은 난리 치는데."

남자애가 옷깃을 쥐어뜯으며 심한 신경질을 부렸다.

'오라, 니놈들이 담배를 며칠 굶어 미치고 환장할 지경이 돼 있다 그거지? 흥, 그 꼴 알 만해, 암, 미치지.'

송동식은 남자애를 내립떠보며 소리 안 나게 코웃음을 치고 있었다. 담배 좋아하는 자신이 많이 당해본 일이었던 것이다. 나라가 금연 운동 벌여대면서 담배 곽마다 무시무시하고 끔찍스러운 여러 가지 사진들을 박아내자 '담배 당장 끊으라'는 아내의 성화는 극성스러워졌다. 그것만이 아니라 자신도 그 사진들을 보면 오만 정이 다 떨어져 당장 끊어버리고 싶었다. 그 충동으로 담배를 끊자고 마음먹었지만 하루를 넘기기가 어려웠고, 그 결심을 새해 설날에도 했고, 생일날에도 했고, 결혼기념일에도 했고, 심지어 3·1절, 광복절에 했어도 벌써 4년 넘게 실패를 거듭해 오고 있었던 것이다. 담배는 그렇게 중독이 심했고, 또 하나의 마약이라는 말이 옳다고 생각할 수밖에 없었다.

"혹시 그 할아버지 주소 모르세요?"

남자애가 떨리는 손을 입에 대며 초조하게 물었다.

'요놈 손 떨리는 것 봐라. 담배 못 피워서 그렇지?'

송동식은 남자애를 물끄러미 바라보며 고개를 저었다.

"아저씨, 저어……, 저어……, 저한테 딱 한 갑만 팔면 안 돼요?"

남자애가 떨리는 손만큼 말도 떨고 있었다.

"너 나 죽는 꼴 보고 싶어서 그러냐? 미성년자한테 술 담배 팔면 당장 가게 문 닫게 되는 것 몰라?"

송동식은 냉정하게 고개를 저었다.

"아저씨, 그럼 저 밖에서, 아무도 안 보는 저 밖에서 저한테 살짝 찔러주세요. 그럼 저도 살짝 찔러드릴게요."

"이놈아, 정신 차려. 아무도 안 보는 데가 어딨어. 천지 사방에서 CCTV가 사람보다 더 밝은 눈으로 팽글팽글 돌고 있는 세상에."

"아니에요, 아저씨가 몰라서 그래요. CCTV는 큰길에만 있지 차 안 다니는 좁은 샛골목에는 없어요. 우린 그걸 환히 다 알아요."

남자애의 말에 송동식은 그 노인의 말이 문득 떠올랐다.

"시끄럽다, 이 녀석아. 그래도 난 그딴 일 할 맘 없다."

빨리 가라고 송동식은 남자애에게 팔을 내저었다.

"아저씨, 할아버지 다시 오실 때까지만 해주세요. 할아버지한테 드린 것보다 두 배로 드릴게요."

남자애는 떨리는 손가락 두 개를 송동식의 눈앞에 펴 보였다.

'뭐라고, 2천 원씩!'

송동식은 마음이 꿈틀했다.

'반품 골치 해결하면서 하루에 2만 원씩 순수익!'

송동식은 마음이 동하고 있었다.

'거기다가 안전하다고 하지 않는가!'

송동식의 마음은 출렁거리기 시작했다.

"그래도 못 믿겠다, CCTV!"

송동식은 질정 없이 흔들리는 자신의 마음을 후려치며 말했다.

"아, 염려 마시라니까요. 우리가 그것 알아내는 데는 귀신이에요. 담배 굶으면 안 되니까요."

남자애는 이 말을 다부지게 했다.

'그렇겠지? 얘네들도 걸려들면 안 되니까.'

"아저씨, 오늘부터 당장 해요. 저희들 다 미치기 일보 직전이에요."

후려쳐도 아무 효과 없이 흔들리고 있는 송동식의 마음을 환히 들여다보고 있다는 듯 남자애가 몰아댔다.

"CCTV 틀림없어?"

"예에, 틀림없다니까요."

"알았다, 할아버지 오실 때까지만이다."

"예, 감사합니다, 아저씨. 좀 어두워지면 저 길 건너 은행 앞, 건널목에서 만나요. 딱 1시간 뒤에. 거기서 멀찍이 절 따라와서 제가 손짓하는 샛골목에서 저를 주면 돼요."

"알았다. 빨리 가거라."

송동식의 손짓에 따라 남자애는 빠르게 가게를 나갔다.

송동식은 줄곧 가슴이 뛰고 있었다. CCTV 위험 없이 안전하기만 하다면 그보다 쉽고 알찬 벌이는 없었다. 산책하듯 잠깐 걸어갔다 오면 알짜배기 돈 2만 원이 생기는 것이었다. 그게 담배를 몇 갑 팔아야 하고, 라면을 몇 개 팔아야 하고, 껌은 또 몇 개를 팔아야 생기는 이익인가. 돈이 그렇게 쉽게 벌 수 있는 것이라면 부자 되기도 어렵지 않을 것 같았다.

"나 저기 김 씨네 부동산에 좀 갔다 올게."

저녁 준비를 끝내고 아내가 돌아오자 송동식은 계산대를 벗어나며 말했다.

"왜요?"

"응, 뭐 좀 알아볼 게 있어서."

"치이, 또 담배 생각나서 그러지, 뭐."

아내가 눈을 흘기며 입을 삐죽했다.

송동식은 아내 몰래 주머니마다 챙겨 넣은 담배를 가지고 가게를 나섰다. 그는 걸으면서 작은 검정 비닐봉지에 담배들을 재빠르게 옮겨 넣기 시작했다. 그리고 담뱃갑들을 잘 골라 부피를 줄인 다음 옷 속에 넣었다.

남자애는 어둑어둑해지는 은행 앞 건널목에서 기다리고 있었다. 송동식과 눈길이 마주치자 남자애는 모르는 척 돌아서서 앞서 걸었다. 송동식은 가슴이 두근거리기 시작했다.

남자애가 곧 길을 꺾어 돌았다. 길은 차 두 대가 겨우 오갈 정도로 좁아졌다. 남자애가 다시 길을 꺾었다. 길은 차 한 대가 겨우 다닐 정도로 좁아졌다. 오가는 사람도 눈에 띄지 않는 한적한 길이었다. 앞서 가던 남자애가 돌아서며 손짓했다. 송동식은 재빨리 봉지를 꺼내 남자애에게 건넸다. 스쳐 지나가듯 하며 봉지를 받은 남자애의 손이 잽싸게 송동식의 바지 주머니에 쑥 들어왔다가 나갔다. 그러면서 남자애가 낮고 빠르게 말했다.

"그냥 그대로 걸어가세요."

열 걸음쯤 걷다가 송동식은 힐끔 뒤를 돌아보았다. 남자애는 어디로 사라졌는지 자취가 없었다.

송동식은 휴우 소리가 나게 숨을 길게 내쉬었다. 여전히 가슴이 두근거리고 있었다. 그러나 일을 가볍게 성공시켰으니 기분이 상쾌했다. 그는 가게를 향해 다시 길을 꺾어 돌았다. 그러면서 손이 저절로 바지 주머니로 들어갔다.

손가락 끝에 느껴지는 감촉. 동그란 종이 말이와 그것에 몇 겹으로 감긴 고무 밴드. 그 감촉이 돈이 틀림없었다.

'아아, 잠시 잠깐 수고하고 2만 원이 생기다니! 아니지, 열 갑을 판 이익금이 또 있지!'

이런 생각으로 마음이 달떠오른 송동식은 돈을 빨리 보고 싶어 손을 쑥 꺼냈다. 그러다 큰길의 차 소리에 질겁을 해 손을 다시 주머니 속으로 쑥 밀어 넣었다. 사람 많이 오가는 큰길에서 그 돈을 꺼내 세어볼 수는 없었던 것이다.

가게로 돌아온 송동식은 바로 화장실로 들어갔다. 평소와 달리 문고리까지 확실하게 건 다음 돈을 꺼냈다. 파란 1만 원짜리들이 도르르 말려 있었다. 그는 그것을 손에 쥐고 주먹을 꾸욱 말아 쥐었다. 돈의 부피감이 뿌듯하게 가슴에 차올랐다.

'아아……, 돈! 이거 얼마나 좋으냐. 세상에 이것보다 더 좋은 게 무엇이냐. 이게 최고다, 이게 최고!'

사르르 눈을 내리감은 그는 주먹을 더 힘껏 말아 쥐며 무어라고 형용할 수 없는 돈맛에 흠뻑 취하고 있었다.

송동식은 천천히 고무 밴드를 풀었다. 그리고 1만 원짜리를 한 장, 한 장 세어 넘겼다.

다섯 장이 넘어갔다. 담뱃값이었다. 그리고 두 장이 더 넘어갔다. 약속을 잘 지킨 수고료였다.

'착한 놈, 앞으로 잘해보자!'

이 생각과 함께 송동식은 깜짝 놀랐다. 그 영감님이 영영 돌아오지 않기를 바라는 마음이 얼핏 들었기 때문이다. 자신의 마음을 자신이 알 수가 없었다.

'아아…… 돈, 돈! 날마다 이렇게 쉽게 벌어 1년이면 얼마지? 또 10년이면 얼마지? 돈이야, 돈! 돈이 최고야!'

그는 황홀한 기분에 맘껏 취하고 있었다.

이튿날부터 송동식에게는 담배 배달이 가장 중요한 일과가 되었다. 그보다 더 신바람 나는 일은 없었다. 그리고 아내 모르게 날마다 돈이 불어나고 있는 것이 또 하나의 신바람이었다.

보름 가까운 어느 날이었다. 그 남자애와 스쳐 지나서 뿌듯한 마음으로 바지 주머니에 손을 넣어 동그란 돈뭉치를 막 잡았을 때였다.

"미성년자에게 담배를 제공한 현행범으로 체포한다!"

이런 외침과 함께 두 남자가 억센 힘으로 송동식의 양쪽 팔을 붙들었다.

"어……, 어……." 송동식은 파랗게 질려 허둥거렸고, "야, CCTV……, CCTV 없다고……." 그는 남자애가 간 쪽을 두리번거리며 심하게 말을 더듬었다. 그런데 남자애는 어디로 사라졌는지 아무 자취가 없었다.

"흥, 그 약아빠진 놈들한테 속으셨군. 가자!"

두 남자가 송동식을 잡아끌었다.

송동식은 전신의 힘이 쑥 빠지고 정신이 혼미한 채로 두 남자에게 끌려 걸음을 떼어놓기 시작했다.

송동식의 아내 김미애는 저녁도 굶고 남편을 기다리다가 밤늦게야 경찰의 전화를 받았다.

"뭐, 뭐라구요? 뭐라구요? 뭐라구요?" 김미애는 이 말밖에 하지 못했다.

"오늘 저녁은 늦어서 안 되고, 면회는 내일 아무 때나 오시오."

전화가 끊겼는데도 김미애는 핸드폰을 귀에 댄 채 멍하니 앉아 있었다.

남편이 왜 그 미친 짓을 했는지 알 수 없는 채로 이제 망했다는 캄캄한 생각과 함께 두 자식의 모습이 눈앞을 가리고 있었다.

김미애는 저녁을 한술도 뜨지 못했다. 억지로 밥을 씹기는 했지만 억지로 넘기지는 못했다. 잠도 한숨도 자지 못했다. 편의점 문을 닫게 되면 그게 바로 죽는 길이었기 때문이다.

'바보, 바보, 바보……, 멍청이, 멍청이, 멍청이…….'

밤새도록 이 말만 씹고 또 씹었다.

"하고 싶으면 변호사를 댈 수 있소. 알아서 하시오."

경찰이 한 말이었다.

고개를 푹 떨군 송동식은 아무 말도 하지 못했다. 눈물만 손등으로 뚝뚝 떨어져 내리고 있었다.

김미애도 남편에게 아무 말도 하지 못했다. 추궁과 원망과 타박이 가슴 넘치게 많았지만 줄지어 떨어지는 그 눈물이 아무 말도 하지 못하게 했다.

"시간 다 됐습니다."

여경이 알렸다.

"밥 싹싹 다 긁어 먹어요. 애들이 많이 걱정해요."

김미애는 이 말을 남기고 돌아섰다.

'변호사……, 변호사……, 무슨 수로 변호사를 대나. 비용이 엄청나게 든다던데. 편의점 못 하게 되면 애들 데리고 당장 먹고살 일이 큰일인데…….'

김미애는 '임시 휴일'이라고 써 붙여둔 가게로 돌아오면서 그 생각에만 빠져 있었다. 그러나 아무리 생각해도 변호사를 살 일이 막막하기만 했다. 돈도 돈이고, 어디로 어떤 변호사를 찾아가야 하는지 도무지 알 수가 없었다. 어쨌든 남편을 구해 내야 되겠는데 목만 바작바작 탈 뿐 의지할 데라고는 없이 허허벌판에 혼자였다. 시집와서 살아온 생활이 언제나 가난에 쪼들리고 힘겹고 허덕거린 삶이었지만 오늘처럼 외롭고 답답하고 막막한 적은 없었다.

김미애는 한숨을 푹푹 쉬며 걸음을 옮겨놓았다. 다리가 그렇게 팍팍하고 무거울 수가 없었다.

'변호사를 못 대면 어찌 될까……. 죄가 더 무거워질까……? 당연하지. 그러니까 사람들이 다 변호사를 대는 거지.'

맨살에 붙은 바퀴벌레를 질겁을 해서 쳐내듯 김미애는 변호사를 못 대면 어찌 될까 하는 생각을 화다닥 털어냈다. 가게가 가까워지자 몸이 더 무거워지고 낙망이 더 커졌다. 하루라도 빨리 실하게 기반을 잡기 위해 알바를 쓰지 않고 둘이서 매달려 꾸려온 편의점은 자신들의 유일한 희망이고 행복이었다. 그런데 그것을 잃게 되면……. 그녀는 그만 숨이 막혔다.

'변호사……, 변호사…….'

그 생각만 하며 가게 앞에 거의 다 다다랐을 때 김미애의 눈에 띄는 것이 있었다.

행복식당.

그 간판을 보는 순간 김미애의 머리에 퍼뜩 떠오르는 것이 있었다. 그 식당 주인 부부였다.

'아, 그렇다!'

김미애는 이런 환성을 지름과 동시에 가슴이 환해지는 것을 느꼈다.

'그 변호사가 있었구나! 그 마음씨 좋다는 변호사!'

김미애는 자신도 모르게 기운이 뻗치며 행복식당을 향해 뛰기 시작했다.

그 변호사는 행복식당 주인 강 사장을 무료로 도와주고 있었다.

"그분은 정말로 부처님 가운데 토막이에요. 돈만 안 받는 게 아니라 자상하고 인정 많으신 게 이 세상 사람 같지가 않아요. 고맙고 고맙고 또 고마워 그 은혜를 어떻게 갚아야 할지 모르겠어요."

행복식당 여주인 오수자가 눈물을 글썽이며 몇 번이고 되풀이한 말이었다.

'내가 왜 그분 생각을 진작 못 했지. 나도 도와달라고 해야지.'

김미애는 숨을 헐떡거리며 행복식당 문을 밀었다.

"언니, 어딨어요, 언니."

김미애는 얼마 전에 인사한 오수자의 동생에게 숨 가쁘게 물었다.

"예, 저기 주방에요."

식탁을 닦고 있던 젊은 여자가 반갑잖다는 기색으로 주방 쪽을 턱짓했다. 그럴 줄 다 알고 있다는 듯 김미애는 벌써 주방을 향해 가고 있었다.

"나 왔어요."

김미애가 익숙하게 주방으로 들어섰다.

"예, 어서 와요."

오수자가 무에 칼질을 하며 인사했다.

"나 좀 살려줘요. 나 큰일 났어요."

김미애가 오수자의 팔을 붙들며 울컥 울음을 터뜨렸다.

"아니, 왜요? 무슨 일 났어요?"

놀란 오수자가 칼질을 멈추었다.

"글쎄, 우리 그이가 경찰에 붙들려갔어요, 경찰에……."

김미애가 더 심하게 울며 발을 굴렀다.

"경찰에요? 왜요?"

오수자는 주춤 물러섰다. 그녀는 남편 사건 뒤로 경찰서라면 그 전보다 더 싫고 정떨어져 있었던 것이다.

"아니 글쎄, 그 미련한 인간이 어떤 학생한테 담배를 전하다가 덜컥 걸렸다니까요."

"예에? 학생들한테 술 담배 팔면 안 되게 돼 있잖아요."

"아니에요, 편의점에서 판 게 아니라 저 멀리 밖에서 전하다가……."

"저 멀리 밖에서……? 그게……."

오수자는 말을 뚝 끊었다. 그녀가 꿀떡 삼킨 말은 '그게 그거 아니에요?'였다.

"어쨌거나 그런 얼간이 같은 인간이 어설프게 돈 욕심 내다가 그 꼴 됐으니 큰일 났잖아요. 꼼짝없이 콩밥 먹어야 할 신세 됐으니. 근데 경찰에서 변호사를 대겠으면 대라는 거예요. 그치만 우리 형편에 어떻게 비싼 변호사 비용 대겠어요. 근데 애태우면서 가게로 돌아오다가 우리 행복식당 간판을 보자마자 그 맘씨 좋은 변호사님 생각이 딱 떠오르지 뭐예요. 그렇다, 가자. 가서 부탁하자 하는 생각으로 막 달려온 참이에요. 우리 좀 살려주세요. 그 맘씨 좋은 변호사님한테 소개해서 우리 좀 살려주세요."

김미애는 계속 눈물을 흘리면서 오수자의 손을 싸잡고 애원했다.

"소개해서……?"

오수자는 순간적으로 '이걸 어째야 하지……?' 하는 생각에 부딪혔다. '이게 우리 일을 방해하지 않을까……. 변호사님이 귀찮아하지 않을까…….' 이런 생각이 빠르게 엇갈리고 있었다.

"예에, 그 변호사님 맘씨 좋다고 소문나 있으니까 틀림없이 우리 일도 도와주실 거예요. 근데 그분이 행복식당에는 식사하러 자주 오셨지만, 라면 같은 건 안 잡숫고 사시는지 우리 편의점에는 통 발길을 안 하셨잖아요. 그러니 내가 불쑥 찾아갈 수도 없는 일이고, 어쩌겠어요, 귀찮아도 나를 소개해서 우리 좀 살려주세요. 우리 이웃사촌이잖아요, 이웃사촌."

김미애는 오수자의 손을 더 세게 감싸 잡으며 애원하다가 '이웃사촌'이라고 할 때는 손아귀에 더욱 힘을 주며 전신을 부르르 부르르 떨었다.

'이웃사촌…….'

오수자는 오랜만에 듣는 그 말을 되씹었다. 그랬다. 가까이에서 장사를 하며 서로 자주 오가며 손님이 되어주었고, 그러다 보니 자꾸 정이 들어 정말 사촌처럼 친밀하게 지내온 사이였다.

"예, 알았어요. 우리 일로 내가 또 곧 찾아뵐 일이 있으니까, 내가 먼저 가서 말씀드리고 그담에 함께 가도록 하지요."

오수자는 이웃사촌이라는 말에 묶여 이렇게 말할 수밖에 없었다.

"고마워요, 고마워요, 고마워요."

김미애는 새로운 눈물을 뚝뚝 떨구며 머리를 숙이고 또 숙였다.

"예, 그게 무슨 사건인지 잘 알겠는데요. 헌데 그것이 아주머니 남편 강 사장님 사건하고는 완전히 다른 문제입니다. 간단히 설명하면 강 사장님 사건은 개인 대 개인 간에 일어난 문제인데, 편의점 사장님이 저지른 사건은 나라에서 절대 해서는 안 된다 하고 정해 놓은 국법을 어긴 죄를 지은 겁니다. 무슨 뜻인지 아시겠지요?"

그 구분을 이해하는지 의심스러워하는 눈빛으로 이태하는 오수자를 건너다보았다.

"그러면 그게……, 죄가 더 커지고 벌을 더 많이 받게 된다, 그런 것인가요?"

불안스러운 표정의 오수자가 더듬거리는 듯한 말투로 물었다.

"예, 죄가 꼭 커진다, 벌을 많이 받게 된다, 그런 뜻이 아니라 서로 사건의 성격이 달라 경찰에서 엄히 다루는 정도도 다르고, 재판받는 것도 다르고, 특히 나 같은 변호사가 도울 수 있는 정도도 다르다 그겁니다. 무슨 뜻인지 아시겠어요?"

이태하는 또 '무슨 뜻인지 아시겠어요?'를 덧붙였다.

"그럼, 그런 국법을 어기면 꼼짝없이 콩밥……, 아니, 감옥살이를 해야 하나요?"

오수자는 '변호사가 도울 수 있는 정도도 다르다'는 말을 '도와줄 게 없다'는 뜻으로 받아들이며 이렇게 물었다.

"예, 그게 그러니까 국법을 어기면 간단한 문제가 아니라서……." 이태하는 좀 난처한 표정으로 헛기침을 하고는, "예, 이런 일이 있었습니다. 어떤 교복 상점 주인이 물건을 많이 팔 욕심으로 고등학생들에게 술을 마시게 해주었습니다. 그런데 그게 어느 학부모에게 들통나고 말았습니다. 학생은 부모한테 심하게 닦달을 당해 모든 걸 실토했고, 다른 학생들 부모들까지 다 합세해서 그 주인을 경찰에 고발하고 말았어요. 그래서 그 주인은 재판을 받고 꼬박 1년을 옥살이를 해야 했어요. 내가 아는 변호사가 그 일을 맡아 애를 많이 썼지만 더는 어쩔 수가 없었어요." 그는 더 이상 설명할 것이 없어서 팔목의 시계를 들여다보았다.

"네에, 알겠습니다, 변호사님. 그리 전하겠습니다."

오수자는 눈치 빠르게 일어섰다.

밖으로 나온 그녀는 감당할 수 없도록 마음이 무겁기만 했다. 김미애한테 뭐라고 말을 해야 할 것인지 난감하기 그지없었던 것이다. 학생에게 편의점 주인이 담배를 판 것이나, 교복 상점 주인이 술을 사 먹인 것이나 똑같은 죄라는 것이 변호사님의 말씀이었다. 변호사가 애써봤자 그 죄는 감옥살이를 면치 못할 벌을 받게 된다고 말하는데, 굳이 다음에 함께 올 테니 좀 도와달라는 말을 꺼낼 수가 없었던 것이다. 자기 자신의 일을 무료로 부탁하고 있는 것도 황송하고 죄송하기 말로 다 할 수 없는데 차마 김미애네 일까지 입에 올릴 수는 없었다.

'어쩌지……, 이걸 어쩌지……. 뭐라고 말을 해야지? 있는 그대로 말을 하면……, 김미애가 얼마나 낙담을 할까. 또 나를 얼마나 야속해하고 원망하고 그럴까. 벌을 받을 때 받더라도 변호사가 일을 맡게 해주지 않았다고. 자신이 그랬듯 지금 김미애도 허허벌판에 혼자 내던져진 것처럼 정말 외롭고 답답하고 막막하고 그럴 텐데. 아, 아, 김미애를 도와주고 싶은데, 정말 도와주고 싶은데……. 이 일을 어쩜 좋아. 어쨌거나 돈이 웬수야, 그놈의 돈이 웬수야. 아이고, 웬수 놈의 돈, 돈……'

오수자는 꽉 막힌 심정으로 땅을 팍팍 차고 걸으며, 김미애네 편의점에서 밤새껏 술을 마시고 취해 함께 부둥켜안고 엉엉 울고 싶었다.

출근하자마자 핸드폰이 울렸다. 서류를 꺼내다 말고 이태하는 전화를 들었다.

윤민서.

화면에 뜬 이름이었다.

'웬일이지? 아침 일찍부터…….'

반가움에 이태하는 전화를 빨리 받았다. 나이 들어갈수록 고등학교 시절의 몇몇 절친들은 더 정답고 살뜰해졌다. 세상살이가 그저 야박하고 살벌하기 때문일 거였다.

"응, 어쩐 일이야? 일찍부터……."

이태하의 목소리는 상쾌했다.

"응, 급한 일이 생겨서……."

윤민서의 목소리가 말만큼 급했다.

"급한 일……?"

이태하는 불길함이 확 끼치는 것을 느꼈다.

"응, 오늘 좀 만났으면 해. 이따 저녁때."

윤민서의 목소리는 여전히 급했다.

"무슨 일인데?"

"전화로는 안 돼. 만나야 해."

"가만있어봐. 메모판 좀 보고." 이태하는 의자를 급히 돌려 책꽂이에 놓인 메모 달력을 살피고는, "알았어. 취소해도 괜찮은 선약이니까 만날 장소 말해." 그도 친구의 다급함에 맞추어 대응하고 있었다.

"알았어. 문자 찍어 날릴게."

"그래, 이따 봐."

이태하는 전화를 끊으면서 불길함이 훨씬 더 심해져 가는 것을 느끼고 있었다.

윤민서도 대기업의 간부로 나날이 분주한 몸이었다. 그런데 다른 때와 달리 갑자기 전화를 걸어 당일로 만나자고 하는 것이었다. 그리고 한마디 귀띔도 없이 전화로는 안 되는 일이라고 서둘러대고 있었다.

'자기 신상에 무슨 위급한 일이 생겼나……?'

'변호사를 동원해야 하는 무슨 사고가 일어났나……?'

아무리 생각해 보아도 그럴 만하게 짚이는 것이 없었다.

"식사 나오기 전에 술부터 한 잔 해."

윤민서는 중국 백주 병을 들었다.

"……."

이태하는 한국 소주잔보다 더 작은 백주 잔을 들며 재빠른 눈길로 윤민서의 기색을 살폈다. 좀 침울한 듯 굳어진 얼굴이며, 성냥을 그어대면 푸른 불이 붙는 독한 백주부터 한 잔하자고 하는 것이며, 꽤나 심각한 문제인 것을 감지하기는 어렵지 않았다.

"크으……."

술을 단숨에 비운 윤민서는, 독한 백주가 목을 넘어가면

으레껏 절로 터져 나오게 마련인 '크와아……' 소리를 '크으……'로 억누르고 있었다.

'그래, 그 소리도 신나게 터뜨릴 수 없다 그거지? 도대체 무슨 일인 것이냐……'

이 생각을 하며 이태하도 술잔을 단숨에 비웠다. 그리고 반사적으로 솟는 소리도 윤민서에 맞추어 억눌렀다.

"자네 말야, 너무 놀라지 말어."

이태하가 따른 두 번째 잔도 바로 발딱 뒤집고는 윤민서가 콧등을 찡그리며 말했다.

'뜸 그만 들이고 빨리 말해' 하는 말을 꾹 누르고 이태하도 술잔을 단숨에 꺾고는 윤민서를 빤히 쳐다보았다. 그 눈길에 쫓기듯 윤민서가 급히 말했다.

"박현규가, 현규가 식물인간이 됐어."

"뭐, 뭐, 뭐라구!"

막 들던 술잔을 놓치며 이태하가 소리쳤다.

"아주 끔찍하게 흉한 일을 당해 그 충격으로 쓰러졌고, 뇌출혈이 너무 심해 치료 효과 없이 식물인간 상태에 빠진 거야."

"무슨 일이야……, 그게 언제야?"

심하게 놀란 이태하의 목소리가 떨리고 있었다.

"그게 말이야……, 한 달쯤 전에 어떤 남자가 여자를 아파트 지하 주차장에서 찔러 죽였던 사건 기억나? 뉴스에 나왔던……."

"응, 칼로 난자했다던……."

이 말과 함께 이태하는 그 여자가 박현규의 딸이라는 것을 직감하여 부르르 몸서리를 쳤다. 그러면서 그는 다급하게 물었다.

"근데 왜 이제 알게 된 거지?"

"매스컴 보도는 전부 가명인 데다, 그 부인은 현규 치료에 매달리느라 정신이 없다가 회복 가망이 희박하다는 의사의 말을 듣고야 나한테 연락을 한 거야."

윤민서는 긴 한숨을 토하고는 또 술잔을 비웠다.

"허어……, 그게 무슨 일인지……."

이태하가 힘 다 빠진 소리로 중얼거렸다.

"그게 말야……, 부인 얘기 들으니까 뭐라고 할 수가 없더라고. 그런 일이 우리 앞에 벌어졌어도 우린 어떻게 했을 것인지……, 잘 판단이 안 되고, 헷갈리고, 아주 복잡미묘한 일이더라고……."

윤민서는 또 한숨을 쉬더니 이번에는 술잔을 반만 비웠다. 독한 술의 취기가 오르는 모양이었다.

이태하는 어서 말하라는 눈길로 윤민서를 쳐다보고 있었다.

"응, 자넨 업무상 이 일 비슷한 사건을 많이 접했을 테니까 요약해서 말할게. 그게 그러니까 말야……."

윤민서는 박현규의 아내가 눈물을 추스르지 못하며 애타게 하소연하듯 했던 긴 이야기를 간추려서 했다.

"……그러니까 그 남자는 현규한테는 스토킹을 더 하지 않겠다고 해놓고는 속으로는 살해 계획을 세웠던 거지. 그렇게 끔찍하게 죽일 생각을……."

윤민서가 또 한숨을 쉬고는 혀를 찼다.

"그게 그렇게……, 흐음……, 그게 그렇게……, 된 것이로구먼……." 이태하는 한참이나 고개를 무겁고 느리게 끄덕이다가는, "헌데 그 남자는 현규의 딸한테 새 남자가 생긴 것을 몰랐다고 하던가?" 윤민서를 응시하며 물었다. 그 예리한 눈빛은 영락없는 수사관의 꿰뚫는 듯 날카로운 눈초리였다.

"응, 딸도 현규도 완전히 비밀로 해서 그 사람은 전혀 모른다고 했네. 헤어지는 이유를 성격 차이라고 확실하게 밝혔다니까."

"글쎄에……, 내 생각엔 아마도 그게 아닌 것 같네."

이태하는 고개를 갸웃거리며 아주 천천히 말했다.

"그럼 딴 무슨 이유가 있어서 그런 끔찍한 일을 저질렀다는 건가?"

윤민서는 의문을 강조하듯 상체를 앞으로 내밀었다.

"그거 말이야, 그 남자는 처음에 현규한테 스토킹을 중단하겠다고 약속했어. 그래놓고 바로 그다음 날 그런 끔찍한 범행을 저지른 게 아니잖아. 그사이에는 꽤 긴, 여러 날의 시간차가 있은 다음 그 사건이 벌어진 거야. 그 시간차가 문제일 거야."

이태하는 옛날의 검사로 되돌아간 모습이었다.

"그 시간차가 문제……?" 윤민서는 고개를 갸우뚱하며 무슨 생각을 하던 표정이더니, "그럼 그사이에 그 남자가 현규의 딸한테 새 애인이 생긴 것을 알게 됐다는 거야?" 하며 이태하에게 눈길을 고정시켰다.

"응, 바로 그거야. 그 사실을 알고 나서 배신감에 분노가 치솟고, 꼭 복수하겠다는 증오심이 들끓어 올라 그런 끔찍스러운 살인극을 벌인 거야. 그렇지 않고서는 처음의 스토킹 중지 약속과, 그 잔혹한 살인 행위의 상반성과 필연성이 설명이 안 돼."

"글쎄에……, 자네 설명 듣고 보니 그게 맞을 것도 같네."

술기운으로 얼굴이 불콰해진 윤민서가 고개를 끄덕였다.

"근데 그 남자는 어떻게 됐지? 자살했다고 그랬던가?"

"응, 그 아파트 꼭대기 복도 유리창을 통해서 투신자살했어."

"흠, 아주 철저한 자포자기 복수혈전을 벌였군. 그거 절대 피할 수 없는 비극이었던 셈이야."

이태하는 고개를 저으며 혀를 차다가 술잔을 비웠다.

"난 말야, 아까도 말했지만 내가 만약 현규였다면 어떻게 했을까 하는 생각이 자꾸 들더라구."

윤민서가 얼굴을 찌푸리며 입을 훔쳤다.

"그래서……, 결론이 났어?"

이태하가 윤민서를 빤히 쳐다보았다.

"결론이 나긴. 나도 알 수가 없는 거야. 집이 망해 버린 애인하고 그대로 결혼하라고도 할 수 없고, 그렇다고 애인을 버리고 거부 집안의 새 남자한테 가라고 할 수도 없고……, 마음이 갈팡질팡, 내 마음 나도 모르겠더라니까. 그러다 보니 확실해진 게 하나가 있는데, 현규가 잘못했다고 할 수가 없다는 사실이야."

"그래, 그러니까 그게 절대 피할 수 없는 비극이었다니까."

"아, 아. 복잡해. 인간사 복잡해."

윤민서가 머리를 내둘렀다.

"그래, 현규가 '돈은 인간의 실존인 동시에 부조리다' 하는 정의를 입증해 주는 실증자와 같다는 생각이 드는군."

이태하가 맑디맑은 술잔을 들여다보며 혼잣말하듯 하고 있었다.

"뭐라고? 돈은 인간의 실존인 동시에 부조리? 하, 그 소리 한번 되게 유식하고, 아리송하게 헷갈리고, 꽤나 그럴싸하게 들리기도 하고 그러는데, 어떤 유식한 사람이 한 말이야? 설마 자네는 아니겠지?"

“거 무슨 과분한 말씀을. 난 그저 법조문이나 달달 외우는 미련한 짓밖에 할 줄 모르는 거 자네가 잘 알잖아. 그 말은 우리 대학 철학 개론 시간에 교수가 한 말이야.”

“철학 교수? 그런 말을 할 수 있는 사람으로 어울리기는 한데, 근데 철학 시간에 왜 그런 돈 얘기지?”

“응, 교수는 개론에 어울리도록 여러 철학자들이 정의한 짤막짤막한 인생론들을 소개하고 있었어. 그게 성인의 삶을 본격적으로 시작하는 대학 1학년생들에게는 아주 유익하고 흥미로운 일이잖아. ‘인생은 원인의 철학도 아니고 결과의 철학도 아니고 경과의 철학이다.’ 칸트. ‘인연을 맺지 말라. 원수는 만나서 괴롭고, 그리운 사람은 만나지 못해서 괴로우니라.’ 석가모니. ‘가장 행복한 것은 태어나지 않는 것이고, 그다음은 빨리 죽는 것이다.’ 쇼펜하우어. ‘절망의 반대편에서 삶은 시작된다.’ 사르트르. ‘있는 그대로의 나를 일절 구속하지 않을 때 나는 비로소 참 나가 될 수 있다.’ 노자. ‘살아야 할 이유가 분명한 사람은 그 어떤 고난도 이겨낼 수 있다.’ 니체. ‘명성을 남기려고 급급하지 말라. 그대가 앞선 사람들의 이름을 기억하지 못하듯이 뒤따라오는 사람들도 그대의 이름을 기억하지 않으리니.’ 아우렐리우스. ‘인생에서 가장 어려운 일은 자기 자신을 알아내는 일이다.’ 탈레스. 이렇게 열댓 가지 적어 나가면서 부연 설명을 끝냈는데 한 학생이 불쑥 손을 들었어. '질문이 한 가지 있습니다. 교수님 강의와 직접 관련이 있을 수도 있고, 없을 수도 있는 질문입니다. 인생에 있어서 돈이란 무엇입니까?' 이 질문은 아주 돌발적이었고, 신선했어. 학생들의 시선이 그 학생에게로 쏠리면서 강의실은 조용해졌어. 그런데 교수님이 멈칫 당황하는 것도 같고 긴장하는 것도 같은 기색으로 아무 말이 없었어. 그러니 학생들의 시선이 일제히 교수에게로 쏠렸어. 교수가 대답을 할 수 있을 것이냐, 없을 것이냐. 대답을 한다면 아주 멋들어질 것이냐, 아니면 보잘것없이 시시할 것이냐, 학생들은 침묵하고 있는 교수를 향해 이런 평가 함정을 설정하고 있는 것이 분명했어. 그 나이 때 으레껏 갖는 짓궂음 있잖아. 그런데 교수는 분필 든 손등을 입에 댄 채 고개를 숙이고는 교단을 끝에서 끝으로 뚜벅뚜벅 걸었어. 그 발걸음이 옮겨질 때마다 구두가 교단을 울리는 소리만 조용한 강의실에 퍼지고 있었어. 그런데 교수는 또 교단의 끝에서 끝까지 걸어갔어. 그러자 학생들은 서로서로를 쳐다보며 눈짓들을 하기 시작했어. 그 눈짓들이 하는 말이 뭐였겠어. '저 교수 나리 실력 꽝이잖아.' '머리 텅 빈 엉터리잖아.' 이런 평가를 내리기 바빴지. 그런데 교단 끝에서 휙 돌아선 교수가 칠판 빈 데다 쓰기 시작했어. '돈은 인간에게 실존인 동시에 부조리다.' 이렇게 쓴 교수가 돌아서더니 '오늘 강의는 끝!' 하고는 강의실을 나갔어. 다른 것들과 달리 아무 부연 설명도 없이. 그때 모든 학생들의 시선은 일제히 칠판의 그 짧은 문장에 박혀 있었어. 그 한 줄의 문장은 학생의 질문만큼 도발적이고 신선했거든. 그 처음 듣는 말에 학생들은 묶인 채 침묵은 꽤 오래 계속되었어. 학생들은 돈과 실존과 부조리와의 상관관계를 따지고 파악해 보려고 헤매고 더듬거리고 있었던 것이 분명했지. 나도 그랬으니까. 그러다가 누군가가 침묵을 깼어. '그거 그럴듯하네.' 또 누군가가 '어렵다, 어려워' 하며 일어섰고, 또 어떤 사람은 '아이고, 골치 아프다. 실존이든 부조리든' 하며 자리를 떴어. 그다음부터 그 교수는 실력파라고 소문이 나게 되었지. 그리고 내 기억에 대학 4년 동안의 강의 중에서 그날의 강의가 가장 인상적이었어. 그리고 세상을 살아갈수록, 돈에 얽힌 재판들을 해나갈수록 그 말이 옳다는 생각이 새록새록 들어."

이태하는 진지하게 긴 이야기를 끝내고 목이 마르다는 듯 술을 단숨에 비웠다.

"설명을 듣고 보니 그 말이 이해도 되고 실감도 나. 근데 우리 대학에는 그런 철학 교수가 없었어."

"그럴까? 그런 기발한 질문을 한 학생이 없었던 게 아니고?"

"그게 그리되나?" 윤민서는 떫게 웃으며 머리를 긁적이고는, "근데 그 기발한 질문자는 지금 뭘 하고 살아?" 호기심을 드러냈다.

"응, 대형 로펌에서 끝내주게 잘나간다는 소문이었는데, 2년 전인가 최고급 벤츠를 몰고 동창회에 나타나서 그 소문을 입증했지."

"흥, 자네하고는 정반대로 사는구먼. 자넨 제일 싸구려 똥차 끌고 다니면서 무료 변론이나 하는 변호산데. 그 사람이야말로 돈은 인간의 실존인 동시에 부조리라는 정의에 딱 들어맞게 사는 주인공 아닌가?"

"그게 무슨 소리지?"

"아니, 머리 잘 돌아가는 자네가 왜 그래? 로스쿨 졸업하고 갓 변호사가 된 햇병아리 변호사가 대형 로펌에 뽑혀가면 연봉이 당장 3억씩이라는 이 요상스런 세상에서 잘나가는 대빵 변호사님은 얼마를 받으시겠어. 10억 넘어 20억이고 30억이 될 거 아냐. 그리고 전관예우 받는 변호사들 연간 수입이 100억 넘어 200억이라고 심심하면 신문에 나고 그러잖아. 변호사가 사업가가 아닌데 그렇게 떼돈 벌어들이는 것은 뭔가 웃기는 세상 아니냐 그거야. 그게 바로 부조리 아니냐 그거야."

윤민서는 마구 혀를 차대다가 술잔을 단숨에 비워버렸다.

"허, 아주 우수한 생도일세. 교육 효과가 금방 나타나니 말야." 이태하가 허허허 공허하게 웃었고, "사람, 싱겁긴. 근데

현규 같은 일은 흔하지 않지? 이제 좀 살 만하니까 그런 끔찍한 일을 당해서 차암……." 깊게 한숨을 쉬는 윤민서의 얼굴이 어둡게 일그러지고 있었다.

"꼭 그렇지도 않아. 소송 사건들의 90퍼센트 이상이 돈에 얽힌 것이고, 그러다 보니 현규 같은 끔찍한 사건이 적지 않아. 남자와 여자의 입장이 반대로 바뀌었을 뿐이지 현규네와 거의 같은 사건이 몇 년 전에도 벌어졌었어. 문제의 발단은 남자가 행시에 합격하자마자 변심을 했기 때문이었어. 사시와 행시 합격자들을 노리는 마담뚜들의 포충망에 걸려든 남자가 너무 좋은 조건에 그만 마음이 변하고 말았어. 그런데 중요한 문제는 그 남자가 4수 끝에 행시에 합격한 것인데, 그 뒷바라지를 별로 잘살지도 못한 애인이 직장 생활을 해서 한 것이었어. 그러니 그 변심은 용납할 수도 없고, 용서할 수도 없는 배신이 된 거지. 그런 여자의 입장에 맞서서 남자도 배은망덕한 배신을 절대 되돌리려고 하지 않았어. 새 여자네 집의 엄청난 황금에 눈이 뒤집힌 거지. 무슨 수를 써도 남자의 마음을 돌이킬 수 없게 되자 여자는 남자를 단념하기로 했어. 그래서 이별의 조건으로 마지막 데이트를 청했어. 아름다운 추억으로 남기고 싶다면서. 그래서 남자는 홀가분한 기분으로 응했지. 그래서 둘이는 서해안 바닷가로 나갔고, 술을 마셨고, 키스를 했어. 그런데 그 키스가 문제였어. 여자가 남자의 혀를 물어뜯었어. 남자가 사력을 다해 발버둥 치고, 여자를 떠밀어대고 했지만 여자는 남자의 혀를 놓아주지 않았지. 결국 남자의 혀가 끊어지고 말았어. 그런데 또 문제는 여자가 잘린 혀를 바로 뱉은 게 아니었어. 바로 뱉으면 집어서 빨리 병원에 가 봉합수술을 할 수 있는데, 여자는 그것을 질겅질겅 씹은 다음 뱉은 거야. 혀 토막이 걸레가 됐으니 남자는 꼼짝없이 벙어리가 됐고, 행시 합격은 무효가 됐고, 마담뚜도 등을 돌렸지. 그리고 재판이 열렸는데 여자의 태도가 무시무시했어. 칼로 찔러 죽이고 싶었는데 그건 기운이 딸릴 것 같아서 혀를 끊은 것이라는 말을 당당하게 했거든. 그리고 자기는 반성하지 않는다는 말도 거침없이 했어. 배은망덕하고 파렴치한 배신에 대해서 꼭 해야 할 정당한 복수를 했기 때문이라는 것이었어. 결국 그 여자는 살인미수와 반성을 모르는 불손한 태도 때문에 법정최고형을 받았어. 그런데도 그 여자는 얼굴색 하나 변하지 않고 당당하기만 했어. 그리고 감방으로 돌아가 영웅 대접을 받기 시작했다는 거야."

"아하, 그거야말로 '돈은 인간의 실존인 동시에 부조리다'에 꼭 맞아떨어지네!"

윤민서가 술기운이 붉게 돌아 오른 얼굴로 무릎을 쳤다.

"그런데 말야, 현규가 혼수상태니까 병문안보다는 더 급한 게 모금 아닐까? 그런 병세가 의료보험에 적용될 리가 없고,

그 상태를 오래 끌게 되면 병원비가 엄청나게 들 테니까. 현규가 큰돈은 모으지 못했을 거거든."

이태하가 근심스럽게 말했다.

"응, 그거 좋은 생각이야. 어떻게 하면 좋지?"

윤민서가 정색을 했다.

"그거 절친한 우리부터 내고, 동창회에 연락해서 가능한 한 많이 모아야지."

"그래, 내가 내일부터 나설게. 빌어먹을, 수명 100세 시대에 겨우 절반을 조금 넘기고 이게 무슨 일이야. 현규가 이 시퍼런 나이에 제일 먼저 떠나게 되다니……."

둘은 긴 한숨을 함께 토해 냈다.

오로지 살아 있는 신

"수희야, 너 무슨 고민 있어?"

전진혜는 커피 잔을 기울이며 금방 우울한 얼굴이 되는 친구에게 물었다.

"응? 아, 아니야. 아무 일 없어."

김수희가 당황하는 기색으로 웃음을 지어내며 긴 머리칼을 뒤로 넘겼다. 그러나 그 어색스러운 웃음에는 마음의 그늘이 내비치고 있었다.

'너 그 남자하고 무슨 문제 있는 것 아니야?'

이 말이 혀끝까지 나왔지만 전진혜는 간신히 되넘겼다. 그러면서 자신의 점치기가 틀림없을 거라고 생각했다.

"너 나하고 사귄 지 몇 년 된 줄 알아?"

전진혜는 김수희를 쏘아보듯 하며 냉정한 목소리를 지어내서 물었다.

"갑자기 무슨 소리야?"

김수희가 멍한 눈길로 친구를 건너다보았다.

"무슨 소리긴. 우린 초등학교 때부터 지금까지 벌써 20년이 다 돼가. 그러니까 너나 나나 척하면 삼천리로 마음 저 밑바닥까지 환히 다 알아. 너 틀림없이 무슨 고민이 있어. 그거 빨랑 내 앞에 털어놔. 그래야 해결 방법이 찾아지지. 지금까지 쭈욱 그래왔던 것처럼. 안 그래?"

도망가지 못하게 하겠다는 듯 전진혜는 친구의 눈을 뚫어져라 응시하고 있었다.

"기집애, 눈치 하나 빠르기는. 꼭 냄새 잘 맡는 탐지견처럼."

김수희가 그늘 걷힌 웃음을 피워냈다.

"거 봐. 너 그 사람하고 무슨 문제 있는 거지?"

전진혜는 재빠르게 말했다. 참을 수 없이 튀어나간 말이었다.

"하이고, 틀렸네요. 눈치가 너무 빠른 것도 탈이라구."

김수희가 유치원생처럼 혀를 낼름 하며 친구를 놀렸다. 그 천진스러운 동작에서 오랜 우정의 온기가 발산되고 있었다.

"아아, 그게 아니면 천만다행이고. 그럼 그다음으로 뭐가 문제지?"

전진혜가 커피 잔을 들며 고개를 갸웃했다.

"다른 것도 아니고 우리 가장이 문제야."

김수희가 하르르 한숨을 쉬었다.

"가장……?"

전진혜가 더욱 의아한 표정이 되었다.

"으응, 가장님. 우리 아버지."

"아버지가 문제? 왜에에……?"

전진혜가 길게 늘어지는 말에 맞추어 목을 길게 뺐다.

"너 로또 어떻게 생각해?"

"로또? 그거 골 때리는 거잖아. 매냥 허탕 치게 만들고."

"근데 글쎄 우리 아빠가 그 허탕에 빠졌다니까."

김수희가 좀 더 진한 한숨을 내쉬었다.

"아빠가? 그걸 많이 사시는 모양이지?"

"말 마라. 많이 사는 정도가 아니라 아주 미쳤단다."

"미쳐?"

전진혜의 눈이 커졌다.

"응, 미쳐도 단단히 미쳤다."

"아니, 어느 정도길래 그렇게 말해?"

"집안 망할 정도로."

"어머나! 그거 확률이 몇백만 분의 1도 안 된다잖아. 카지

노처럼. 그 말씀을 드려야지."

"했지, 몇 번씩이나."

"근데도 효과가 없다고? 큰일 났다, 느네 아빠. 그것도 마약이나 노름 같은 것들처럼 중독된다고 하던데. 느네 아빠도……."

전진혜가 당황스럽게 입을 가렸다.

"맞아, 니 말 맞아. 중독이 됐으니까 엄마 말도 내 말도 안 듣고 그저 복권 많이 사려고 혈안이 돼 있어. 내가 괜히 미쳤다고 하겠니."

김수희의 한숨이 더 짙어졌다.

"아니, 가만있어봐. 로또 그거 구입 한도가 제한되어 있다는 것 같던데?"

"제한되어 있으면 뭘 해. 그건 원칙이고, 편법이 얼마든지 있더라고."

"편법?"

"응, 1회 최대 10만 원으로 제한되어 있는데 편법을 쓰면 얼마든지 더 살 수 있어."

"어떻게?"

"가게를 바꿔서 사는 거지."

"딴 가게에서?"

"응, 이 동네, 저 동네……. 가게야 얼마든지 있잖아."

"어머나, 어머나, 그 가게들에서 한 번에 10만 원어치씩 사서 다 꽝이면 그걸 어쩌니……?"

"그러니까 미쳤다고 하고, 집안 망할 거라고 하는 거잖아."

김수희가 토해 내는 한숨이 먹구름으로 변했다.

"아니, 느네 아빠 말야, 그렇게 허황된 분 아니시잖아. 부지런히 일하시고, 아주 성실하신 분이잖아."

"그래, 그랬었지. 근데 변했다."

"변해……?"

김수희의 한숨이 점점 짙어지는 것처럼 전진혜의 의아해함도 점점 커지고 있었다.

"음, 우리 할머니 돌아가신 다음부터 회까닥 변하고 말았어."

"그건 또 무슨 소리야? 할머니 귀신이 씐 것도 아니고."

전진혜의 표정이 더욱더 의아스러워졌다.

"글쎄, 할머니가 남기신 유산을 쬐끔 물려받았거든. 우리 아빠 생전 첨으로 공돈이 생기자 그만 마음이 변한 거야. 그 돈으로 더 많은 돈을 벌고 싶은 마음이 생긴 거지. 마음속에 숨어 있던 돈 욕심이 발동하기 시작한 거야."

"유산이 얼마였는데?"

"그게 너나 나의 한 달 알바비에 비하면 무지 큰돈이지만, 일반적으로 말하는 유산상속에 비하면 영 하품 나오는 액수야. 할아버지와 일찍 헤어져 평생 혼자 살아오신 할머니가 부자일 리 없으니까."

김수희는 더 묻지 말라는 듯 고개를 내두르고 손을 저어대는 완강한 몸짓을 지어냈다. 그녀는 아버지와 고모 사이에서 벌어졌던 박 터지는 유산 싸움을 더 생각하고 싶지 않았던 것이다.

"그거 말야, 그런 중독 증상 있잖아, 얼마 전에 어떤 테레비에서 전문가가 말하는데, 그거 그냥 고쳐지지 않는 거래. 정신적으로 문제가 있는 거니까 병원에서 치료를 받아야 한대."

전진혜는 친구의 눈치를 살펴가며 조심스럽게 말했다.

"맞어, 일종의 정신이상이야. 그래서 내가 아주 조심스럽게 말했어. 병원에 가서 치료받자구."

"그랬더니?"

"보나 마나지, 뭐. 술 취한 사람 나 술 취했다고 하는 일 없고, 미친 사람 나 미쳤다고 하는 일 없다는 말 있잖아. 나만 욕 바가지로 먹고 말았어. 우리 아빠 돈독이 들어도 못 말리게 지독하게 들고 말았어."

"어머, 어떡허니. 근데 엄마는 안 말리셔?"

"왜 아니겠니. 나보다 먼저 말리고, 싸우고 야단이 났었지. 마약에 미치고, 노름에 미치면 돈 다 없애고, 집 팔아먹고, 그래도 정신 못 차리고 마누라 팔아먹고, 딸까지 팔아먹고, 끝내는 길바닥에 쓰러져 죽는다는 말이 옛날부터 있는데 그런 꼴 되고 싶으냐고 소리소리 질러대며 싸웠지만 아무 소용이 없었어. 돈독이 그렇게 무서워."

"근데 말야, 가끔씩 수십억 받는 1등 당첨자가 나오는 게 문제야. 그동안에 돈 많이 날리고, 가끔씩 1등 당첨자는 나오고, 본전은 생각나고, 말처럼 손 딱 떼기 어려울지도 몰라."

"어머나, 귀신이네. 우리 아빠가 꼭 그렇게 말해. 본전 찾기 전에는 절대 손 못 씻는다고. 참 어이없어, 쫄딱 망해 가는 급행열차 타고 앉아서."

"내가 귀신이라 그걸 아는 게 아니야. 옛날 일제시대에 우리 집안 어떤 사람이 화투 노름에 미쳐 많은 재산 다 날려먹고, 집안 망하고, 당자는 화병으로 죽었다는 말 엄마한테 귀아프게 많이 들었거든. 그 예방주사 맞아서 그런지 우리 아빤 그런 데 눈 안 돌리더라구."

"당연히 그래야지. 돈벌이 착착 잘하지 못해 처자식 고생시키고 기죽어 살게 만든 처지에 그따위 한심한 짓까지 하면 그게 말이 되니? 나 정말 미치겠어. 그렇잖아도 앞날이 캄캄한 인생인데 아빠까지 저렇게 망할 길로 정신없이 치달아가니……, 이렇게 불행한 때가 없었어. 그 빌어먹을 돈 때문에."

김수희가 뽀드득 소리가 나게 이를 갈았다.

"근데 문제는 나라야. 돈 좋아하는 거야 이 세상 사람들 단 하나도 빼지 않고 다 좋아하지. 그런 사람들을 상대로 왜 나라가 확률 제로의 위험하기 짝이 없는 돈 따먹기 놀이를 벌여놓고 있냐 그거야. 개인끼리 하는 노름은 불법이라고 몰아 때려잡으면서 나라가 벌여놓은 노름판은 합법이라고 매주 테레비에서 당첨자 방송까지 해대니, 나라가 국민들 망하라고, 가난한 사람들 아주 거지꼴 되라고 활활 부채질 해대고 있는 것 아니냐고. 이게 말이 되니?"

"하이고, 여기 대통령감 한 분 계시네. 그 얘기 그만해. 당장 일확천금 노리고 정신 나간 우리 아빠 같은 사람만 바보고 멍청이니까. 어쨌거나 이렇게 가다간 너와 나의 우정도 끝날 날이 머지않았다."

김수희가 쓸쓸한 얼굴로 쓰게 웃었다.

"뭐라구? 그게 무슨 소리야, 갑자기?"

전진혜가 눈을 똑바로 뜨며 목소리가 높아졌다.

"무슨 소리긴. 우리 집 거덜 나 알거지 되면 우리 우정도 끝이지, 뭐. 내 꼴 창피해서 내가 꼭꼭 숨어버릴 거니까."

"얘, 얘, 그런 무섭고 끔찍한 소리 하지 말어. 난 너 없이는 못 살아. 그거 그렇게 안 되게 하는 한 가지 방법이 있다."

"뭐, 방법? 그게 뭔데?"

김수희가 화들짝 반색을 했다.

"아니, 아니야. 아직은 아니고……, 좀 더 생각해 보고 담에 말할게, 담에……."

전진혜는 당황한 기색으로 어물어물 얼버무렸다. 김수희의 말을 듣고 충격을 받아 순간적으로 '정신병원에 입원시켜!' 하는 생각이 떠올랐지만 그 말을 바로 할 수는 없었던 것이다. 언제인가 중증의 정신이상은 시청이나 경찰서에 신고해 도움을 받을 수 있다는 말을 들은 기억이 있었던 것이다.

전진혜는 자신의 아버지가 김수희네 아버지처럼 집안 망하는 길로 그렇게 정신없이 치달아가면 자신은 식구들 전부가 알거지 신세가 되기 전에 아버지를 정신병원에 입원시켜야 한다고 생각했다. 돈이 없으면 바로 죽음이기 때문이었다.

"그나저나 우리 졸업 몇 달 안 남았는데, 우린 어찌 되는 거니?"

김수희가 커피를 한 모금 마시고 화제를 바꾸었다.

"글쎄, 전망 무, 시계 제로지, 뭐."

전진혜가 어설프게 웃으며 혀를 찼다.

"너나 나나 참 한심한 인생들이다. 집구석 가난해 4년 동안 기를 쓰며 알바 뛰어 대학 졸업장 받아 쥐게 됐지만 오라는 직장이 없으니."

"어쩌겠냐, 이류도 못 되고 삼류 대학에, 빽 줄 하나 없으니 이 치열한 취업 전선에서 짓밟혀 죽는 거지."

전진혜가 더 세게 혀를 찼다.

"요새 자꾸만 드는 생각인데 말야, 우리 인생 설계를 잘못

짠 게 아닐까?"

김수희가 세수하듯 두 손으로 얼굴을 야무지게 훔치고는 전진혜를 쳐다보았다.

"인생 설계? 갑자기 무슨 소리야? 거창하게."

전진혜가 피식 웃음을 흘렸다.

"있잖냐, 등록금 비싼 4년제 대학 나오느라고 죽어라 알바 뛰고, 그래도 모자라 학비 융자받느라고 빚쟁이까지 되고 했는데 남는 건 아무것도 없이 앞길은 캄캄한 한밤중이잖아. 이리될 바에는 실속 없이 학벌 좋아하지 말고 딴 길을 택했어야 하는 것 아니냐고."

"글쎄, 대학 나오고도 앞길이 안 보이는데, 딴 길 뭐?"

"전문 기술직 같은 거 있잖아."

"전문 기술직? 제빵 기술이나 바리스타 자격증 같은 거?"

"그래, 그런 거. 알바비 투입해 그런 기술 열심히 익혔더라면 벌써 오래전에 취업했고, 지금쯤은 돈 좀 두둑해진 저금통장도 지녔을 것 아니냐고."

"하이고, 우리 김수희 씨, 철도 참 일찍 들어요. 이제라도 그런 생각 들었으면 아직 안 늦었으니 바로 시작하세요." 전진혜는 존칭을 써가며 비아냥거리고는, "상황이 아무리 답답하고 따분해도 대학 세월을 후회할 건 없어. 결코 헛세월 보낸 게 아니니까. 그 4년 동안의 온갖 경험들이 우리 인생에서 싹 지워지고 없다고 생각해 봐. 인생이 얼마나 삭막하고 건조하고 밋밋하고 그렇겠어. 우리가 돈 많은 애들처럼 멋 많이 못 부리고, 여행 많이 못 하고, 궁하고 고생 많이 하면서 4년 보냈지만 우리 나름으로 얼마나 재미있고 알차고 의미 있고 그랬어. 머리에 채운 것도 많아졌고. 당장 돈을 만들 수 없어서 그렇지 대학 생활은 참 좋은 경험이었고, 잊을 수 없는 추억이잖아. 그 좋은 걸 나쁘게 생각하지 마. 우리만 불행해지니까. 안 그래?"

"하이고, 우리 전진혜 씨, 말은 언제나 쌈빡하게 참 잘하셔요. 그 입 가지고 국회 쪽으로 나가세요. 크게 출세하실 거니까." 김수희가 전진혜와 똑같은 식으로 오금을 박으며 눈을 흘기고는, "누가 대학 다닌 걸 후회한댔나. 하도 답답하니까 하는 소리지" 하며 또 긴 한숨을 물었다.

"그래, 알아. 답답하기는 너나 나나 마찬가지지, 뭐. 나도 요새 몹쓸 병이 생겼다."

전진혜는 김수희보다 더 긴 한숨을 늘였다.

"벼어엉……?"

"응, 새벽마다 잠 깨는 병."

"왜 안 그렇겠니. 잠이 잘 오면 그건 사람이 아니지."

"이 생각, 저 생각 하면 참 야속하다는 생각밖에 안 들어."

"야속? 누구한테?"

"저기 저……."

전진혜가 검지를 쭉 펴 하늘을 찌르듯 했다.

"뭐어……?" 김수희가 천장을 올려다보고는, "혹시 하늘……?" 하며 고개를 갸우뚱했다.

"맞어, 하늘."

"싱겁긴. 왜 하늘?"

"그렇잖아. 우리한테 너무 불공평하게 했잖아."

"하긴, 원망을 하자면 그렇지."

"가난하게 태어나게 했으면 머리나 기발하게 좋게 만들어 주든지."

"그랬으면 일류 대학 법대나 의대에 팍 들어가 판사나 의사가 착 됐을 텐데."

"그래, 바로 그거야. 그게 아니면 인물을 끝내주게 미녀로 뽑아주든지."

"그랬으면 탤런트가 되어 떼돈을 벌든지, 그게 아니면 재벌집에 시집을 갔을 거 아냐."

"그렇지, 그래. 허나 그것도 아니라면 무슨 빼어난 재능을 한 가지씩 주든지."

"그래, 목소리가 좋든지, 그림을 잘 그리든지, 운동을 잘하든지."

"그렇다니까. 그랬으면 인생길이 순탄하게 환히 열렸을 건데, 아무것도 준 것 없이 요 모양, 요 꼴로 태어나게 만들어버렸으니 원망 안 하게 생겼냐고. 참 야속하고 야속하잖아."

"그렇긴 하지만 그렇다고 너무 원망할 것도 없고 야속해할 것도 없어."

"……?"

뜬금없이 무슨 소리 하는 거냐는 말을 담고 전진혜가 김수희를 미심쩍은 눈길로 쳐다보았다.

"생각해 봐. 그렇게만 생각하면 숨 막혀서 하루도 못 살아. 우리 같은 처지에 있는 사람이 이 세상에 우리만 있는 게 아니잖아. 어쩌면 절반은 되지 않겠어?"

"그렇게 따지자면 절반이 뭐야. 보통 사람들 거의 다, 한 60~70퍼센트는 되겠지."

"거 봐, 그래도 모두 다 어쨌거나 살아가잖아. 우리도 언젠가 한때가 올 것을 믿고 살아갈 수밖에, 다른 무슨 수가 있어?"

"하이고, 구세주가 따로 없구나. 니가 이렇게 속 깊게 나오니까 널 친구 할 수밖에 없다구, 요 얌체야."

전진혜가 김수희를 향해 빈 주먹질을 하며 눈을 흘겨댔다.

"근데 말야, 나 얼마 전에 어떤 주간지 보고 맥 다 빠지고 속 많이 상했어."

김수희가 큰 커피 잔을 완전히 뒤집듯 해서 마시고는 말머리를 돌렸다.

"주간지……? 주간지가 우리 인생에 그렇게 관계가 있는 거던가?"

"응, 그건 직결되는 문제였어. 그게 뭐냐면, 젊은 남녀들에게 여론조사를 한 것이었는데, 여자들이 배우자가 될 남자의 연봉이 6천만 원 정도 되기를 바라는 건 그렇다고 해둬. 그런데 문제는 남자들이야. 남자들 90퍼센트 이상이 여자와 맞벌이하기를 바라고 있었어. 물론 혼자 벌어 잘살기 힘든 세상이니까 그럴 수 있다고 쳐. 그런데 문제는 그다음이야. 남자들이 여자들에게 바라는 수입이 연봉 3천5백만 원 정도였어. 이 대목에서 내가 왜 기분 나쁜지 알아? 여자가 연봉 3천5백을 받으려면 무조건 일류 대학을 나와서 무조건 일류 기업에 취직해 있어야 해. 그러니까 우리 같은 것들은 아예 결혼 대상이 아니라 그거지. 근데 더 웃기는 게 또 있었어. 돈 많이 버는 것으로 소문나 있는 의사들까지도 여자 맞벌이를 원하더라니까."

"뭐, 의사들이? 의사들이 연봉 4억 원에도 지방 보건소에 안 간다고 얼마 전에 테레비에서 시끄럽게 보도해 댔잖아. 그러면서 또 맞벌이를 원해?"

"그렇다니까. 얼마나 잘살기를 바라는 건지, 뱃속에 돈 욕심만 가득 찼다니까. 연봉 4억이면 도대체 우리 알바비 몇 년

치를 합해야 되는 거야?"

"알바비? 시급 9,620원에 하루 4시간, 하이구야, 이걸 무슨 수로 계산하니? 아이큐 120도 못 되는 우리 머리로는 계산이 안 나오니 포기해."

"아니, 핸드폰은 왜 있어. 이런 때 써먹으라고 있는 것 아냐."

"핸드폰?"

"있잖아, 계산기."

"아, 그렇지, 참!"

전진혜가 손바닥으로 제 이마를 찰싹 치고 얼른 핸드폰을 꺼냈다. 김수희도 다투듯 핸드폰을 꺼내 들었다.

그들의 엄지는 핸드폰 자판 위에서 보이지 않을 정도로 빠르게 움직이기 시작했다.

"나왔다, 28년 4개월!" 전진혜가 탄력 있게 외치듯 했고, "정답, 28년 4개월!" 김수희가 바로 뒤따라 말을 받았다.

"세상에! 28년 4개월이면 30년이나 마찬가지잖아."

"그래, 30년이면 우리 한평생 다 흘러가버리고, 노인네로 꼬부라질 세월이다."

"그런데 의사들은 단 1년에 그 많은 돈을 벌어버린다고?"

"하이고 맙소사, 인간 차이란 바로 이런 것이로구나. 세상 살맛 똑 떨어진다."

"그러면서도 더 부자로 살겠다고 여자도 맞벌이하기를 원해? 해도 너무했다."

"그러게, 바다는 메워도 사람 욕심은 못 메운다고 했잖아."

"그래, 있는 사람들이 더한다더니 꼭 그런 것 아니겠어. 그나저나 우리같이 보잘 것 아무것도 없이 평범한 사람들 맥 다 풀리고 세상 살맛 다 떨어지는데 어쩌자고 주간지는 그딴 걸 내고 그러니?"

"그야 뭐, 당장 눈길만 끌면 되니까."

"그치만 너무 무책임하잖아."

"그러니까 주간지지."

"다시는 그딴 거 보지 말어."

전진혜가 내치는 손짓을 했다.

"내 돈 내고 산 거 아니야. 알바하면서 어느 손님이 놓고 간 걸 뒤적거린 거지."

김수희가 변명하듯 말했다.

"뒤적거리지도 마. 기분만 잡치고 아무짝에도 쓸데없는 거잖아." 전진혜가 눈을 흘기며 통을 놓고는, "근데, 남자 친구 취업은 어째, 좀 풀려가고 있어?" 다정한 소리로 물었다.

"글쎄, 이력서는 여기저기 많이 냈는데 어찌 될지 알 수가 있어야지. 우리 취업 막막한데 그 사람 취업이라고 잘 풀려나가겠어? 그 사람도 우리하고 별로 다를 것 없는 수준인걸. 벌써 2년째 백수인데 큰 걱정이지, 뭐."

김수희의 얼굴에 금세 구름이 끼었다.

"빨리 좀 어떻게 됐으면 좋겠는데. 너부터 결혼하고 행복해져야 하니까."

"행복? 그 말 꼭 외국어 같네. 안 돼도 어쩔 수 없지 뭐."

"안 돼도……? 무슨 소리야."

"아니야, 아무것도. 이제 그만 가자. 알바 시간 다 됐잖아."

김수희가 커피 잔과 물잔이 놓인 쟁반을 들고 일어섰다.

'기집애, 무슨 생각 하는 거지……?'

전진혜도 따라 일어서며 고개를 갸웃했다.

큰길 건널목에서 그들은 헤어졌다.

"걱정 말고. 힘내." 전진혜가 김수희의 손을 살짝 잡았다 놓으며 어색스럽게 웃었고, "음, 너도." 김수희도 손을 약간 들어 보이며 어색스럽게 웃었다.

김수희는 신호가 바뀌었는데도 길을 건널 생각도 하지 않고 전진혜가 사라진 지하철 출입구를 하염없이 바라보고 있었다. 전진혜와는 서로 못 하는 소리가 없고, 감추는 흉거리가 없고, 거짓말하는 일이 없고, 무슨 일이든지 서로 도우려고 했다. 그래서 만나면 서로 고민을 털어놓았고, 서로 상의했고, 서로 위로하고 다독였고, 서로 위안받고 해결책도 찾고는 했던 것이다.

그러나 김수희는 오늘은 마음이 더욱 어두워지고 무거워

지기만 했다. 전진혜도 로또에 미친 아버지에 대해서 아무런 묘책도 낼 수 없었고, 모두 목숨 걸고 나선 취업 전선에 대해서도 무슨 할 말이 있을 리가 없고, 주간지 여론조사에 대해서도 열등감만 잔뜩 커졌을 뿐이었다. 김수희는 알바하는 편의점을 향해 천천히 걸음을 옮기기 시작했다.

'우리 아빠도 편의점이나 하나 할 수 있었으면 좋았을 것을…….'

김수희는 또 부질없이 떠오른 이 생각에 픽 쓴웃음을 흘려버렸다.

편의점은 아무나 할 수 있는 것이 아니었다. 상당한 목돈이 있어야 했다. 그러나 아버지는 '그날 벌어 그날 먹는다'고 흔히 말하는 건설 현장의 '노가다'였다. 대학 학벌을 짊어지고서도 서로서로 경쟁에 치여 허덕거리면서 편히 먹고살기 어려운 세상에서 아버지는 겨우 고졸이었다. 그럴 수밖에 없었던 것이 아버지의 아버지인 할아버지도 아무런 기술이 없는 노가다였던 것이다. 그러나 할아버지는 직업군인 하사관으로서 부하들을 다루어본 관록이 있어서 그런대로 노가다판에서 행세를 했던 모양이었다. 더구나 그때는 군바리 끗발이 사회 어디에서나 먹혀들고 뻐겨대던 얄궂은 박정희 시대였던 것이다. 그러나 아버지는 불행하게도 할아버지 같은 관록도 끗발도 없었다. 그래서 노가다판 생활을 겨우겨우 이어갔고, 수입도 언제나 늘품 없이 그저 그 타령이었다고 어머니는 시시때때로 고시랑거렸다. 그 고시랑거림이 자신의 초등학생 때부터 대학생 때까지 줄기차게 이어지고 있으니 그 횟수로 치면 수천 번을 훨씬 넘어 수만 번은 족히 될 거였다.

"말도 마라. 너희 둘은 먹여 살려야지, 입혀야지, 어서 셋방살이는 면해야지. 헌데 느이 아빠 벌이로는 네 입에 풀칠하기도 어려웠다. 그러니 어째야겠냐. 체면이고 창피고 다 내던지고, 진일이고 마른일이고 가리지 않고 닥치는 대로 돈벌이에 나설 수밖에. 그래서 느이들이 대학교 문턱을 넘었고, 연립주택이나마 우리 집도 지니게 된 게야."

자신과 남동생은 어머니의 이런 수십 년 된 재방송을 지겹고 지긋지긋하도록 듣고 또 들으면서도 절대로 지루하거나 싫은 기색을 드러내지 않았다. 그건 어머니의 쓰라린 고생담이었고, 한스러운 인생 고백록이었고, 슬픈 여인사 술회였고, 인생 성공담이었고, 자식 정신교육용 교재였던 것이다. 또 남편 공격용 제압용 무기였음은 물론이다.

"너, 엄마가 자꾸 되풀이하는 똑같은 얘기 듣기 싫지?"

초등학교 6학년인 남동생에게 물었다.

"누나는?"

"너 듣기 싫구나?"

"알면서 왜 물어."

"얘, 그치만 너 절대로 그런 표 내면 안 돼. 엄마가 순전히 우리 둘 땜에 그런 고생고생 하시는 거고, 그 어려움 이겨내려면 그렇게 하소연을 해야만 맘이 풀리는 거래. 근데 그런 가난한 얘기, 고생하는 얘기를 누구한테 할 수 있겠니. 남들한테 해봐야 다 듣기 싫어하고, 흉거리만 되고. 그래서 우리한테 하시는 거야. 그러니까 우리는 엄마한테 감사해하는 마음 가지면서 그 얘기를 잘 들어드려야 해."

"나 애기 아니거든!"

"뭐라고?"

"나도 그 정도는 다 안다구. 그래서 그동안에 잘 들어왔잖아."

그래서 어머니는 두 자식이 대학 4학년, 대학 1학년이 된 오늘날까지 그 고정 레퍼토리를 지치지 않고 실감 나게 재방송해 올 수 있었던 것이다.

어머니의 억척스러움은 실로 무시무시한 것이었다. '지독하다'거나 '상상을 초월한다'거나 하는 말로는 모자라고 '무시무시하다'고 해야만 마땅한 표현이 될 수 있었다.

어머니는 돈 되는 것이면 무슨 일이든지 닥치는 대로 덤벼들었다. 위신이고 체면이고 수치고 다 벗어던진 어머니의 돈벌이 전선에는 오로지 돌격과 전진이 있을 뿐이었다. 점원, 식당 일, 청소부, 파출부……, 온갖 궂은일들을 헤쳐나가며 어머니는 돈을 벌었고, 모았다. 그러나 어머니의 저금통장에 돈이 얼마나 들었는지는 전혀 알 수가 없었다. 신문지 한 장도 허투루 버리는 일 없이 알뜰살뜰 아끼며 산 어머니가 저금을 하는 것은 틀림없었다. 그러나 어머니는 저금통장을 한 번도 보여준 일이 없었다. 아마도 아버지도 그것을 못 보았을 것 같았다.

"느이들은 그저 공부만 열심히 해라. 그것만이 살 길이다."

이 말은 어머니가 신세 한탄 다음으로 많이 한 말이었다.

자신과 남동생은 그 간절한 어머니의 바람을 너무나 잘 알았다. 그래서 공부를 잘하려고 열심히 했다. 그러나 공부라는 것은 뜻대로 되는 것이 아니었다. 자신도 남동생도 애쓰는 만큼 성적이 올라가주지 않았다. 둘 다 머리가 그저 그랬던 것이다. 고등학생이 되면서부터 어머니는 그 말을 하지 않게 되었다. 그 바람을 접은 것이었다. 자신이나 남동생이나 어머니한테 가장 면목 없고 미안한 일이 그것이었다. 영어 단어 하나를 종이에 다섯 번 이상 써대도 외워질까 말까 그랬고, 연대나 지명 같은 것도 기를 쓰며 외워 겨우 머리에 들어갔다 싶은데 얼마 지나지 않으면 아리송하게 잊어먹게 되는 그런 머리가 야속하기만 했다.

머리가 그 모양이라 어머니가 바라는 출세나 신분 상승은 틀린 일이니 조금이나마 어머니를 위로하고 도울 수 있는 일을 찾아야 했다. 그것이 편의점 알바였다. 대학생들의 시간제 알바는 식당이나 카페 같은 곳도 있었다. 그러나 일의 강도나 감정 소모 같은 것을 비교해 보면 그래도 편의점이 좀 더 나았다. 오후 7시부터 밤 11시까지 하루 4시간씩의 편의점 알바는 그런대로 자신이 원하는 바를 해결해 주었다. 어머니에게 사소하게 손을 벌려야 하는 일이 없게 해주는 것이 제일 먼저 살 것 같았다. 시급 9,620원이 일으키는 마술 같은 고민 해결이었다. 그 돈은 자신의 용돈만 충당해 주는 것이 아니었다. 어머니 모르게 남동생에게도 일요일마다 조금씩 쥐어주게 해주었다. 그 돈을 주게 되면서부터 남동생은 얼마나 고분고분해졌는지 몰랐다. 흔히 말하는 '돈의 위력'이라는 것이 무엇인지 생생하게 실감할 수 있었던 것이다. 그 실감은 바로 '지배의 통쾌함'이기도 했다. 그렇다, 지배의 통쾌함. 그 기분은 참 야릇한 것이었다. 한마디로 뭐라고 꼭 찍어서 말할 수 없는 그 기분은 떳떳함이고, 뻐근함이고, 당당함이고, 승리감이고……, 참 여러 가지 기분이 뒤엉키는 것이었다.

그리고 '사소한 돈이 이런데 큰돈이면 또 그 기분이 어떨까' 하는 생각이 들기도 했다. 그 응답처럼 재벌들 이야기가 생각났다. 대통령이 바뀔 때마다 재벌들은 청와대로 불려가 대통령 앞에 빳빳이 둘러앉아 대통령의 일장 연설을 들으며 그들은 소리 없이 이렇게 말한다는 것이었다. '느네들은 5년

일 뿐이지만 우리는 영원하다.' 그 말은 틀림이 없어 대통령들은 5년이 되면 하루도 어김없이 그 자리에서 밀려나 빈 권력이 되지만 재벌들은 자꾸자꾸 재산이 불어나 더 큰 부자가 되어가는 것이었다.

대통령 권력도 우습게 아는 재벌들의 그 이야기가 떠오를 때면 또 한 가지 이야기가 잇따라 떠올랐다. 대학 축제 때 외부 강사가 한 인문학 강연이었다. 강연 제목이 '돈의 마력과 인간 사회'라고 아주 자극적이었다. 그래서 학생들이 다른 즐길 거리들이 수두룩했는데도 강연장을 가득 채웠다.

"돈이 있은 이후에 인간 사회는 줄기차게 돈에 지배되어 왔다."

강연의 첫마디가 이렇게 시작되었다. 그리고 50분 동안 강연은 줄곧 그렇게 자극적이고 박진감 넘치고 숨 가쁘게 이어졌다.

"인간 사회를 지배해 온 두 개의 권력은 정치와 종교다. 그런데 그 두 가지를 지배하는 권력이 있다. 그것이 돈이다."

"자본주의는 돈의 위력과 그 만능성을 최고의 가치로 떠받들어 올린 주의다. 그것은 곧 인간 스스로 돈의 노예화를 선언한 것이다."

"모든 종교의 신들은 다 죽었고, 생살여탈권을 가진 돈만이 오로지 살아 있는 신이다."

“세계 최고의 역사학자이면서 소설가로도 꼽히는 중국의 사마천은 벌써 2,200여 년 전에 이렇게 말했다. 백금으로는 형벌을 면하고, 천금으로는 죽음을 면하고, 만금으로는 세상을 얻는다. 바로 그 세상을 얻는다는 말은 현대 자본주의 국가의 재벌들이 국가권력까지 쥐고 흔들어대는 작태를 가리키는 것이다.”

이런 말들이 돌에 깊이 판 비문처럼 뇌리에 또렷하게 박혀 있었다.

그런데 그 말들 중에서 특히 충격적으로 가슴을 친 것이 ‘모든 종교의 신들은 다 죽었고, 생살여탈권을 가진 돈만이 오로지 살아 있는 신이다’였다.

그 말 중에서 ‘살아 있는 신이다’보다 더 실감 나고 무서운 말이 ‘생살여탈권’이었다. 사람의 목숨을 ‘죽이고 살리고를 마음대로 하는 것’이 돈의 힘이라는 것이었다. 자살자들의 많은 수가 돈이 없기 때문이니 그 말은 틀림이 없었고, 돈의 힘이 그렇게 세니 소름 끼치도록 무서웠던 것이다.

그 무서운 돈을 무섭지 않은 것이 되게 하려면 많이 갖는 수밖에 없었다. 지금 자신의 입장에서 그것을 2배 이상 가질 수 있는 방법은 한 가지밖에 없었다. 편의점 밤샘 알바였다. 그것을 하면 시간이 2배 이상인 데다가 야근비까지 붙으니 수입은 3배로 많아질 수 있었다.

그러나 그 일을 가로막는 절대적인 걸림돌이 있었다. 여자라는 사실이었다. 흉기를 든 절도범들은 여자가 지키는 곳을 먼저 노렸던 것이다. 그래서 여자는 밤샘 알바로 쓰지 않으니 돈 빨리 벌 길은 막히고 없었다.

자신이 알바를 해서 용돈 해결은 물론이고 교재까지 사고, 등록금의 일부까지 충당하는 것을 보아온 남동생은 자기도 대학생이 되자마자 알바를 시작했다. 어머니는 두 자식이 알바하는 것을 모르는 척했다. 어차피 공부로 출세 길 열기를 바랐던 꿈을 포기한 것처럼 대학 공부에도 아무런 기대도 하지 않았기 때문에 알바가 공부에 지장이 되어도 별로 신경 쓰이지 않았는지도 몰랐다. 그러고 보니 우리 네 식구는 모두 돈벌이를 하게 된 셈이었다.

그런데 아버지는 딱하게도 공처가였다. 그것도 돈의 힘이 작용된 결과였다. 나이 들어가면서 아버지의 노동판 수입은 점점 줄어들어갔고, 그 수입의 차이가 어머니의 힘을 강화시켜 갔던 것이다. 자꾸만 커져가던 어머니의 힘은 언제부턴가 집안을 완전히 장악하게 되었다. 집안의 모든 일은 어머니 뜻대로 진행되었고, 아버지는 그야말로 투명인간에 지나지 않았다. 무슨 일이 있으면 어머니는 형식적으로 "이거 어떻게 할까요" 했고, 아버지는 무표정하게 "당신 알아서 해" 했다. 돈의 힘은 가장의 힘을 완전히 박탈해 간 것이었다. 아버지의 그런 모습은 참으로 비참한 남자 허수아비 꼴이었다.

그렇게 딱하기만 했던 아버지가 정반대로 돌변하게 되었다. 아버지가 갑자기 180도로 변해 버린 것도 돈의 힘 때문이었다. 몇십 년 동안 내왕 없이 지냈던 할머니의 임종이 가까워져 아버지가 법적인 '친자' 노릇을 하게 된 덕으로 연립주택을 물려받은 것이었다. 그러나 1억 5천이 조금 넘는 그 돈은 아버지의 차지가 되지 못했다. 고모가 동급의 상속권을 주장하고 나섰고, 그것을 독차지할 욕심을 부렸던 아버지와 고모는 양보 없는 치열한 쟁탈전을 벌이게 되었다. 서로 욕심을 부리다 보니 감정이 앞섰고, 둘 다 가난하다 보니 욕심에 불이 붙게 된 것이었다. 누나인 고모가 욕을 퍼부어대며 포악질을 해댔고, 평생 노가다판에서 살아온 아버지가 큰돈에 눈이 뒤집혀 누나한테 노가다 기질을 부리고 말았다. 마구잡이로 주먹을 휘둘러버렸으니 그야말로 난장판이 된 것이다. 자기 아내가 피를 흘리며 쓰러지자 흥분한 고모부가 아버지에게 주먹질을 하며 덤빈 것이었다.

서로 폭행범으로 경찰에 고발한다고 으르렁거렸고, 끝내 말로 해결하지 못하고 양쪽에서 변호사를 들이대는 막판으로 치닫게 되었다. 결국 아까운 변호사비만 없애고 반반씩 똑같이 나누는 것으로 끝이 났다. 그리고 얻은 상처로, 단둘뿐인 남매는 남남처럼 관계를 끊고 말았다.

그렇게 7천여만 원을 챙긴 아버지가 첫 번째로 한 행동은 어머니를 배신한 것이었다. 그 돈을 당연히 어머니에게 넘길 줄 알았는데 아버지는 한 푼도 내놓지 않고 안면을 싹 바꾼 것이었다.

"관심 꺼!"

아버지가 눈을 부릅뜨며 어머니에게 내쏜 말이었다.

"글쎄, 관심 끄라니까!"

아버지가 독 오른 눈으로 어머니에게 소리를 질러댔다.

"글쎄, 간섭하지 말어!"

아버지가 불길 내뿜는 눈으로 어머니를 곧 내려칠 것처럼 주먹을 치켜들었다.

어머니는 차갑게 굳어진 얼굴로 물러섰다. 그리고 두 번 다시 아버지의 행동에 대해서 입을 열지 않았다.

그 후로 아버지는 그 누구의 간섭도 받지 않고 자유롭게 로또에 빠져들어가며 아까운 돈을 훨훨 날려 보내기 시작했던 것이다. 일확천금의 꿈에 미쳐서.

김승기는 어머니의 화장을 마치자마자 어머니 재산 찾기에 나섰다. 어머니는 숨을 거두는 마지막까지 저금통장의 비밀번호를 가르쳐주지 않았고, 연립주택의 집문서도 보여주지 않았다. 그 두 가지는 어머니가 숨을 거둔 침대 시트 밑에서 나왔다. 어머니는 그 두 가지를 저승까지 가지고 가고 싶어했지만 끝내 그 욕심을 이루지 못하고 맨주먹으로 홀로 떠난 것이었다. 평생 정을 모르고 살아온 어머니인 데다가, 자신에게 끝까지 그렇게 냉정하게 해 김승기는 마음이 더욱 굳어져 전혀 슬픔을 느끼지 않았다.

그런데 김승기는 저금통장을 열어보고는 그만 깜짝 놀랐다. 통장에는 생각했던 것보다 훨씬 많은 돈이 들어 있었던 것이다. 자신이 예상했던 것은 1천만 원이 넘지 않고 그저 몇백만 원 정도였던 것이다.

그런데 통장이 품고 있는 돈은 자그마치 1억 4천여만 원이었던 것이다. 눈을 크게 뜨고 서너 번을 확인해 보았지만 그 액수는 틀림이 없었다. 전혀 예상하지 못했던 그 거금에 가슴 벌떡거리며 김승기는 두 가지 생각을 하고 있었다. 그 많은 돈을 남겨준 어머니가 고마웠고, 누나한테는 그 돈을 싹 감추자는 것이었다.

누나는 평생 어머니에게 원한을 품고 있었다. 어머니가 어린 자기들을 '버렸다'고 확고하게 믿고 있었던 것이다. 그래서 어머니가 호스피스 병원으로 옮겨도 싸늘하게 외면했고, 장례식장은 물론이고 화장터에까지도 얼굴을 비치지 않았다. 그러니까 누나는 어머니가 연립주택이 있다는 것은 알고 있지만, 저금통장은 자신이 입을 열지 않으면 전혀 알 수가 없는 일이었다.

누나한테 싹 감추기로 작정한 김승기는 그 돈 찾기를 서둘렀다. 은행에서 요구하는 증명서는 세 가지였다. 사망진단서는 이미 출상 전에 확보되어 있었고, 가족관계증명서는 가까운 구청에 가서 기계에다 신청을 하니 꼭 거짓말처럼 그 즉시로 밀려 나왔다. 그 두 가지 서류를 가지고 은행에 가서 주민등록증과 함께 내밀었더니 은행원은 신속한 확인을 거쳐 출금을 결정했다. 끝까지 비밀번호를 가르쳐주지 않았던 어머니의 그 지독한 욕심은 그렇게 쉽게 부숴버릴 수 있었다.

"저어 실례지만, 이 돈을 선생님 명의로 새 통장을 만들어 저희 은행에 그대로 두시면 어떠신가요?"

은행원이 생그레 미소 지으며 조심스럽고 상냥하게 말했다.

"예에……?"

김승기는 잠깐 생각했다. 그 예금 유치를 거절하면 괜히 의심받을 것도 같고, 또 딴 은행으로 옮긴다는 것도 번거로운 일이었다.

"예, 그렇게 하지요."

김승기는 시원하게 대답했다.

"얘, 나랑 함께 집에 가자. 쓰잘데없는 짐들 다 치워 없애야 하잖아."

누나가 굳이 집에 찾아와 한 말이었다. '그래야 집이 팔리지' 하는 말을 누나는 감추고 있었다.

"그래, 가자고."

김승기는 퉁명스럽게 대꾸했다. 누나는 끝내 화장터에도 얼굴을 비치지 않고 어머니에게 철저하게 앙갚음을 했으면서도 어머니가 남겨놓은 재산에는 그렇게 탐심을 부리고 있었던 것이다.

누나는 집을 치우는 것이 아니었다. 여기저기 정신없이 집을 뒤지고 있었다. 김승기는 누나가 무엇을 찾고 있는지 금방 눈치챘다. 어디에 감추어두었을지 모를 금붙이나 현찰, 그리고 저금통장.

"이상하네……, 이상하네……." 누나는 뒤질 만한 데는 다 뒤지고 나서 이렇게 혼자 중얼거리더니, "너 혹시 병원 침대나 짐에서 통장 같은 것 못 봤니?" 누나가 불쑥 물었다.

"통장……?"

"아, 저금통장 말야!"

누나가 사납게 내쏘았다.

"몰라, 그런 것 못 봤는데."

이미 대비하고 있었기 때문에 김승기는 시치미를 뚝 떼며 태연스럽게 대꾸했다.

"흥, 우리 버리고 떠날 때 홍청망청 잘살 줄 알았겠지? 근데 이 꼴이 뭐야, 이게. 지지리 궁상으로 가난이 질질 흐르잖

아. 벌 받은 거야. 암 벌 받고말고. 자식들 그렇게 매정하게 버렸으니 당연히 하늘이 벌 내렸지." 누나는 또 서늘한 험담을 토해 내고는, "이 집 오늘 당장 내놓자." 느닷없이 말했다.

"오늘……?"

"왜, 싫으냐?"

"싫긴. 너무 급하니까……."

"급하긴 뭐가 급해. 더 둔다고 이따위 싸구려가 더 값 올라간다던?"

"그래도 너무 서둘러대면 부동산에서 눈치채서 값 제대로 못 받게 되잖아."

"바보니? 부동산이 그런 눈치 채게 만들게. 급한 눈치 보이지 말고 어쨌든 오늘 내놓자구."

"알았어."

"이거 팔리면 돈은 반반씩이다!"

"반반……?"

"왜, 반반 아니고 니가 더 갖고 싶어?"

"나 남자잖아."

"뭐라구? 남자? 남자가 뭐 말라빠진 건데?"

"내가 제사 지내야 되잖아."

"하하, 웃기고 자빠졌네! 제사 지내니까 더 가지셔야 된다? 요게 어디서 그딴 싸가지 없는 소리 하고 자빠졌어. 지금은 그따위 게 안 통하는 시대란 걸 모르셔? 야, 정신 차려! 지금은 남녀평등 시대라고, 남녀평등! 그러니까 유산도 남녀 똑같이 나누게 돼 있어, 똑같이! 너 멍청한 소리 작작하고 그 법부터 알아둬. 난 딱 그 법대로 할 테니깐, 법대로!"

이렇게 돈 앞에서 누나는 딴 사람으로 변해 있었다. 붕어빵이나 군고구마를 반씩 나눠 먹을 때 조금이라도 큰 것을 자신에게 주곤 했던 그 옛날의 누나가 아니었다.

결국 집값은 서로 다툴 만큼 다투다가 누나가 내세운 법대로 반반씩 나눌 수밖에 없었다. 저금통장을 누나 모르게 잽싸게 감추어버린 것이 얼마나 잘한 일이었는지 다시금 가슴을 쓸어내렸다.

난생처음으로 2억 3천에 이르는 거금을 지니게 된 김승기는 그동안 간절히 하고 싶었지만 할 수 없었던 로또 사냥에 본격적으로 나섰다.

'당신도 32억의 주인이 될 수 있다.'

'인생 역전, 이번에는 당신 차례입니다.'

이런 로또 광고를 볼 때마다 얼마나 가슴 설레었던가.

1등 당첨이 되면 32억!

'아, 아, 그것이야말로 얼마나 근사하고, 얼마나 멋들어지고, 얼마나 황홀한 일인가! 32억, 32억이면 팔자를 고치는 돈이다. 나 반드시 그 돈을 먹으리라!'

이렇게 작심한 김승기는 1등 당첨자가 나온 명당 로또 판매점을 일부러 찾아다니며 최대한 많이 샀다. 그리고 모두 빗나가도 결코 후회하지 않았다.

'2억 3천 투자해서 32억 벌면 이보다 더 큰 대박이 어디 있는가!'

김승기가 세운 작전계획이었다. 그러니까 딸년이나 아들놈의 걱정은 전혀 귀에 들어오지 않았다.

"그러니까 이만 우리 관계 정리해."

김수희가 담담하게 말했다.

"아니, 갑자기 왜 그러냐고."

신영식은 당황한 얼굴로 마른침을 삼켰다.

"갑자기가 아니야. 아주 오래, 심각하게 생각해 온 문제야."

"그러니까……, 내가 이번에 또 취업이 안 돼서 그러는 거지?"

신영식이 손을 맞비비며 울상이 되었다.

"꼭 그런 것만은 아니야. 이 말은 안 하고 싶었지만 안 할 수가 없는데……, 영식 씨는 우리처럼 별 볼 일 없이 후지고 찌질한 인생에 연애며 결혼 같은 게 어울린다고 생각해?"

김수희는 눈길을 들어 신영식을 빤히 건너다보았다.

"그게……, 글쎄……."

신영식은 더 당황해하면서 말을 잇지 못했다.

"거봐, 영식 씨도 앞날이 암담하고 답답하고 한심하다고 생각하잖아."

"그렇지만 아직 살아보지도 않고 미리부터……."

신영식이 김수희의 눈치를 보며 어물거렸다.

"그게 무슨 소리야, 막연하고 무책임하게. 꼭 살아봐야 알아? 우리 어머니 아버지 들 살아온 것 실컷 봤고, 요새 가난한 젊은 부부들이 얼마나 고생하며 허덕거리고 사는지 얼마든지 보고 있잖아. 그게 그대로 우리의 앞날이고 미래잖아. 그렇게 숨 막히고 가망 없는 인생을 나도 똑같이 살면서 불행하고 비참해지고 싶지 않아."

"그러면……, 어떻게 살 건데……?"

신영식은 맥이 다 빠진 눈길로 김수희를 멍하니 바라보았다.

"글쎄, 나도 잘 몰라. 요새 우리처럼 후진 인생의 젊은이들이 결혼을 자꾸 늦추고, 결혼을 해도 애를 안 낳기로 하고, 그리고 혼자 살겠다는 사람들이 자꾸 많아지는 건 왜 그렇겠어. 다들 앞날이 불안하고 가망이 없으니까 그렇잖아. 우리 같은 인생, 결혼해서 둘이 맞벌이를 한다고 해도 대기업이나 전문직이 아니면 그 수입 뻔하잖아. 수입 보잘것없는 직업 가지고 둘이 죽어라고 일해서 벌어봤자 애들 어떻게 키우고, 어떻게 가르치고, 집은 언제 장만하고, 생활은 언제 안정되고……, 이런 것 다 말하면 뭘 해. 절망만 점점 커지지. 난 그래서 사랑이며 결혼이며 그따위 것 다 포기하기로 했고, 사는 날까지 그저 혼자 사는 게 가장 홀가분하고 가장 편할 것 같다는 결론에 도달했어."

김수희는 그동안 생각해 왔던 것을 속 시원히 털어놓았다.

"혼자……? 그거 너무 외롭잖아."

"외로워?"

김수희가 어이없다는 듯 코웃음을 흘렸다.

"그럼 한 가지 방법이 있잖아."

"……?"

"우리도 요즘 유행하는 것처럼 결혼도 늦게 하고, 애도 안 낳고 살면 되잖아."

신영식의 목소리에는 약간 생기가 돌고 있었다.

"결혼도 늦게 하고, 애도 안 낳고……." 김수희는 한마디, 한마디를 꼭꼭 씹듯이 천천히 되풀이하고는, "영식 씨, 우리 만날 때마다 데이트비 부담되고 있는 것 어떻게 생각해?" 그녀는 불쑥 물었다.

"데이트비……?"

신영식은 말문이 막히며 얼굴이 굳어졌다.

"우린 그 정도의 능력밖에 없는 사람들이야. 영식 씨가 취업이 되고, 내가 졸업해서 알바 아닌 취업을 한다고 해도 어느 세월에 전세비 모으고, 집 살 돈 모으고 하겠어. 앞길이 막막하고 한심하다니까. 그러니까 영식 씨도 사랑이니 연애니 다 때려치우고 혼자 살 궁리나 해. 그게 가장 현명한 방법이라구."

김수희는 핸드폰을 꺼내 시계를 보았다.

"난……, 난 안 되는데……."

신영식이 울상을 지으며 중얼거렸다.

"나 알바 시간 다 됐어."

김수희가 몸을 일으켰다.

〈2권에 계속〉

조정래 장편소설
황금종이 1

제1판 1쇄 / 2023년 11월 21일
제1판 15쇄 / 2024년 3월 31일

저자 / 조정래
발행인 / 송영석
발행처 / (株)해냄출판사

등록번호 / 제10-229호
등록일자 / 1988년 5월 11일(설립일자 | 1983년 6월 24일)

04042 서울시 마포구 잔다리로 30 해냄빌딩 5·6층
대표전화 / 326-1600 팩스 / 326-1624
홈페이지 / www.hainaim.com

ISBN 979-11-6714-072-2
ISBN 979-11-6714-071-5 (세트)